Schwarz, He

Versuch einer ph
Mathematik

Schwarz, Hermann

Versuch einer philosophie der Mathematik

Inktank publishing, 2018

www.inktank-publishing.com

ISBN/EAN: 9783750131033

All rights reserved

This is a reprint of a historical out of copyright text that has been re-manufactured for better reading and printing by our unique software. Inktank publishing retains all rights of this specific copy which is marked with an invisible watermark.

Versuch

einer

Philosophie der Mathematik

verbunden

mit einer Kritik der Aufstellungen Hegel's

über den Zweck und die Natur der höheren Analysis

BIBLIOTHECA BODLEIANA

von

Hermann Schwarz.

Halle,

Druck und Verlag von H. W. Schmidt.

1853.

187. a. 12.

Herrn

Dr. L. A. Sohncke

ord. Professor an der Universität zu Halle

in Dankbarkeit und Verehrung

gewidmet

vom

Verfasser.

Vorrede.

Im Alterthume ging die Mathematik mit der Philosophie zusammen, und galt gleichsam als eine Vorhalle, welche in das Allerheiligste der Erkenntniss hineinführe. Gleichwohl hat es das Alterthum nicht zu einer Philosophie der Mathematik gebracht, und es ist nicht schwer, den Grund dieser bemerkenswerthen Thatsache aufzuzeigen. Während nämlich die Philosophen um ein allgemeines Princip, aus dem heraus sich alles Uebrige begreifen liesse, bemüht waren, schlugen die Mathematiker den entgegengesetzten Weg ein: sie stiegen von dem Einzelnsten zum Allgemeinen und kamen über dem Verweilen bei dem Einzelnen nicht zum Allgemeinen. Freilich z. B. ein Archimedes hat allgemeine Methoden gehabt, welche in der Sache mit den neueren übereinstimmen. Aber die Arbeit des Geistes ging doch hauptsächlich darauf die besondere Form der allgemeinen Methode zu bestimmen, welche der einzelnen mathematischen Wahrheit sich anschmiege, und es konnte mithin zur Erfassung der Form, welche die allgemeine Methode hat, nicht fortgeschritten werden. Die Neuzeit ward namentlich durch die grössere Entwickelung der Arithmetik in eine andere Bahn gedrängt und hat endlich in dem höheren Calcül die Form der allgemeinen Methode festgestellt, welche den Alten noch mangelte. Eine Philosophie der Mathematik, welche vorher versucht worden wäre, hätte eine solche Form sich erst schaffen müssen, und das möchte doch wohl nicht ohne das Hinzutreten einer specifisch mathematischen Thätigkeit gegangen sein: jetzt liegt die Form fertig vor, und die Frage ist nur, ob sie vor der Philosophie bestehen könne. Die Erledigung dieser Frage ist das Interesse, welche zu den nachfolgenden Untersuchungen die Anregung gegeben hat. Sehen wir uns die Natur dieses Interesses näher an, so kann es gewiss nicht zweifelhaft sein, dass es dem Philosophen zusagen müsse. Denn es kann ihm nur angenehm sein, wenn die allgemeinen Gesichtspunkte, welche er aus dem Begriffe heraus zu rechtfertigen hat, ihm von aussen her gegeben werden. Im anderen Falle würde er ja dieselbe Mühe ihrer Rechtfertigung haben, verbunden mit der anderen, sie sich erst auf kritischem Wege zu gewinnen — eine Mühe, welche die speciellsten Fachstudien voraussetzt. Aber anders steht es mit dem Mathematiker. Für den kann es allerdings in Frage kommen, ob er es sich gefallen lassen will, dass seine Wissenschaft bloss von dem Boden des höheren Calcüls aus kritisirt werde. Nach meiner bestimmten Ueberzeugung darf er es ohne Bedenken zugeben. Denn ich halte den höheren

Calcül für den Mittelpunkt, in den alle mathematischen Disciplinen zurückgehen und schliesslich ihren festesten Rechtsboden finden. Nicht etwa, als ob ich der Arithmetik, der Geometrie, der Trigonometrie und wie sie alle sonst heissen, allen selbstständigen Werth absprechen wollte: aber, soweit sie nicht durch ihre Beziehung zu der Analysis des Unendlichen sich als deren Bedingung oder Unterlage herausstellen, soweit sind sie für das Ganze der Wissenschaft unwesentlich oder haben doch zu ihr ein mehr oder minder äusserliches Verhältniss.

Von diesem Standpunkte aus habe ich mich wesentlich auf die Entwickelung der metaphysischen Principien beschränkt, welche dem höheren Calcül zu Grunde liegen, und, was die übrigen mathematischen Zweigwissenschaften anbetrifft, mich meistens auf die Bezeichnung der Stellung beschränkt, welche sie zu dem ersteren einnehmen. Doch habe ich vieles Specielle, was hierher gehört, bei Gelegenheit der Polemik entwickelt, zu der ich mich gegen die Aufstellungen Hegels über Zweck und Natur der Analysis gedrängt fühlte.

Was den eben erwähnten polemischen Theil des vorliegenden Werkes betrifft, so ist er auf das Innigste mit der Entstehung desselben verknüpft und steht mit dem Gange der Untersuchung in so engem Zusammenhange, dass er nicht wohl wegbleiben durfte. Ohnedem ist das System Hegels die philosophische Grundlage, auf welche ich zurückgehe, und ich konnte es daher nicht vermeiden, die abweichenden Folgerungen, welche ich häufig aus denselben Vordersätzen ziehe, im Gegensatze zu den seinen zu begründen.

Die wenigen rein mathematischen Partieen, welche sich nöthig machten, habe ich so einzurichten gesucht, dass sie in allen wesentlichen Punkten ohne Kenntniss der höheren Rechnung verstanden werden können. Eine ähnliche Sorgfalt habe ich den philosophischen Entwickelungen zugewendet und so wenig als möglich auf Hegels Logik verwiesen.

Ich weiss wohl, dass mein Werk manche Mängel haben mag; aber sowie es in der ernsten Forschung nach Wahrheit zu Stande kam, so soll es auch nur eine Anregung sein, welche weitere Forschungen veranlasst, und in diesem Sinne glaube ich um eine nachsichtsvolle Aufnahme für dasselbe bitten zu dürfen.

Duisburg, im December 1852.

Herm. Schwarz.

Inhaltsverzeichniss.

Einleitung.

Wenn wir das gegenseitige Verhältniss der Mathematik und Philosophie, wie es historisch vorliegt, ins Auge fassen, so ergiebt sich, dass die Philosophie, als die allgemeine Wissenschaftslehre, den Anspruch auf eine gewisse Superiorität erhebt, während sie gleichwohl allen Schwankungen menschlicher Ansichten und Verhältnisse ganz besonders unterworfen erscheint, dagegen die Mathematik die zweifellose und unwandelbare Gewissheit ihrer Resultate geltend macht, ohne jedoch in die höchsten Sphären des menschlichen Geistes hineinreichen zu können. In der That lässt sich gar nicht in Zweifel ziehen, dass, sofern wir im Besitze der absoluten Philosophie wären, die Mathematik sich unbedingt ihren Bestimmungen unterzuordnen hätte. Aber wer möchte diese Behauptung wohl wagen? Gewiss die philosophischen Systeme, welche in raschem Wechsel sich drängten, haben einen bedeutenden Wahrheitsgehalt herausgefördert und zwar solchen, der unabhängig von der Meinung besteht. Aber darum ist in ihnen noch nicht die ganze Wahrheit, die uns Sterblichen zu schauen nun einmal nicht vergönnt ist, und selbst die Erkenntniss, welche sie giebt, wird nur in unvollkommener und mangelhafter Weise in das Subject hineingenommen.

Der Philosoph behauptet das absolute Wissen zu haben: aber es ist dies eben nur sein Glaube, für welchen er mit mehr nicht als höchstens mit seiner ganzen Persönlichkeit eintreten kann. Trotzdem wird er, wenn er sich nicht seiner überheben will, vor sich selber das Geständniss ablegen müssen: Die nachfolgende Zeit wird über Deine Philosophie hinausgehen, und im Gegensatze zu der Deinen wird eine neue entstehen, welche ihre Unwahrheit aufhebt und einer höheren Entwickelungsstufe des erkennenden Geistes angehört; — und indem er sich dieses eingesteht, wird er nicht aufhören an seine Philosophie zu glauben, weil er derjenigen Punkte, in welchen sie unwahr ist, sich nicht bewusst zu werden vermag. Das ist also die Unsicherheit des philosophischen Wissens, dass es vielleicht einen Theil Wahrheit enthalten kann: aber wir wissen nicht, dieser Theil des Systemes ist Wahrheit, der andere wird künftig als Unwahrheit wegfallen, sondern wir glauben an das System in seiner Totalität. Diese Unsicherheit bezieht sich demgemäss nicht auf seinen wirklichen Gehalt (denn die Wahrheit bleibt Wahrheit in allem Wechsel der Meinungen), sondern sie zeigt nur die Unvollkommenheit des Gefässes, in welches jener eingefasst werden soll. Der Philosoph ist unvermögend die Wahrheit und Unwahrheit als überall gegen einander begrenzte oder geschiedene aufzunehmen; es findet eine Vermischung beider statt, in welcher sie sich vielfach in einander verlieren. Die Wahrheit bleibt freilich nur eine, unwandelbar und ewig: aber sie ist wie durch eine über sie hingebreitete Schattirung verdunkelt, unter welcher sie bald schwächer, bald stärker hervorschimmert. Darum ist eine Seite der Nichtigkeit, der Veränderlichkeit gerade in demjenigen Wissen, welches den Anspruch als absolutes zu gelten erhebt, und diese Prätension namentlich in solchen Gebieten des Wissens zurückzuweisen, in welchen nicht dieselben Schwankungen der Erkenntniss statt haben.

Dieser Fall tritt nun mit der Mathematik ein. Allerdings ist der Fortschritt auch hier nur ein begrenzter und allmähliger, aber er ist dafür um so sicherer, und im Allgemeinen darf behauptet werden, dass, was in dieser Disciplin dargethan ist, für die Denkenden aller Zeiten denselben Grad von Gewissheit behauptet, den es in der Seele des Erfinders gehabt hat. Die mathematische Gewissheit ist daher unabhängiger von der Persönlichkeit, als die philosophische; sie überdauert alle Zeiten und allen Wechsel menschlicher Ansichten, und gewährt eine Bürgschaft, dass sie objektive Wahrheit als ihren Inhalt berge. Wenn man hiergegen auf die Thatsache hinweist, dass die Entwickelung der Philosophie und Mathematik öfters Hand in Hand gegangen sind, so ist dieselbe zuzugeben: aber sie gewinnt ihre eigentliche Bedeutung erst, wenn man sie mit jener anderen zusammenhält, dass die Methoden der letzteren bis auf die neueste Zeit hin weit entfernt sind den Stempel irgend eines philosophischen Systems in ausgeprägter Weise an sich zu tragen. Vielmehr muss dann geschlossen werden, wenn überhaupt die Mathematik in eine innigere Verbindung mit der Philosophie gebracht werden soll, dass sie ein Stück der absoluten Philosophie sei, dessen Unvollständigkeit wohl anerkannt, dessen Aechtheit aber nicht bezweifelt werden kann. Als solches kann sie wohl aus den wechselnden Entwickelungsstufen der Philosophie Vortheil ziehen: und warum sollte sie es nicht? insofern ja auch in diesen ein gewisser Bestand an Wahrheit verborgen liegt: aber sie thut zugleich wohl daran ihre Eigenthümlichkeit zu wahren und nicht ihre zweifellose Gewissheit den Schwankungen einer beständig in Gegensätzen sich bewegenden Entwickelung preiszugeben. Sie thut wohl daran nicht nur in ihrem eigenen, sondern auch im wohlverstandenen Interesse der Philosophie. Denn indem ihr dieser Charakter der Unwandelbarkeit zukommt, ist sie geeignet einen Probirstein für die Philosophie abzugeben, freilich auch nur einen mangelhaften; denn ihr Inhalt ist nur sehr begrenzt und noch dazu einer vergleichungsweise niedrigen Stufe des Seins angehörig. Aber immerhin würde eine Philosophie, die in dieser Sphäre mit ihr unvereinbare Principien aufstellte, nur mit dem entschiedensten Misstrauen aufgenommen werden können. Umgekehrt wollen wir aber auch nicht leugnen, dass aus solcher prüfender Vergleichung der Mathematik gleichfalls Vortheil erwachsen könne, und wenn wir es auch dahingestellt lassen, ob eine bestimmte philosophische Form der Entwickelung namentlich den höheren mathematischen Wissenschaften besonders förderlich sein möchte: so wird dieselbe doch höchst geeignet sein ihre allgemeinen Umrisse schärfer hervorzuheben und dadurch einmal zur Erledigung einzelner schwieriger Fragen beizutragen, ganz besonders aber die der Analysis zu Grunde liegenden allgemeinen Wahrheiten aus dem ziemlich abgeschlossenen Kreise, dem sie gegenwärtig zugänglich sind, in das Bewusstsein aller Gebildeten überzuführen. Und dann ist es das gemeinsame Gebiet der Naturwissenschaften, auf welchem sich Philosophie und Mathematik begegnen und in denen es der besonnenen Handhabung beider mit der Zeit noch vorbehalten sein dürfte, aus den empirisch vorliegenden Thatsachen die glänzendsten Resultate zu ziehen.

Ich habe noch einem Einwande zu begegnen, welcher gegen die Evidenz der mathematischen Wissenschaften häufig gerichtet zu werden pflegt, nämlich dem, dass sie von Voraussetzungen ausgehe, deren Wahrheit auf reiner Empirie beruhe. In der That

1*

sind sowohl die Zahlengrössen, welche die Arithmetik, als auch die Formen des räumlichen Seins, welche die Geometrie betrachtet, Abstraktionen, die aus unserer Anschauung geschöpft sind. Es sind aber nur die allgemeinsten Begriffe hiervon, welche die Mathematik voraussetzt, und abgesehen davon, dass ihr dieselben wohl jeder Vernünftige zugiebt, so erhebt sie ja auch durchaus nicht die Prätension jene Voraussetzungen demonstriren zu wollen, sondern beschränkt sich lediglich darauf ein System von Wahrheiten zu liefern, welches aus der Annahme jener Voraussetzungen folgt. Mag man also die den letzteren zu Grunde liegenden Begriffe nur für blosse Formen der Vorstellung, unter welchen wir das Sein der Dinge uns denken, oder mag man sie als dem Wesen der Dinge selber angehörig ansehen — die Mathematik wird in gleicher Weise bestehen und sie würde selbst bestehen, wenn man die wirklichen Dinge nur für leeren Schein hielte, nur dass dann ihre Wahrheiten in eine gleichsam imaginäre Sphäre hinein gerückt würden, die aber wegen der ihr inwohnenden Widerspruchslosigkeit und Schönheit des Namens *κόσμος* immer noch würdig bliebe.

Dies gilt noch in einem ganz besonderen Sinne von der neueren Mathematik. Denn die Analysis des Unendlichen ist es, welche die mathematischen Wissenschaften zu einem in sich geschlossenen Systeme erhebt, zu einem wahrhaften Cyclus, in sofern die höchsten Spitzen der Wissenschaft selber nur wieder das Zurückversenken in ihre Anfänge sind, und die einfachen Grundgedanken, von denen man ausging, zu einem begriffsmässigen Ausdrucke bringen. Somit sind nun diese Voraussetzungen dem Geiste nicht mehr äusserlich, sondern vollständig in sein Bewusstsein hineingenommen; sie sind als an ihnen selber wie aus einem schöpferischen Processe herauserzeugt nun sein unvergängliches Eigenthum und die Frage, ob dieser schöpferische Process nur eine Nachschöpfung sei, d. h. also die Erscheinungen der wirklichen Welt dem Bewusstsein begriffsmässig aneigne, oder ob er, als bloss in unserer Einbildung sich vollziehend, aus dem Kreise des subjektiven Gedankens nicht heraustrete, — diese Frage würde, wie schon angedeutet, unbeschadet des Werthes, den die Mathematik als ein in sich geschlossenes System des Wissens hat, füglich unbeantwortet bleiben können. Aber sie gewinnt eine ungeheure Bedeutung dadurch, dass, wenn ihre Voraussetzungen in der Welt sich verwirklicht vorfinden und zwar dergestalt, dass sie als das Element von allem natürlichen Sein sich ausweisen — dass dann dies System des Wissens eine Brücke bildet, welche uns den Uebergang zu der Erkenntniss der sinnlichen Welt bahnt. Die Analysis des Unendlichen ist nur erfunden worden, weil das Anerkenntniss des guten Rechtes dieses annehmen zu dürfen als ein unumstössliches Axiom in dem Bewusstsein ihrer Erfinder feststand: das reale Bedürfniss, Erscheinungen der wirklichen Welt zu begreifen, war es, welches sie in die abstrakten Höhen der Wissenschaft hineintrieb.

Gleichwohl sind von Seiten der neueren Philosophie und namentlich von Seiten Hegel's Zweifel erhoben worden, welche der Mathematik das Recht, die Gesetze des natürlichen Seins ihren Formen unterzuordnen, zwar nicht absolut absprechen, aber es ihr doch nur innerhalb sehr beschränkter Grenzen gestattet wissen wollen. Bis jetzt ist diese Streitfrage durchaus nicht entschieden und zwar wohl darum, weil sie von beiden Seiten eigentlich noch nicht in einem ernsthaften Sinne aufgenommen worden ist; — Seitens der Hegel'schen Philosophie nicht, indem in der That, soviel uns bekannt ist, nur ihr berühmter Urheber die rein mathematische Seite der Frage einer gründlicheren Discussion zu unterwerfen versucht hat; — Seitens der Mathematik nicht, indem die bedeutendsten Analytiker diesen Versuch gar nicht beachtet und insofern vielleicht eine Entschuldigung haben, als er leicht in einer an Vorurtheil streifenden Einseitigkeit durchgeführt erscheinen kann. So ist es gekommen, dass beide Richtungen bisher neben einander gingen und wohl in vereinzelten Reibungen ihre Gegensätzlichkeit bekundeten, aber noch nicht im heftigen Zusammenstosse ihre gegenseitige Berechtigung massen. Es dürfte wohl mit Recht für eine Anmassung gelten, eine Streitfrage, deren ernsthafte Aufnahme für die Entwickelung der Physik und Naturwissenschaften Epoche machen wird, leichthin entscheiden zu wollen, und die nachfolgenden Untersuchungen haben sich auch dieses Ziel nicht gesteckt. Sie sind zufrieden, wenn sie als ein Beitrag zu der Erledigung eines Punktes gelten, der für die Entscheidung allerdings einer der Ausgangspunkte ist. Sie sollen nämlich das Verhältniss feststellen, welches die Analysis des Unendlichen zu der logischen Entwickelung des Quantums einnimmt, d. h. also das hauptsächlichste Werkzeug, vermöge dessen die Mathematik sich der Erkenntniss natürlicher Dinge bemächtigen zu können meint, einer philosophischen Kritik unterwerfen, und indem wir die Principien der Hegel'schen Philosophie zu Grunde legen, so ist das Ergebniss die vollständige Uebereinstimmung zwischen der Analysis und Hegels logischen Bestimmungen. *)

---

*) Wir wollen noch bemerken, dass wir öfters auf Hegels Wissenschaft der Logik verweisen und, da Verweisungen auf andere Werke nicht vorkommen, uns mit der blossen Anführung der Seitenzahl begnügen. Dieselbe bezieht sich, um es ein für allemal zu sagen, auf den dritten Band der Gesammtausgabe von Hegels Werken, Berlin 1833, und näher auf den zweiten Abschnitt des ersten Theiles von der „Wissenschaft der Logik," in welchem die Kategorieen der Quantität abgehandelt werden.

1.

Die logische Entwickelung des Begriffes der Quantität.

Die Mathematik nimmt bekanntlich die Begriffe der Zahlengrösse und der Raumgrösse oder, wenn man lieber will, der discreten und der continuirlichen Grösse als Thatsachen der Anschauung auf und lässt es sich durchaus nicht einfallen ihre Wirklichkeit erst zu demonstriren. Indem wir uns aber vorgesetzt haben das Verhältniss zwischen Logik und Analysis festzustellen, so dürfte es, um einen festen Ausgangspunkt für die Untersuchung zu gewinnen, unumgänglich sein in möglichster Kürze die philosophische Construktion jener Begriffe zu geben. Dieselbe soll durchaus die in Hegels grosser Wissenschaft der Logik entwickelten Principien zu ihrer Grundlage haben und eigentlich eine blosse Aufnahme des Wesentlichsten sein, was zum Verständniss nicht wohl entbehrlich schien.

Die Logik beginnt mit dem allgemeinen Sein, welches sowohl nach aussen als nach innen hin alle Vermittelung und Unterscheidung abgestreift hat und somit in seiner gänzlichen Farblosigkeit und Leerheit an ihm selber in das Nichtsein umschlägt. Das Nichtsein ist die allgemeine Negation, die sich gleichfalls auf keinen bestimmten Inhalt bezieht, sondern vielmehr die Abstraktion von aller Bestimmtheit enthält. Somit ist es selber nur dasjenige, was bleibt, wenn man alle Bestimmtheit wegdenkt, d. h. es ist identisch mit dem allgemeinen Sein, welches sich durch alles bestimmte hindurchzieht. Diese Einheit von Sein und Nichtsein, welche hier noch ganz abstrakt und weiter gar nicht bestimmbar erscheint, ist es, deren Entfaltung zu immer reicheren und concreteren Formen des Denkens die Logik verfolgt.

Zunächst nun kann sie nur in der Form der Unmittelbarkeit und mithin des Seins auftreten. Denn wir haben ja eben gesehen, wie das Unmittelbare nur als Sein gedacht werden kann.

Bemerken wir daher, dass die Einheit von Sein und Nichtsein uns den Begriff der Bestimmtheit giebt, welche ja schon dem gewöhnlichen Bewusstsein als Sein mit einem Nichtsein gilt *): so folgt als das erste wesentliche Resultat der logischen Entwickelung, dass sich die Bestimmtheit unter der Form des Seins oder als von dem Sein unabtrennbar ergeben muss. In dieser ihrer Unabtrennbarkeit von dem Sein liegt es, dass ihre Veränderung nicht anders geschehen kann, als indem das Sein mit in dieselbe hineingerissen wird. So ist sie die dem Sein inwohnende unveränderliche Bestimmtheit — Qualität oder qualitative Bestimmtheit. Die qualitative Bestimmtheit z. B. des Begriffes „Wiese" ist der Inbegriff alles dessen, wodurch sie Wiese ist und nicht Feld, Wald oder dergleichen mehr, und kann also von dem „Wiese sein" gar nicht abgetrennt werden.

Das qualitative Sein hat nun seine concrete Verwirklichung in dem Verhältniss zwischen „Etwas" und „Anderes," in welchem die beiden Momente des Seins und Nichtseins, ohne dabei jedoch aus ihrer Einheit mit einander herauszugehen, zu sich gegenüberstehenden, gleichberechtigten Ganzen geworden sind. Ihre gleiche Berechtigung liegt schon darin angedeutet, dass es uns vollkommen gleichgültig erscheint, ob wir das Eine von zweien als Etwas und das zweite als (dessen) Anderes, oder das zweite als Etwas und das erste als (dessen) Anderes bezeichnen. Das Wesentliche ist also die wechselseitige Beziehung von Etwas und Anderes, vermöge deren keines ohne das andere gedacht werden kann. Zunächst steht nun das Etwas dem Andern so gegenüber, dass es seine Bestimmtheit als in diesem Andern hat; es ist das Nichtsein des Andern. Aber indem es so seine Bestimmtheit durch ein ihm Aeusserliches findet, erweist es seine Unfähigkeit sich aus ihm selber heraus zu bestimmen und zu seinem affirmativen Sein emporzuheben, und diese Unfähigkeit ist die ihm inwohnende Schranke, welche es nicht zur Verwirklichung seines eigenen Begriffes kommen lässt, ist der Grund, um dessen willen es dem Eindringen des Andern keinen nachhaltigen Widerstand entgegen-

---

*) Z. B. ein Gegenstand ist nur dadurch dieser bestimmte, dass er die übrigen von sich ausschliesst und also ein solches Sein ist, welches alles, was nicht mit ihm zusammen geht, von sich abwehrt oder negirt, d. h. das Nichtsein dieses anderen Seins enthält.

setzen kann und mithin der Vergänglichkeit preisgegeben ist, — ist seine Endlichkeit. Dieser innerliche Widerspruch, in welchem das Sein der endlichen Dinge, als von aussen her bestimmt, darin besteht, den Keim ihres Unterganges in ihnen selber zu haben, hat jedoch nicht das Zurücksinken in das reine Nichts zur Folge: er weist vielmehr auf eine solche höhere Form des Seins zurück, welches als die Erhebung über seine Schranke die Macht hat sich aus sich selber zu bestimmen und darum auch in der Berührung mit seinem Negativen erhalten bleibt. Seine Beziehung auf das Andere ist nämlich eine solche Bewegung seiner selbst zu ihm hin, in welcher es sich nicht in das Andere hinein verliert, sondern sich aus ihm heraus in sein eigenes affirmatives Sein wieder zurücknimmt. Ein solches Sein ist das unendliche Sein und in weiterer Entfaltung das Fürsichsein.

Indem es uns nur auf die Aufnahme und nicht die tiefere Begründung des für unsern Zweck Unentbehrlichen aus der Logik ankommen kann, so dürfte es nicht unangemessen sein die nähere Erörterung des Fürsichseins an ein concretes Beispiel anzuknüpfen; es ist natürlich, dass dieses viel mehr enthalten muss, als die farblose logische Kategorie; aber wir werden bemüht sein nur dasjenige hervorzuheben, was den Grundcharakter der letzteren bezeichnet.

Die höchste Sphäre, in welcher sich das Fürsichsein verwirklicht, ist das Selbstbewusstsein. Das Bewusstsein im Allgemeinen enthält eine solche Thätigkeit des Denkens, vermöge deren es sich in der Vielheit der äusserlichen Dinge nicht verliert, sondern vielmehr dieselben gleichsam in sich hineinsenkt und so inmitten der Verwickelung mit seinem Negativen bei sich bleibt. So ist es die Bewegung des unendlichen Seins in das Andere hinein, aus welchem es sich wieder in sein eigenes Sein zurücknimmt. Aber das Andere, welches wir zu dem Objekte unseres Wissens erheben, hat noch den Mangel selber ein Endliches zu sein; es ist ein rein Aeusserliches und so dem Denken gegenüber mit dem Charakter der Zufälligkeit behaftet. Dieser Mangel wird aufgehoben, wenn der Geist sich selber zum Objekte seines Wissens macht, wenn er in Form des Selbstbewusstseins auftritt. Indem so der Geist sich selber gegenständlich wird, so ist er für sich, und sein Fürsichsein ist mithin, dass er in solcher Selbsverobjektivirung sich von sich selber abstösst, und aus diesem negativen Thun als innere Selbstvermittelung in gesteigerter Weise hervorbricht. Die beiden Momente nun dieser Selbstvermittelung, das wissende Subjekt und das gewusste Objekt, stehen einander nicht mehr wie Unendliches und Endliches gegenüber, sondern sie sind identisch: das Subjekt ist selber nur das subjektivirte Objekt und das Objekt ist das objektivirte Subjekt. Damit ist eigentlich jede Seite an ihr selber das Ganze, und werden wir also dazu getrieben dieses zunächst nur als Anlage vorhandene Verhältniss wirklich zu setzen. Dieses geschieht, indem wir Selbstbewusstes denken, und in der That liegt es in der Natur des Selbstbewusstseins in eine Vielheit von Selbstbewussten, von Ichs auseinander zu gehen. Diese Selbstbewussten erscheinen zunächst als unterschieden, als einander abstossend, ausschliessend, weil sie aus dem innerlichen sich von sich selbst Repelliren, sich selbst Verobjektiviren des Selbstbewusstseins hervorgegangen sind. So sind sie die „repellirenden Eins," in welche nach Hegel das Fürsichsein sich auflöst. Aber als solche können sie sich nicht behaupten: denn so gewiss ihre negative Beziehung auch vorhanden ist, ebenso gewiss ist diese in der Identität ihres Inhaltes wieder aufgehoben, und muss ihre Repulsion in eine solche Beziehung umschlagen, in welcher sie sich nach ihrer identischen Natur gegen einander verhalten oder als die „attrahirenden Eins" sind. Dies ist der tiefere Grund für alle Gemeinschaften denkender oder selbstbewusster Wesen, wie sie im Staate, in der Kirche und anderen Verbänden sich gebildet haben. Umgekehrt geht ihre Attraktion gleich wieder in ihre Repulsion über, weil es ein Widerspruch sein würde eine Beziehung total identischer zu setzen und so mit ihrer Beziehung zugleich ihr Unterschied, ihre Repulsion gesetzt ist.

Wenn wir nun unsere Ausführung in streng logischer Form zusammenfassen, so liegt es in dem Begriffe des Fürsichseins sich weiter zu Fürsichseiendem oder zu Hegels „Eins" zu entfalten. In dem Eins treten die beiden Momente des Fürsichseins, welche die in ihm enthaltene innere Vermittelung aufzeigen (nämlich das „Für eines sein" und das „Für sich sein") unter den höheren Formen der Repulsion und Attraktion auf. Indem nun aber diese beiden in einander übergehen, so haben wir das Eins, wie es sich von ihm selber repellirt, aber doch nur in ein identisches Eins umsetzt, oder wie es auf die anderen Eins als ihm selber identische sich bezieht, aber dennoch in solcher Beziehung als gesondertes Eins auftritt. Indem nun so die vielen Eins als einander identisch dieselbe Bestimmtheit enthalten, aber gleichwohl als unterschieden aus einander gehalten werden müssen, so haben wir in ihnen ein solches Sein, welches über sich selber hinausgeht, ohne darum seine Bestimmtheit zu verändern. Die Unabtrennbarkeit der Bestimmtheit vom Sein ist also aufgehoben: die Bestimmtheit ist dem Sein äusserlich geworden und kann verändert werden, ohne das Sein selber mit in diese Veränderung hineinzureissen. Dies ist es, was den Charakter der quantitativen oder der Grössenbestimmtheit constituirt, und wir sind hierbei auch mit dem gewöhnlichen Bewusstsein in Uebereinstimmung. Ein Gegenstand kann unaufhörlichen Schwankungen der Grösse unterworfen sein, ohne deshalb ein qualitativ Anderes zu werden, z. B. eine Wiese kann grösser oder kleiner werden, ohne darum aufzuhören eine Wiese zu bleiben. Das quantitative Sein hat demgemäss seine Bestimmtheit darin, dass es gegen seine Grenze sich vollkommen gleichgültig verhält; es ist die absolute Variabilität seiner selbst, in welcher es gleichwohl sich selber erhält, so dass seine Qualität darin besteht, in seinem Aussersichkommen, in seinem Anderswerden beständig in einfacher Gleichheit mit sich selber zu bleiben.

Dieses vorausgesetzt hält es nun nicht mehr schwer den logischen Faden weiter fortzuführen und den Begriff der Quantität als das Endergebniss der bisherigen Dialektik zu erkennen, und zwar in denselben beiden Formen, unter welchen sie in allen Lehrbüchern der Mathematik aufgeführt zu werden pflegt.

Indem die repellirenden Eins des Fürsichseins, welche die ausgeschlossenen Eins von sich abwehren, in diesem ihren negativen Verhalten nicht bestehen können, sondern an ihnen selber in die attrahirenden Eins umschlagen, so ist das Resultat wegen der unendlichen Vielheit der Fürsichseienden eine nach aussen hin unbegrenzte Einheit, in welche die Fürsichseienden, die Eins, nicht mehr als wirklich, sondern nur noch der Möglichkeit nach eingehen, — die continuirliche Quantität oder der allgemeine unbegrenzte Raum. Indem die Getrenntheit der Eins in solchem nur noch ideell vorhanden ist, so sind sie zu blossen Punkten herabgesunken, deren Sein von einander nicht gesondert werden kann, sondern sie fliessen der eine in den anderen über, so dass jeder Punkt in seinem Aussersichkommen in abstrakter Identität mit sich selber bleibt, lediglich sich selber fort continuirt. Dies ist die wesentlichste Bestimmung der räumlichen Quantität und wird mit dem Namen ihrer Continuität bezeichnet. Es ist aber wohl zu beachten, dass die räumliche Quantität sich als die Aufhebung der Repulsion der Eins ergab und dieselbe daher wenn gleich als aufgehoben, noch enthalten muss. In der That ist allenthalben im Raume die Möglichkeit gegeben einen jeden Raumpunkt für sich zu fixiren, d. h. als aus seinem Zusammenhange mit den übrigen herausgerissen für sich zu bestimmen. Bezeichnen wir nun das Sein eines Eins, mithin hier eines Punktes, wenn es als für sich besonders auftritt, mit dem Namen seiner Discretion, so können wir die continuirliche Quantität als die Einheit von Discretion und Continuität bezeichnen, welche indessen vorwiegend unter der Bestimmtheit der Continuität gesetzt ist und das Moment der Discretion nur noch als aufgehobenes enthält.

Indem die continuirliche Quantität den Mangel hat, dass die Discretion in ihr nicht zur vollen Geltung kommen kann, sondern ein blosses Sollen bleibt, so ist hierin die Nöthigung enthalten zu dem Gedanken einer solchen Quantität fortzugehen, in welcher dieses Sollen sich als reale Wirklichkeit gesetzt hat. Der Begriff dieser Quantität ist eigentlich schon in der vorhergehenden Entwickelung des Fürsichseins enthalten.

Nämlich indem, wie wir gesehen haben, auch die attrahirenden Eins als solche sich nicht behaupten können, sondern an ihnen selber sich als repellirende zeigen, so erhalten wir wiederum eine unbegrenzte Vielheit von Eins, in welcher jedoch die Eins als unterschieden wirklich herausgesetzt sind, und dagegen ihre Attraktion nur noch idealiter vorhanden ist. Dieses Verhältniss findet seine Verwirklichung in der allgemeinen (unendlichen) Zahlenquantität oder der discreten Quantität. Dieselbe ist somit der Complex der unendlich vielen Eins als von einander unterschiedener, und diese Unterschiedenheit der Eins ist nach dem Vorigen ihre Discretion. Die qualitativen Eins aus dem Fürsichsein her haben sich nunmehr in die discreten Zahlen-Eins oder, wenn man diesen Begriff hier anticipiren will, in Einheiten umgewandelt. *)

*) Wenn wir weiter unten schlechthin von „Eins" sprechen, so verstehen wir darunter nicht mehr die qualitativen Eins aus dem Fürsichsein her, sondern die discreten Eins, welche das Element der Arithmetik bilden.

Indessen kann gleichwohl auch in ihnen das Moment der Continuität aufgezeigt werden, indem sie wohl von einander getrennt, aber doch immer mit einander identisch sind, und ferner indem sie sämmtlich als Momente an einer unbegrenzten Einheit gesetzt sind und somit die Beziehung auf einander noch nicht ganz verloren haben können. Die discrete Quantität ist daher gleichfalls die Einheit von Continuität und Discretion; — aber allerdings hat sich die Discretion auf Kosten der Continuität verwirklicht, indem die letztere in der Gleichheit und Identität der Eins wohl noch angedeutet, aber doch in der Geschiedenheit derselben als gebrochen erscheint.

Was sich ergeben hat, ist nun, dass die Quantität, unter welcher ihrer beiden Formen sie auftrete, die beiden Momente der Discretion und Continuität enthält, aber dergestalt, dass Continuität und Discretion eine Einheit bilden, in welcher das eine Moment das andere zur blossen Idealität herabdrückt. Beseitigen wir diesen Mangel und setzen dasjenige Moment, welches bisher nur als ideal, als ein blosses Sollen hervortauchte, nunmehr als in die Wirklichkeit übergetreten: so erhalten wir eine continuirliche Quantität, welche zugleich discret, und eine discrete Quantität, welche zugleich continuirlich ist — dies ist nichts anderes als die begrenzte Quantität oder das (bestimmte) Quantum. Nämlich die continuirliche Quantität kann nur dadurch, dass ihr continuirlicher Fluss unterbrochen oder begrenzt wird, zu einem sich auf sich selbst beziehenden discreten Eins werden. Ferner die discrete Quantität hat schon das Moment der Continuität an ihr selber, in sofern die sich besondernden Eins in einer unbegrenzten Einheit zusammengehen: aber indem diese Einheit unbegrenzt sein soll, wird der Zusammenschluss der discreten Eins illusorisch und in einen endlosen Progress hinausgerückt. Um also das Moment der Continuität in Wahrheit zu setzen, müssen wir auch die discrete Quantität begrenzen und mithin eine endliche Menge ihrer Eins zusammenfassen.

So führt in beiden Fällen die dialektische Entwickelung mit Nothwendigkeit auf den Begriff der begrenzten Quantität zurück und insofern der Sprachgebrauch hierfür den Namen „Quantum" gestattet, auf den Begriff des (bestimmten) Quantums. Das Quantum ist demgemäss der zur Auflösung gekommene Widerspruch von Continuität und Discretion oder die verwirklichte Einheit beider entgegengesetzten Bestimmungen.

2.

Die Entwickelung des bestimmten Quantums.

(Gruppirung und allgemeine Charakteristik der mathematischen Disciplinen.)

Die niedrigste Stufe des bestimmten Quantums ist die begrenzte continuirliche Quantität oder das räumliche Quantum um desswillen, weil in solchem das Moment der Discretion allerdings eine reale Existenz gewonnen hat, aber doch immer nur eine beschränkte, indem es in voller Bestimmtheit nur nach aussen hin sich ausprägt, wo der continuirliche Fluss des Quantums plötzlich abgeschnitten erscheint. Seine Grenze*) stellt sich darum als einfache, aber unterbrochene Einheit dar und ist, weil sie nicht durch sein ganzes Sein deutlich herausgesetzt ist, dem Begriffe des bestimmten Quantums nicht adäquat, welches durch und durch als die vermittelte Einheit seiner widersprechenden Bestimmungen gefasst werden muss. Das findet schon viel mehr in der begrenzten discreten Quantität statt — in der Zahl. Hier erscheint die Grenze nicht mehr als einfache, in einem Fluss verlaufende Einheit, sondern als gegliederte Einheit, das ist als Einheit von Vielen, als Vielheit. Jedes der Eins, aus denen eine Zahl besteht, macht in gleicher Weise diese (bestimmte) Zahl voll, weil sie alle durchaus mit einander identisch sind und keines mehr Recht als das andere beanspruchen darf. Diese ihre Gleichheit schliesst sie zu einer Einheit von Vielen zusammen, welche man gewöhnlich als Anzahl bezeichnet, in welcher die Zahl jede andere von sich ausschliesst als in einer gleichsam gegliederten Grenze, welche das Quantum nicht bloss nach aussen hin, sondern auch in ihm selber unterscheidet. Hiernach ist die Zahl sowohl Einheit als Vielheit oder

*) Die Grenze von Etwas ist seine Bestimmtheit gegen das Andere und, da Etwas nur ist, insofern es gegen das Andere bestimmt ist, so fällt das Sein des Etwas ganz und gar in seine Grenze hinein. Die Grenze eines räumlichen Quantums ist daher die Totalität seines flüssigen Verlaufes, innerhalb dessen es den übrigen Raum von sich ausschliesst. Die unmittelbare Einfachheit, der ruhige Verlauf dieser Grenze wird in der That nur in ihren äussersten Schichten gestört, wo sie mit dem umgebenden Raum geradezu in Berührung kommt.

vielmehr sie ist die Einheit von Einheit und Anzahl, welche als Einheit continuirlich und als Vielheit discret ist.

Der Unterschied des continuirlichen und des discreten bestimmten Quantums wird noch schärfer hervortreten, wenn die Disciplinen, welche dieselben zu ihrem Gegenstande haben, näher ins Auge gefasst werden. Die Geometrie hat die Raumgrösse zu ihrem Objekte und also die Beziehungen hervorzuheben, in welcher räumliche Quanta gegen einander für unsere Reflexion erscheinen. Indem aber die Einfachheit des ruhigen Verlaufes der continuirlichen Grössen eine durchgreifende Unterscheidung nicht zulässt, so trifft dieselbe lediglich ihre gegenseitige Begrenzung, in welcher als in der Unterbrechung jenes Verlaufes das Moment der Discretion sich markirt heraussetzt. Demgemäss ist die geometrische Erkenntniss darauf beschränkt, die blosse Ausdehnung des Zusammenhanges, welcher zwischen geometrischen Gebilden stattfindet, im Allgemeinen anzugeben, oder dieselben als gleich oder ungleich auf einander zu beziehen, in welche Vergleichung sie ja aber auch nur als die respektiven Totaleffekte ihrer Ausdehnungen einzutreten vermögen. So wird allerdings nachgewiesen, dass ein Dreieck durch zwei Seiten und den eingeschlossenen Winkel vollständig bestimmt ist — aber die eigentliche Natur dieser Bestimmtheit, die Natur des Zusammenhanges, welchen die übrigen Stücke des Dreieckes mit den gegebenen haben, wird uns nicht erschlossen. Die gerühmte Anschaulichkeit der Geometrie ist darum eigentlich kein unbedingter Vorzug, indem sie um den Preis einer rein äusserlichen nur die Oberfläche der Sache streifenden Einsicht erkauft wird. Dies Zugeständniss enthält jedoch keine Herabsetzung der Geometrie: dieselbe prätendirt keine höhere Erkenntniss zu geben, als sie wirklich giebt und diejenige, welche sie giebt, giebt sie in so vollkommener Weise, als man es irgend nur wünschen kann.

Die ächt wissenschaftliche Erkenntniss des bestimmten Quantums beginnt erst da, wo der Unterschied und der Widerspruch, welchen es in dem Momente der Discretion an ihm selber hat, durch sein gesammtes Sein hindurch deutlich herausgesetzt ist, und die Spitze dieses Widerspruchs nicht dadurch, dass sie in einen continuirlichen Fluss gleichsam hineingewickelt ist, an der Umhüllung erlahmend vergeblich durchzubrechen strebt. In der Arithmetik ist solche Erkenntniss. Hier handelt es sich nicht um die blosse Ausdehnung des Zusammenhanges zwischen Zahlengrössen, sondern da die Begrenzung der Zahl sich durch ihr gesammtes Sein als innerliche Selbstvermittelung hindurchzieht, so kann die Beziehung, in welche Zahlen durch den reflektirenden Verstand eintreten, keine bloss oberflächliche bleiben, sondern muss die volle Totalität ihres Begriffes treffen.

Diesem Kreise des Wissens gehören zunächst die combinatorische Analysis und die Lehre von den Rechnungsoperationen an, welche beide noch die rein äusserliche Beziehung der Zahlen zu einander als Grundlage haben und daher in ihrem Gange noch viel Analoges mit der Anschaulichkeit der geometrischen Construktion besitzen. Die Combinatorik bezieht sich lediglich auf die Anordnung gegebener Elemente, welche sonst willkürlich sein können, aber, welche Natur ihnen auch zukomme, auf diesem Gebiete lediglich als einfache Eins gelten, um deren Zusammenstellung es sich handelt. Die Rechnungsoperationen, welche sich theilweise auf combinatorische Operationen zurückführen, theils selber wieder für die Theorie jener die Voraussetzung bilden, enthalten den wesentlichen Fortschritt, dass sie nicht das unbestimmte, gegen seine specielle Natur gleichgültige Eins, sondern das discrete zu dem anderen sich identisch verhaltende Eins zu ihrem Principe haben und daher nicht mehr eine blosse Zusammenstellung von beliebigen Elementen, sondern eine wirkliche Zusammenstellung von Zahlelementen fordern. Die Entwickelung der Grundoperationen wird an geeigneter Stelle folgen; hier mag vorläufig noch bemerkt werden, dass sie hauptsächlich die Bedeutung haben die allgemeinen Formen (z. B. Summe, Produkt u. s. w.) zu deduciren, unter welche die weitere mathematische Erkenntniss sich stellt, und nach dieser Seite hin gehen sie in die Algebra über, welche die Bewegung des Quantums innerhalb dieser Formen zu seiner eigenen Bestimmtheit hin zum Objekte hat.

Die eigentliche Wissenschaft der Arithmetik ist jener Zweig der Mathematik, welchen man unter dem Namen der Zahlentheorie begreift. Wegen der Schwierigkeit dieser Disciplin, welche sich in dem strengen meist apagogischen Gange ihrer durchaus eigenthümlichen Beweisart wiederspiegelt, kann es nicht befremden, wenn sie bis jetzt viel weniger als die Geometrie und die Algebra ausgebildet ist. Von den Indiern sind uns ihre Elemente im 3. oder 4. Jahrhundert nach Christi Geburt durch Diophantes überliefert und, nachdem sie lange Zeit in Vergessenheit gerathen, erst in neuerer Zeit weiter entwickelt worden. Der Grund dieser bemerkenswerthen Erscheinung wird sogleich einleuchten, wenn wir das Princip der Arithmetik näher ins Auge fassen.

Der Gegenstand der Arithmetik ist die rationale Zahl, und sie umfasst also das Gebiet aller Zahlbestimmungen, welche in endlicher Weise aus dem discreten Eins, als dem Elemente der Arithmetik, sich ableiten und mithin ohne die Aufgabe dieses Principes sich begreifen lassen. Indem sie daher die mannichfaltigen Beziehungen betrachtet, vermöge deren die discreten Eins in eine Zahl hineingehen, die Zahl aber lediglich durch diese Beziehung der discreten Eins zu ihrem Sein als Zahl zusammengeschlossen wird, so ist es geradezu das Wesen der Zahlen, die innerste Natur ihrer Bildung, welche die Wissenschaft zu erfassen sich hier das Problem gestellt hat. Was sie aber hierdurch an Interesse gewinnt, das erhöht ihre Schwierigkeit. Sie erfordert einen sehr hohen Grad von Abstraktion, weil das discrete Eins, indem es auf diesem Gebiete noch als letzter Grund der Zahlbestimmtheit erscheint, den Charakter der Unmittelbarkeit des ruhigen in sich beschlossenen Seins an sich trägt. So in der ihm eigenthümlichen Sprödigkeit verleiht es den Zahlen eine gewisse Unbeweglichkeit ihrer Gliederung, welche, indem sie den Prozess ihres Werdens verschleiert, nur schwer in den Prozess des Denkens hineingeht; und dass dies überhaupt nur möglich ist, hat seinen Grund darin, dass die Zahl, wie starr immer ihre Gliederung in die discreten Eins ausgeprägt sei, doch immer ihre Glieder als identisch umfasst und daher wenigstens die beliebige Versetzung derselben gestattet. Dem entsprechend sind die Fundamentalsätze der gesammten Zahlentheorie die folgenden beiden Theoreme: „Die Ordnung der Summanden, aus denen sich eine Zahl zusammensetzt, ist gleichgültig" und: „Die Ordnung der Faktoren ist gleichgültig."

Heben wir noch einmal die Hauptmomente der bisherigen Entwickelung hervor, um die Nothwendigkeit eines weiteren Fortgangs zu zeigen.

Das räumliche Quantum hatte nur eine Begrenzung gegen andere, und nach innen hin wird durch den in einander verschwimmenden Fluss seiner Punkte, welche den Eins der Arithmetik entsprechen, der Unterschied oder die Bestimmtheit in ihm selber zu einer impliciten herabgesetzt, welche in ihrer Unmittelbarkeit als träg bezeichnet werden kann oder als unmächtig sich durch eigene Kraft zu realisiren. Dieses war der Grund, weshalb die Geometrie die räumlichen Quanta nur nach ihrer Bestimmtheit gegen einander herauszuheben und sie deshalb nicht zu messen, sondern höchstens zu vergleichen vermag. Allein wenn auch das Raumquantum seinem Begriffe nach die volle Discretion oder Bestimmtheit an ihm selber zu haben nicht erfüllen kann und in seinem ruhigen Verlaufe der Bewegung in dieses sein Sollen hinein entbehrt — die wissenschaftliche Betrachtung darf es nicht in dieser Trägheit belassen und um es nach seinem Begriffe zu fassen, muss sie das Princip des discreten Eins hineintragen, d. h. sie muss es als eine Menge von Eins begreifen oder, wie es in umfassender Weise in der geometrischen Analysis geschieht, zur Zahlbestimmtheit erheben. Freilich ist es nicht die eigentliche Entwickelung der Sache, es ist die That unserer Reflexion, welche diese Umwandelung vollführt — aber abgesehen davon, dass in den höheren realen Gebieten z. B. der Bewegung sich dieser Fortschritt des logischen Gedankens auch objektivirt, so liegt es in der Trägheit der Raumgrösse, dass sie solchem Beginnen keinen Widerstand entgegensetzt, und weiter ist das Quantum der analytischen Geometrie jedenfalls das logische Prius des realen Raumquantums, welches aus seiner Voraussetzung unter allen Umständen wieder herstellbar sein muss. Die analytische Geometrie hat in ihrem Fortgang sich dessen zu versichern, dass ihr Quantum die beständige Rückkehr zum Raumquantum zulässt, und die Veränderung, die sie mit diesem letzteren vornimmt, hat nur die Bedeutung, dasjenige aus dem Begriffe zu deduciren, was als ruhige Unmittelbarkeit uns vorliegt.

Das discrete Quantum hat die volle Bestimmtheit an sich; aber diese Bestimmtheit entbehrt in ihrer starren Ausgeprägtheit noch zu sehr des continuirlichen Flusses. Das spröde, sich isolirende Eins erscheint als der absolute Gegensatz des verfliessenden Punktes. Aus dieser Einseitigkeit ergiebt sich die Nothwendigkeit ein Zahlquantum zu denken, welches den Fluss eines continuirlichen Verlaufes in seine spröde Natur hineingenommen hat. Dieses ist nur dadurch möglich, dass wir die Zahl aus ihrer Isolirtheit herausreissen und in einen Fluss hineinversetzen, in welchem sie zum blossen Momente herabsinkt, als Verfliessungsprodukt erscheint — wir müssen also von der Zahl zu dem Begriffe der Funktion fortschreiten, insofern, was wir vorläufig anticipiren, in demselben wirklich die angedeuteten Bestimmungen nachgewiesen werden können. Wenn nun der Begriff der Funktion sich als dasjenige zeigen sollte, was die Zahl, begriffsmässig gefasst, wird, so sieht man leicht ein, wie die Theorie der Funktionen die gesammte Arithmetik enthalten und der Fortschritt des Wissens auch hier wiederum eine tiefere Auffassung schon bekannter Wahrheiten begründen muss.

Ziehen wir von den vorstehenden Entwickelungen das ab, was unserer Reflexion angehört und beschränken uns auf den rein logischen Inhalt, so hat sich ergeben, dass eben so sehr das continuirliche, als das discrete Quantum in Folge der mangelhaften Verwirklichung ihres Begriffes über sich selber hinausweisen. Die Raumgrösse fordert den Gedanken eines solchen continuirlichen Quantums, welches die Unterscheidung, die Selbstbegrenzung durch sein ganzes Sein herausgesetzt hat, und die Zahl treibt zu dem Begriffe eines solchen ebenfalls noch discreten Quantums, dessen Spröde sich in dem Flusse eines continuirlichen Verlaufes gebrochen hat. In beiden Fällen haben wir also im Grunde ein und dasselbe Quantum, nämlich ein solches bestimmtes Quantum, welches Discretion und Continuität im vollkommensten Gleichgewichte vereinigt, welches discret-continuirliches oder continuirlich-discretes Quantum ist — das Quantum, welches der Gegenstand der Analysis und näher des höheren Calcüls ist. Auf diesem Standpunkte sind also das discrete und continuirliche Quantum in eine vollständige Einheit zusammengegangen und verschwindet der Unterschied zwischen Geometrie und Arithmetik. In der That ist es in der Analysis zulässig jede Funktion (einer Veränderlichen) sich als Curve und jede Curve sich als Funktion vorzustellen, und was von Funktionen im Allgemeinen gilt, auf Curven, und was von Curven im Allgemeinen dargethan ist, auf Funktionen zu übertragen.

Wir bemerken vorläufig, dass die Analysis eine ähnliche Entwickelung haben wird, wie die Wissenschaft vom Quantum. Zunächst handelt es sich darum aus dem discret-continuirlichen Quantum heraus die Continuität zur Darstellung zu bringen — das ist das Problem der Differentialrechnung, und weiterhin ist zu untersuchen, wie es aus seinem continuirlichen Flusse heraus sich in

2*

die Discretion hineinbewegt — das ist das Problem der Integralrechnung. Jedem also der höhere Calcül eigentlich die bestimmenden Grundprincipien alles quantitativen Seins, die Continuität und Discretion, in der analytischen Formel zu einem adäquaten Ausdrucke bringt, so liegt hierin schon die Möglichkeit, aus ihm heraus zu den anderen Formen des bestimmten Quantums, welche noch unter der vorwiegenden Bestimmtheit eines dieser Principien gesetzt sind, zurückgehen zu können, und wirklich fällt es nicht schwer, jedes geometrische Theorem, z. B. den Pythagoräer, aus der höheren Rechnung zu begreifen. Auch zwischen der Zahlentheorie und der höheren Analysis, besonders der Integralrechnung, deuten die neuesten Untersuchungen unwidersprechlich auf das Bestehen eines innigen Zusammenhanges hin, ohne dass man gleichwohl bis jetzt ihn nach seiner vollen Bestimmtheit zu entwickeln im Stande gewesen ist. — Indess ist durch die bisherigen Bestimmungen über den höheren Calcül sein Wesen durchaus noch nicht erschöpft; vielmehr da auf dem Boden der Analysis der Unterschied zwischen Continuität und Discretion verschwunden ist, so wäre dem Begriffe der Sache noch nicht Genüge geschehen, wenn wir die Differential- und Integralrechnung bloss als den einseitigen Ausdruck dieser Bestimmungen gelten liessen. Vielmehr überall, wo es sich um allgemeine Untersuchungen über die Natur discret-continuirlicher Quanta oder, was wir vorläufig ohne näheren Nachweis als dasselbe bezeichnet haben, auf dem weiten Gebiete der Funktionen handelt, wird uns der höhere Calcül zwar noch immer als die analytische Reproduktion von Continuität und Discretion gelten, aber solcher Continuität und Discretion, welche in ungetrennter Einheit mit ihrer entgegengesetzten Bestimmung ist: das heisst er wird für uns die Bedeutung eines Ableitungscalcüls oder auch eines Erzeugungs-Calcüls von discret-continuirlichen Quantis oder von Funktionen gewinnen — er wird uns schlechthin der Funktionencalcül. Das ist die Auffassung des grossen Lagrange, deren Berechtigung schon in der einfachen Thatsache liegt, dass die Resultate der Differentiation oder Integration einer Funktion immer wieder Funktionen der unabhängig Veränderlichen sind, und für sehr viele wichtige Partieen der Analysis ist sie kaum zu umgehen, z. B. für das Problem der Verwandlung einer Funktion in eine unendliche Reihe und alle die einzelnen Disciplinen, welche aus dem Boden der Integralrechnung hervorwachsen, von denen ich als die bedeutendste nur die Theorie der elliptischen Transscendenten aufführe.

Die Unzulänglichkeit des discreten Quantums, seinen Begriff als bestimmtes Quantum zu erfüllen, spricht sich an verschiedenen Orten schon in der Arithmetik aus. So führen schon die Rechnungsoperationen auf den Begriff der Irrationalzahl, welche gleichwohl aus dem Eins der Arithmetik nicht vollständig oder in endlicher Weise, dagegen als continuirlicher Verlauf vollkommen bestimmt werden kann. Das tiefere Eingehen in derartige Begriffe wird mehr oder weniger an die Methoden der höheren Analysis heranstreifen. Ferner gibt es Partien der Mathematik, die eigentlich gleichfalls ganz und gar auf dem Boden der höheren Analysis stehen, ohne gleichwohl vermöge der allgemeinen Methoden des höhern Calcüls discutirt zu werden. Dahin gehören die gesammte sogenannte algebraische Analysis, die Theorie der Convergenz der Reihen, die Trigonometrie, die Elemente der analytischen Geometrie und dergleichen mehr. Die abgesonderte Behandlung dieser Disciplinen hat ihren Grund theils in Zweckmässigkeitsgründen, indem es eher zum Ziele führt den allgemeinen Methoden geeignete Specialmethoden zu substituiren, theils aber sollen sie allgemeine Formen liefern, unter welchen die weitere Erkenntniss befasst werden soll. Sie haben also die Bedeutung, entweder als einleitende Uebungen, oder als formale Grundlage für die allgemeine Untersuchung zu dienen. Das letztere gilt besonders von der Theorie der Logarithmen und Exponential-Funktionen, von der Trigonometrie und den Elementen der analytischen Geometrie.

Hiermit haben wir die allgemeine Zeichnung unseres Standpunktes vollendet und können nunmehr, indem wir in die eigentliche Untersuchung eingehen, seine Rechtfertigung im Einzelnen unternehmen. Da sich logisch der Begriff des discret-continuirlichen Quantums bereits mit Nothwendigkeit ergeben hat, so haben wir zunächst die Aufgabe, seine Identität mit dem Begriffe desjenigen Quantums zu erweisen, welches den Gegenstand der Analysis bildet, oder auch wir haben den logischen Begriff in die Sprache der Analysis zu übersetzen. Diese Aufgabe wird sogleich in eine zwiefache Untersuchung dadurch gespalten, dass sowohl das discrete, als das continuirliche Quantum in die bezeichnete Kategorie übergeht; wir müssen also zeigen, wie sowohl die

Raumgrösse, als auch die Zahlgrösse sich auf dem Gebiete der Analysis in das discret-continuirliche Quantum umsetzen.

Zuvor jedoch noch eine Bemerkung über die Terminologie. Wir haben gesehen, dass die Einheit von Continuität und Discretion, welche uns den Begriff des bestimmten, sei es discreten oder continuirlichen, Quantums liefert, erst in dem Quantum der Analysis zu ihrem wahrhaften Abschlusse kommt. Die Momente dieses Quantums werden immer noch Continuität und Discretion sein, aber nicht mehr wie sie als sich ausschliessende, gegen einander gekehrte Momente in der allgemeinen Quantität auftreten, sondern ihre Gegensätzlichkeit hat sich gebrochen und jedes ist mit dem anderen zu einer Einheit verschmolzen. Demgemäss, da der Begriff sich unter eine andere, höhere Form gestellt hat, sollten wir eigentlich eine neue Bezeichnung einführen; indessen, um nicht ganz und gar mit der gewöhnlichen Sprache der Analysis in Widerspruch zu treten, wollen wir die Nomenclatur des niederen Verhältnisses auch für das höhere beibehalten; und dies ist um so mehr gerechtfertigt, als unsere Untersuchung fast durchweg sich auf dem Gebiete des analytischen Quantums bewegt und darum Missverständnisse oder Unklarheiten kaum zu befürchten sind. Uebrigens dürften solche sogleich beseitigt werden, wenn man sich nur des Stufenganges erinnert, in welchem auf dem Gebiete des quantitativen Seins die Momente der Continuität und Discretion auftreten:

1) In der allgemeinen Quantität ist immer das eine wirklich gesetzt, das andere nur ideell vorhanden.

2) In dem bestimmten Quantum sind beide wirklich gesetzt, aber noch nicht zu gleicher Geltung gekommen.

3) In dem analytischen Quantum sind beide wirklich gesetzt und auch zu gleicher Geltung gekommen.

3.

Der Begriff der Funktion als reale Existenz des discret-continuirlichen Quantums.

Indem die Differential- und Integralrechnung mit mehreren Variabeln sich auf die Rechnung mit einer Variabeln zurückführen, so wird im Folgenden grösserer Einfachheit willen bloss auf den Begriff der Funktion einer unabhängig Veränderlichen reflektirt und, da das geometrische Bild einer solchen Funktion die ebene Curve ist, so werden die sogleich folgenden geometrischen Betrachtungen sich nur auf die Ebene beziehen. Beides wird sich im Verlaufe der Untersuchung selbst rechtfertigen.

Die analytische Geometrie zeigt, wie die Lage eines Punktes in der Ebene durch seine Abstände von zwei festen auf einander senkrechten Axen vollständig bestimmt ist, und bezeichnet die Maasse für diese Entfernungen mit dem Namen der Coordinaten des Punktes oder näher seiner Ordinate y und seiner Abscisse x. Sind die Zahlenwerthe (mit Einschluss ihres Vorzeichens)*)

*) Die beiden Coordinatenaxen schliessen vier rechte Winkel mit einander ein, deren gemeinsamer Scheitel der Anfangspunkt der Coordinaten heisst. Die Einführung der Vorzeichen wird nun dadurch nöthig, dass in jedem dieser vier Winkelräume ein gewisser, aber auch nur Ein Punkt existirt, dessen Coordinaten zwei gegebenen Zahlenwerthen entsprechen. Somit giebt es im Allgemeinen immer vier Punkte von der Beschaffenheit, dass die absolute Länge ihrer Coordinaten durch dieselben zwei gegebenen Zahlenausdrücke gemessen wird. Diese vier Punkte sind die vier Eckpunkte eines Rechteckes, dessen Seiten durch die beiden Coordinatenaxen halbirt werden. Ihre Unterscheidung geschieht dadurch, dass man die Abscissen x, welche auf entgegengesetzten Seiten der Ordinatenaxe liegen, und die Ordinaten y, welche auf entgegengesetzten Seiten der Abscissenaxe liegen, als respektive einander entgegengesetzt und daher die einen als positiv, die anderen als negativ betrachtet. Welche Seiten der Axen der x und der y respektive als positiv oder negativ genommen werden, ist gleichgültig: nur muss die einmal getroffene Bestimmung consequent beibehalten werden.

Denken wir uns nun einen bestimmten Punkt, so ist seine Abscisse x offenbar dem Abschnitte der Abscissenaxe zwischen dem Anfangspunkte und dem Fusspunkte der Ordinate sowohl nach der absoluten Grösse als auch nach der Lage in Bezug auf die Axe der y vollkommen gleich und man pflegt daher gewöhnlich geradezu diese Distanz als das dem Punkte entsprechende x anzusehen. Hiernach gestaltet sich die Construktion eines Punktes mit Zugrundelegung seiner Coordinatenwerthe ganz einfach. Um ein bestimmtes Beispiel zu haben sei die Axe der x irgend eine Horizontale, die Axe der y eine Vertikale: die positiven y mögen nach oben, die negativen nach unten, ferner die positiven x rechts von der Axe der y und die negativen x links von eben dieser Axe gerechnet werden. Wenn nun die Coordinaten eines Punktes $x = -2'$ und $y = +3'$ gegeben sind und es sich um seine Construktion handelt, so trage man, indem man vom Anfangspunkte aus links fortgeht, auf der Axe der x ein Stück $= 2'$ ab und ziehe durch den Endpunkt dieses Stückes eine Senkrechte, auf welcher man von dem letztgenannten Punkte ausgehend nach oben zu eine Distanz von $3'$ bestimmt. Der Punkt, welcher diese Distanz abschliesst, ist der gesuchte Punkt, da ihm offenbar die Coordinatenwerthe $x = -2'$,

der beiden Coordinaten bestimmt, so kann man durch eine leichte geometrische Construktion den bezüglichen Punkt in der Ebene fixiren und zwar als Durchschnitt zweier (den Axen paralleler und auf einander perpendikulärer) Geraden, so dass seine Natur als verfliessendes, für sich allein in keiner Weise isolirbares Raumelement vollständig bewahrt bleibt, während er gleichwohl in die Zahlenbestimmtheit eingetreten ist. Da kein anderer Punkt denselben Coordinatenwerthen entspricht und ein Punkt daher durch seine Coordinaten in erschöpfender und unzweideutiger Weise bestimmt ist, so kann man die angegebenen Bestimmungen auch so zusammenfassen: „Wenn ein Punkt nach seiner Lage gegeben ist, so entspricht dem bestimmten Werthe seiner Abscisse x ein bestimmter Werth seiner Ordinate y." — Gehen wir weiter fort zu dem allgemeinsten Schema des bestimmten Quantums in der Ebene, zu der ebenen Curve, so ist diese ein Zug von in einander überfliessenden Punkten und, insoweit sie eine bestimmte Curve ist, ein bestimmter Zug oder näher eine bestimmte Aufeinanderfolge solcher Punkte und jeder einzelne Verflusspunkt kann als ein specieller Punkt in dieser bestimmten Aufeinanderfolge fixirt werden (z. B. durch eine Parallele mit der Axe der y, welche die Curve in diesem Punkte durchschneidet, so dass letzterer als die Grenze der Curve gegen die Parallele hervortritt). Die Curve ist daher weiter nichts als eine Aufeinanderfolge von bestimmten Punkten und dieses, zufolge des so eben angeführten Theoremes, heisst nichts anderes, als wir haben eine Aufeinanderfolge von bestimmten Coordinatenwerthen, in welcher jedem bestimmten Werthe der Abscisse x ein bestimmter Werth der Ordinate y entspricht. Abscisse und Ordinate erscheinen also auf einander bezogen, dergestalt dass, sobald der Zahlenwerth der ersten gegeben ist, der Zahlenwerth der letzteren sich gleichfalls bestimmt und mithin als von jenem abhängige Bestimmtheit gesetzt ist. Soll diese abhängige, vermittelte Bestimmtheit nicht ganz vag sein (und das ist unstatthaft, weil es sich fortwährend nur um die Bestimmtheit Eines Punktes handelt), so muss irgend eine Regel ihrer Abhängigkeit existiren, nach welcher das y als bestimmt für einen

---

$y = +3'$ entsprechen. Er liegt also in dem Winkelabschnitte, welcher oberhalb der Axe der x und links von der Axe der y sich befindet.

bestimmten Werth von x folgt, das heisst, da y und x Zahlbestimmtheiten vorstellen, y muss eine irgend wie bekannte arithmetische Zusammensetzung haben, in welche x hineingeht, weil sonst die Bestimmtheit von y nicht durch die Bestimmtheit von x vermittelt wäre. Die Art und Weise, wie x in diese Verknüpfung arithmetischer Operationen hineingeht, ist das Unveränderliche in der Natur der arithmetischen Formel für y, und indem dadurch die Rechnungsoperationen festgesetzt werden, welche für jedes x den entsprechenden Punkt dieser bestimmten Curve bestimmen, so haben wir in ihr die Zusammenfassung sämmtlicher Puncte der Curve in eine feste umschliessende Einheit und mithin die vollkommene Identität der Zahlformel mit der vorliegenden bestimmten Curve, welche ja auch nur als eine feste, ihre Punkte befassende Einheit sich darstellt. Sehen wir nun zu, was wir rein arithmetisch genommen haben, so ist es die arithmetische Zusammensetzung des y aus dem x, oder es ist ein Ausdruck für y, welcher die unveränderliche Folge von Rechnungsoperationen angiebt, die mit jedem speciellen x vorgenommen werden müssen, um das zugehörige y zu erhalten. Ein solcher Ausdruck für y heisst in der Analysis eine Funktion von x, und sie bedient sich der Bezeichnung

$$y = f(x).$$

Man wird es nun auch ohne Weiteres verstehen, wenn man x als die unabhängig Veränderliche und y als die abhängig Veränderliche bezeichnet, eine Bezeichnung, die man übrigens mit demselben Rechte auch umkehren könnte, indem offenbar jede Aenderung des Werthes von y auch eine Aenderung des Werthes von x zur Folge hat. Streng genommen wäre es daher zum Ausdrucke des vorliegenden Verhältnisses zwischen y und x angemessener, sich der Formel

$$\varphi(y, x) = 0$$

zu bedienen, welche ganz allgemein einen Ausdruck andeutet, in welchen y und x vermöge vollkommen beliebiger Rechnungsoperationen hineingehen. Indem derselbe nun verschwinden soll, so liegt darin, dass für jeden bestimmten Werth der einen Veränderlichen immer ein derartig bestimmter Werth der anderen folgt, dass der Werth des Ausdruckes sich annullirt. Die Auflösung der Gleichung $\varphi(y, x) = 0$ nach y führt auf die frühere

Form $y = f(x)$ der Funktion zurück und ist daher in derselben nur scheinbar weniger enthalten als in der Form $\varphi(y, x) = 0$.

Die logische Bedeutung des Begriffes der Funktion liegt in dem Vorhergehenden. Zunächt dient sie dazu, um für jedes bestimmte x das zugehörige y zu berechnen, d. h. also einen bestimmten Punkt der Curve festzulegen: sie ist also das Mittel die in einander überfliessenden Punkte der Curve aus ihrem continuirlichen Flusse herauszureissen und in die discrete Zahlbestimmtheit überzuführen. So hat sie das Moment der Discretion an ihr selber und zwar solcher Discretion, welche sich in den Fluss des continuirlichen Seins hineintaucht, aber nicht in ihm versenkt bleibt, sondern es als Zahlbestimmtheit erfassend die Discretion, welche vorher als ein blosses an sich, als ein blosses Sollen auftrat, als volle vermittelte Bestimmtheit heraussetzt. Indem aber die Funktion so über den Begriff des realen continuirlichen Seins im Raume hinausgeht und die einfache Unmittelbarkeit von dessen Begrenzung negirt, so geht sie doch wieder vollständig mit ihm zusammen, weil sie die allgemeine Regel ist, vermöge deren auf die gesammte Folge von Punkten dieser Curve zurückgekommen werden kann, weil sie in der unveränderlichen Folge ihrer Rechnungsoperationen das allgemeine Gesetz, das Bleibende darstellt, wodurch die aus ihrem Flusse herausgerissenen isolirten vielen Punkte wieder zu einer Einheit zusammengeschlossen werden, und weil sie mithin dieselbe befassende Einheit ist, als welche die ebene Curve in der Anschauung vorliegt. Folglich erscheint sie als die wahrhafte Einheit von Continuität und Discretion, als das Discret-continuirliche oder, wenn man lieber will, als das unendliche Quantum, welches sich aus seiner einfachen Bestimmtheit heraus in die Zersplitterung der discreten Zahlbestimmtheit hinein bewegt und dann sich wieder in die Einfachheit seines continuirlichen Flusses zurücknimmt. *)

---

*) Es möge als Ergänzung der vorstehenden analytisch geometrischen Betrachtung und da es für das Verhältniss des Folgenden dienlich erscheint, noch eine kurze Andeutung über das nähere Verfahren beigefügt werden, wie man eine Curve, deren Gleichung $y = f(x)$ gegeben ist, sich vermöge der Coordinatenmethode verzeichnet. — Zunächst indem jedem speciellen Punkte der Curve ein specieller aus der gegebenen Funktion berechnungsfähiger Werth des y entspricht, welcher sich auf eine specielle Distanz x auf der Abscissenaxe bezieht, erhellt die Möglichkeit die sämmtlichen Punkte der Curve geometrisch festzulegen. Zu

Nachdem uns nunmehr die Betrachtung des continuirlichen Quantums über dasselbe hinaus zu dem Begriffe der Funktion

---

dem Zwecke hat man auf der Abscissenaxe in ihren sämmtlichen auf einander folgenden Punkten sich Perpendikel errichtet zu denken und auf derselben von der Axe der x aus gerechnet solche Distanzen y zu nehmen, welche sich auf die Distanzen x der zugehörigen Fusspunkte vom Anfangspunkte beziehen. Die Endpunkte der erwähnten Senkrechten bilden alsdann einen continuirlichen Zug, welcher mit der gesuchten Curve identisch ist.

Gehen wir nun aber wirklich an die Ausführung heran, so zeigt sich bald, dass diese im strengen Sinne nicht zu leisten ist. Es ist nicht möglich die auf einander folgenden Punkte der Abscissenaxe für sich zu fixiren; was wir thun können, besteht bloss darin, dass wir auf derselben in möglichst kleinen Abständen von einander uns Punkte annehmen. Demgemäss werden wir auch nicht die Aufeinanderfolge sämmtlicher Curvenpunkte erhalten, sondern eine Anzahl in kleinen Abständen von einander befindlicher isolirter Curvenpunkte. Indessen liegt es auf der Hand, wie schon diese ein um so genaueres Bild der Curve geben werden, je kleiner wir die Distanzen der Punkte auf der Axe der x nehmen, und wenn wir die sämmtlichen isolirten Curvenpunkte durch einen continuirlichen Zug verbinden, so werden wir uns eine Vorstellung von der Curve, die der gegebenen Funktion entspricht, wenigstens annäherungsweise verschaffen.

Als geeignete Annahme specieller Funktionen für diese Construction führen wir die folgenden an:

$$y = x + 2, \pm\sqrt{1-x^2},\ x^2,\ \frac{1}{x}$$

Die erste Annahme entspricht einer geraden Linie, die mit der Axe der x einen Winkel von 45° einschliesst und von der Axe der y ein Stück von der Länge 2 abschneidet, die zweite einer Kreislinie, die mit dem Radius 1 um den Anfangspunkt beschrieben ist, die dritte einer Parabel, deren Axe mit der Axe der y zusammenfällt, endlich die vierte einer gleichseitigen Hyperbel, deren Mittelpunkt der Anfangspunkt und deren Assymptoten die Coordinatenaxen sind.

Wenn wir einen Augenblick bei der Funktion

$$y^2 + x^2 = 1 \text{ oder } y = \pm\sqrt{1-x^2}$$

stehen bleiben, so giebt der Fall des oberen Vorzeichens denjenigen Halbkreis, welcher auf der positiven Seite der Ordinaten liegt, der Fall des unteren Vorzeichens dagegen den auf der negativen Seite der Ordinaten befindlichen Halbkreis. Beschränken wir uns auf den Fall $y = +\sqrt{1-x^2}$, so erhalten wir für positive x den Quadranten, der auf der positiven Seite der x liegt und für negative x den Quadranten, der auf der negativen Seite liegt. Den ersten unter diesen beiden Quadranten erhält man annäherungsweise schon, wenn man sich die zusammengehörigen Coordinatenpaare:

$x=0,\ y=+1$; $x=\frac{1}{4},\ y=0{,}97$; $x=\frac{1}{2},\ y=0{,}87$; $x=\frac{3}{4},\ y=0{,}41$; $x=1,\ y=0$

berechnet, die zugehörigen Punkte sich construirt und durch einen continuirlichen Zug verbindet. Ueber $x=1$ braucht man nicht hinauszugehen, weil alle Punkte des Kreises, deren Abscissenwerthe grösser als 1 sind, imaginär werden.

getrieben hat, haben wir die Zahl einer ähnlichen Dialektik zu unterwerfen und werden dadurch, indem wir gleichzeitig die vorhergehende Entwickelung ergänzen, den mathematischen Rechtsboden vollständig begründen, welcher auf den Unterschied zwischen Geometrie und Arithmetik als einen überwundenen nicht mehr eingeht.

Die Zahl ist eine Vielheit von Eins, oder, wenn man lieber will, von Einheiten, welche durch ihre Identität und weiter als bestimmte, begrenzte, d. h. aufgehobene, negirte Vielheit zu einer Einheit, einem Eins zusammengegangen sind. Indem die Zahl als ein solches Sein fixirt ist, hat sie den Charakter abgeschlossener Starrheit, sowohl gegen andere als das sich selbst befassende Eins, wie auch in ihr selber, weil die befassten Eins die Natur des umschliessenden Eins, in welches sie zusammenhangslos als discrete eintreten, vollständig theilen und gleichfalls in sich geschlossene Eins sind. Daher hat die Zahl keinen ihr selber inwohnenden Trieb sich in die Beziehung zu anderen hineinzuversetzen; vielmehr ist sie als Eins ohne alles Verhältniss zu den anderen, welche gleich ihr als Eins in ihrer einfachen Beziehung auf sich selbst gelten.

Hieraus ergiebt sich, dass die Zahl gegen andere absolut ohne Gegensatz ist; denn, wenn sie zu den übrigen Zahlen sich als Gegensatz hinstellte, so wäre sie auf dieselben bezogen, was ihrer spröden, exclusiven Selbstständigkeit widerspricht. Damit folgt aber sofort, dass jede speciell bestimmte Zahl den Begriff des discreten bestimmten Quantums nicht mehr realisirt als die übrigen, weil sie sonst als höhere und niedere Formen des Begriffes einander entgegenständen: dass also die specielle Zahlbestimmtheit an dem vollen Begriffe der Zahl als eine Schranke *) sich zeigt

---

*) Alle Zahlen verwirklichen in gleicher Weise den Begriff des discreten Quantums. Eine einzelne specielle Zahl kann daher nicht als die volle Realität desselben gelten, eben weil ihn die übrigen eben so sehr, wenn auch in gleicher Einseitigkeit, darstellen: so hat sie an ihr selber den inneren Widerspruch, in ihrem Begriffe etwas zu enthalten, was sie vollständig zu realisiren doch unvermögend ist, und das ist ihre Schranke, welche uns zu dem Begriffe der allgemeinen Zahl fortzugehen nöthigt. Uebrigens ist dies streng genommen kein Fortschritt der logischen Entwickelung: sondern das discrete Quantum, welches

und somit zu der Zahlbestimmtheit überhaupt, d. h. zu der jeder Bestimmung fähigen, zu der allgemeinen Zahl fortgegangen werden muss. Dieser Forderung genügt die Wissenschaft durch die Einführung der Buchstaben in die Arithmetik, welchen sie die Bedeutung blosser Zahlformen oder jede beliebige Bestimmung zulassender Zahlen giebt.

Die Dialektik der Zahl wird also nicht mehr mit der zufällig bestimmten, sondern mit der allgemeinen Zahl vorgenommen werden, und, da solche selber nur als blosse Zahlform gilt, wird sie auch nur Zahlformen, wenn gleich höher stehende, hervorbringen. Als solche werden sich sogleich die Summe, das Produkt und die Potenz ergeben.

Es ist zu sehen, wie die allgemeine Zahl in die logische Veränderung hineingeht. Ihre beiden Momente sind immer noch Anzahl und Einheit, nur dass jene nicht als diese specielle, sondern nur überhaupt begrenzt ist. Weil aber die Anzahl als Vielheit des Eins von Vielen ist und diese Vielen selbst nur die die Zahl ausmachenden Eins sind, so hat eigentlich die Anzahl die Bedeutung die volle (vermittelte) Zahl zu sein. Also, da die Einheit mit der unmittelbaren Zahl, dem Eins, zusammenfällt, so ist das Moment der Einheit noch nicht zu gleicher Geltung mit dem Momente der Anzahl gelangt, und werden wir zu einem solchen Gedanken der Zahlbestimmtheit getrieben, in welche es gleichfalls als volle Zahl eintritt. Damit haben wir immer noch eine Vielheit von Eins, aber solcher Eins, deren jedes die Bedeutung einer Zahl vorzustellen hat und da jede Zahl in ihrem Principe (in sich geschlossenes) Eins ist, so haben wir weiter eine Vielheit oder ein Zusammen von bestimmten Zahlen, deren jedes als Eins in diese Vielheit eingeht. Indem aber jede dieser Zahlen nur durch die befassten identischen Eins ihre Bestimmtheit erhält, so wird ihr Zusammen sämmtliche von ihnen befasste Eins in seine Bestimmtheit aufnehmen, d. h. es ist ein Zusammen von (discreten, unmittelbaren) Eins oder selber eine bestimmte Zahl, welche als

---

sich uns früher ergeben hat, ist nicht etwa diese oder jene bestimmte Zahl, sondern die allgemeine Zahl, und die obige Erörterung soll daher nur diejenige Stufe der mathematischen Entwickelung feststellen, welche dem logischen Begriffe des bestimmten Quantums entspricht.

das Zusammen der erwähnten bestimmten Zahlen ihre Summe heisst. Damit haben wir nachgewiesen, dass die Zahl zunächst in der Form der Summe auftritt oder vielmehr sie ist damit noch ganz und gar identisch. In der That ist jede Zahl schon an ihr selber eine Summe, nämlich ihrer Eins, und wenn wir weiter zu einer Summe mehrerer bestimmter Zahlen fortgehen, so geben dieselben nicht anders in ihre Summe hinein, als das Eins in die einzelnen Zahlen selbst; indem diese daher in ihre Eins auseinanderfallen, so werden nunmehr in der Summe lediglich die aus solcher Zersplitterung hervorgegangenen Eins unterschieden werden können.

Dass unsere Entwickelung keinen höheren Begriff als denjenigen, von dem sie als einem widersprechenden ausging, zu produciren vermocht hat, liegt daran, dass sie noch nicht vollendet ist. Nämlich da eigentlich schon in dem einen Momente der Zahl, in der Vielheit, die volle Zahl lag, so entstand die Forderung, auch das andere Moment, das Eins, an ihr als volle Zahl zu setzen. Dieses muss aber, um nicht in Widerspruch mit dem Begriffe der Zahl zu treten, so vollführt werden, dass die in die Zahl hineingehenden Eins ihre Identität bewahren. Indem wir dieselben nun als verschieden bestimmte Zahlen fassten, so bekamen wir den Begriff der Summe, in welche ja die Summanden als blosse Eins eintreten. Die Summanden als für sich abgeschlossene, beziehungslose Eins sind nun allerdings ohne Gegensatz und insoweit identisch. Sie sind aber nicht unmittelbare Eins, sondern durch ihre als Vielheit existirende Grenze vermittelte Eins und gehen in der Art und Weise ihrer Vermittelung, in ihrer Bestimmtheit auseinander. Demgemäss erscheint die Identität der Zahlen-Eins, welche die Summe zusammensetzen, nicht als eine vollkommen verwirklichte und muss, insoweit sie ein blosses Sollen ist, durch den logischen Fortgang als eine totale gesetzt werden. Wir dürfen also die Bestimmtheit der Summanden nicht länger auseinanderfallen lassen, sondern müssen sie als dieselbige denken. Dadurch bekommen wir eine Anzahl von identischen Eins, welche alle mit einer bestimmten Zahl zusammenfallen und näher eine solche Beziehung zweier Zahlen aufeinander, in welcher die eine als Anzahl, die andere als Einheit gilt. Wir werden also von der unmittelbaren Zahl zu dem Begriffe des Produktes fortgetrieben — zunächst zweier Zahlen; aber es fällt nicht schwer diesen Begriff in beliebiger Weise auf ein Produkt von noch mehreren Faktoren auszudehnen.

Die Zahl ist vermittelt und zwar so als die Einheit ihrer Momente vermittelt, dass jedes sogleich an ihm selber das andere hat. Nämlich die continuirlichen Eins sind eben so sehr in der discreten Anzahl gesetzt, als die Anzahl selber nur als continuirliches Eins zu begreifen ist. Aber, wie wir wissen, sie hat den Mangel, dass ihre Bestimmtheit wesentlich schon in dem Momente der Anzahl herausgesetzt und in dem andern Momente der Einheit nur als unmittelbar vorhanden ist. Das Produkt hat nun wohl sich von diesem Mangel losgelöst, da beiden Faktoren der Charakter der Vermittelung in gleicher Weise zukommt. Aber dadurch dass sie zu selbstständigen Zahlen erhoben worden sind, haben sie die innige Beziehung auf einander verloren, vermöge deren jedes Moment von dem andern nicht getrennt werden konnte. Nun wird allerdings ihre äusserliche Beziehung dadurch erhalten, dass sie als absolut gegensatzlos der Macht des logischen Gedankens, welcher sie auf einander zu beziehen fordert, keinen Widerstand entgegenzusetzen vermögen — aber eben dieser logische Gedanke nöthigt uns zu einer solchen Zahlform fortzugehen, wo diese Beziehung nicht etwa von uns erst vollzogen werden muss, sondern als eine realisirte und gesetzte uns entgegentritt, und mithin ein solches Produkt zu denken, in welchem die Momente der Anzahl und Einheit (d. h. die beiden Faktoren) in der That zusammengehen, in welchem sie also nicht mehr als unterschiedene Zahlen oder, was dasselbe ist, als blos abstrakt identische Eins, sondern als total identische Zahlen uns entgegentreten — das Quadrat, von welchem aus man nun leicht zu dem allgemeinen Begriffe der Potenz mit positiven ganzen Exponenten gelangt. Dieser Begriff, als durchweg den Stempel einer inneren Selbstvermittelung an sich tragend, ist die höchste Stufe der discreten Zahlbestimmtheit.

Es ist hier nicht der Ort die Entwickelung der gewonnenen Zahlformen weiter fortzusetzen und sie durch die negativen entsprechenden (Differenz, Quotient, Wurzel) zu vervollständigen: zumal diese letzteren, indem sie den in der discreten Zahl liegenden Widerspruch zum Vorschein bringen, einerseits sehr viel schwieriger sind, andererseits aber einen sehr bedeutenden Raum beanspruchen würden. Hier mag es genügen die fundamentalen

Zahlformen deducirt zu haben und im Uebrigen die Untersuchung der Arithmetik zuzuweisen. Nur ihr Endresultat muss bemerkt werden, nämlich dass sie uns den allgemeinen Begriff der Potenz (deren Exponent eine ganze oder gebrochene, positive oder negative Zahl ist) und als in diesem schon mitgesetzt und enthalten die Begriffe der Summe, Differenz, des Produktes und des Quotienten liefert. Damit ist denn auch die Entwickelung der allgemeinen Formen vollendet, in welchen sich die gesammte Arithmetik und die gesammte Analysis bewegen, und wenn auch noch weitere und sehr wesentliche Formen für ihr Erkennen hervortreten, so lassen sich doch solche auf die vorhergehenden zurückführen und ist solches Geschäft eine Hauptaufgabe der Wissenschaft.

Wenn wir nun zusehen, was wir eigentlich für ein Resultat gewonnen haben, so ist es die Zahl, wie sie herausgesetzt ist in den Formen der Potenz und den übrigen, die sich dieser unterordnen. Gleichwohl zeigt die vorhergehende Entwickelung, wie dieselben sich alle auf den Begriff der Summe schliesslich zurückführen lassen (die Potenz ist ein Produkt, jedes Produkt eine Summe) und da diese sogleich in den Begriff der Zahl übergesetzt werden kann, so müssen auch die übrigen Formen der gleichen Uebersetzung fähig sein. Damit ist denn die Identität nachgewiesen, welche zwischen der Zahl und den höheren Formen ihres Begriffes: Summe, Differenz, Produkt, Quotient, Potenz stattfindet; das heisst, wir haben die Zahl, als aus den arithmetischen Rechnungsoperationen hervorgegangen, als analytischen Ausdruck, oder wenn man lieber will, wir haben die analytische Gleichung. Ferner ist es uns hier nicht mehr um specielle, sondern wesentlich um allgemeine Zahlen zu thun, welche jeder speciellen Bestimmung fähig sind. Nennen wir nun diejenigen (allgemeinen) Zahlen, welche in den erwähnten Ausdruck hineingehen, seine Elemente und bemerken, dass, in Consequenz der schon erwähnten analytischen Bezeichnungsweise, der Werth eines arithmetischen Ausdruckes, in welchen irgend ein Element hineingeht, in Bezug auf die Rechnungsoperationen, welche mit diesem Elemente vorgenommen werden müssen, um den Werth des Ausdruckes zu erhalten, eine Funktion dieses Elementes genannt wird; so folgt ohne Weiteres, dass wir nunmehr die Zahl als identisch mit einer Funktion aller der Elemente haben, welche in den (die Funktion ausmachenden) Ausdruck dieser Zahl eintreten, also in Zeichen

$$y = f(a, b, c, \ldots\ldots x, z, \ldots)$$

d. h. y ist eine Funktion der Elemente $a, b, c, \ldots x, z, \ldots$ oder es müssen mit diesen Elementen gewisse bestimmte Rechnungsoperationen vorgenommen werden, um den Zahlenausdruck für y zu erhalten. Die oberflächlichste Betrachtung indessen zeigt schon, dass wir mit dieser Fassung eine überflüssige Allgemeinheit in den Begriff der Funktion legen: denn wenn wir auch mit Recht sagen, y ist eine Funktion von $a, b, c, \ldots$, so heisst das eigentlich doch nichts anderes als y ist ein Ausdruck, in welchen das Element a und weiter das Element b, u. s. w. vermittelst bestimmter Rechnungsoperationen hineintritt. Diese formale Wiederholung giebt aber zunächst für das Princip nichts Neues, da die Rechnungsoperationen, welche sich auf die verschiedenen Elemente beziehen, vollkommen willkürlich sind und also in dem, dass y auf irgend eine Weise von dem einen Elemente abhängig ist, nichts mehr liegt, als in dem, dass es einen ebenso unbestimmten Zusammenhang mit irgend einem andern Elemente hat: beides giebt vielmehr in vollkommen gleicher Weise den Begriff der Abhängigkeit der Funktion von Einem Elemente und so resultirt schliesslich, dass eine Funktion mehrerer Elemente nichts anderes als ein rein äusserliches Nebeneinanderbestehen der Beziehungen zwischen ihr selber und ihren Elementen, als einzelnen genommen, darbietet und ihre Betrachtung, wenn wir die Natur der Sache für sich allein erfassen, sich lediglich auf die Betrachtung von Funktionen Eines Elementes basirt, für welche, wie wir wissen, die Bezeichnung

$$y = f(x)$$

eingeführt ist. Hierdurch geht jedoch die Abhängigkeit des y von den übrigen Elementen $a, b, c, \ldots$ nicht verloren: vielmehr in der Supposition, dass sie ihre Form als allgemeine Zahlen in dem Ausdrucke $f(x)$ beibehalten, aber sonst als fixe unveränderliche Zahlenwerthe angesehen werden, wird der Rückgang zu dem, was aus ihrer allgemeinen Natur folgt, dadurch offen gelassen, dass diese fixen Zahlenwerthe selber sonst ganz und gar willkürlich sind (arbiträre Constante, Parameter einer Funktion).

Wir haben nun näher zu untersuchen, welche Bedeutung der Funktion $y = f(x)$ eines allgemeinen Elementes x zukomme. In der Allgemeinheit des x liegt, dass es jeder speciellen Zahlbestimmung fähig ist, d. h. seine Veränderlichkeit und da der Werth des y aus dem Zahlenwerthe des x durch irgend welche Rechnungsoperationen folgt, so ist y als bestimmt gesetzt durch die Bestimmtheit des x, und da letztere veränderlich ist, so muss auch y selber den Charakter der Veränderlichkeit haben, weil für den Fall des Gegentheiles die Bestimmtheit von y durch x illusorisch oder zum Wenigsten nicht aufzuzeigen wäre. So ist x die unabhängig, die absolut Veränderliche, während der Werth der Funktion oder das y als die abhängig Veränderliche erscheint. Der Begriff der Veränderlichkeit ist also von einer Funktion nicht loszutrennen: er ist bedingt durch die allgemeine Natur des Elementes x und durch die Bestimmtheit der Funktion vermöge dieses Elementes. Es kann nur noch darauf ankommen ihn wissenschaftlich festzustellen, d. h. ihn nach seinem vollen Begriffe zu denken, und dies kann nicht anders geschehen, als indem wir, was ihm zu Grunde liegt, nämlich die Allgemeinheit des Elementes x wirklich setzen, also dem x in der That jede nur mögliche Bestimmung ertheilen. Um dieses in erschöpfender Weise zu thun, ist es nicht ausreichend dem x nach und nach alle in endlicher Weise bestimmbaren Zahlenwerthe zu geben: denn, abgesehen davon, dass wir nicht zu Ende kommen würden, ist die Bestimmtheit durch das Eins eine sprungweise Bestimmtheit, so dass zwischen jeden zwei auf einander folgenden Specialformen immer eine unendliche Menge von anderen gleichfalls endlichen Bestimmtheiten fehlen, welche sich theils auf das Eins in geschlossener Weise zurückführen lassen, theils als Irrationalzahlen diese Zurückführung nicht gestatten — und doch sind wir dieselben auszuschliessen in keiner Weise berechtigt. Also die discrete Zahlbestimmtheit ist nicht fähig den Begriff der veränderlichen Zahl darzustellen, weil sie nur in Sprüngen fortgeht und, was zwischen je zwei Sprüngen liegt, total ausfällt. Wir müssen von dieser sprungweisen Bestimmtheit abgehen, und dies geschieht, wenn man die Zwischenstufen zwischen je zwei Sprüngen allmählig durchlaufend sie durch solchen continuirlichen Fortgang zusammenfasst, dass man diese Zwischenstufen gleichsam als durch eine fliessende Verbindung verknüpfte Punktualitäten betrachtet, ohne jedoch dabei der Freiheit zu entsagen nach Bedürfniss diese fliessende Verbindung wieder zu lösen und so wieder auseinanderstehende Zahlbestimmtheiten herzustellen. Jede solche Zahlbestimmtheit giebt einen für sich fixirten Verflussakt in dem Prozesse des sich verändernden x, einen momentanen Punkt, bei dem wir einen Augenblick verweilend die Totalität der durchlaufenen Momente als in einer sich abschliessenden Verflussstrecke zusammengefasst anschauen. Hierzu ist auch eine logische Nöthigung vorhanden. Denn da jedes Stadium der Veränderung immer für sich bestimmt bleibt, so muss man seine Bestimmtheit sich als verwirklicht denken und man muss es mithin als gesetzte quantitative Bestimmtheit oder als Zahl fassen. Demgemäss ist die Veränderung des Elementes x eine continuirliche, welche jedoch in jedem einzelnen Verflusspunkte als eine discrete sich heraussetzt, sie ist ein unendlicher Prozess des Fortschreitens, in welchem alle Zahlbestimmungen wie in einer fliessenden Folge enthalten sind, so jedoch, dass jedes momentane Zwischenglied der Folge als ëine bestimmte Zahl sich darstellt. Ein vollkommen zutreffendes Bild dafür ist eine durch irgend einen festen Anfangspunkt nach beiden Seiten hin ins Unbegrenzte gezogene Gerade. Wenn man den Anfangspunkt als Mittelpunkt annimmt und die Distanzen, von diesem Punkte aus gerechnet, nach der einen Seite hin als positiv, nach der andern als negativ annimmt: so ist der eine Ast das Bild einer von 0 ins Unendliche hinein wachsenden positiven Zahl, der andere Ast das Bild einer von 0 ins Unendliche hinein wachsenden negativen Zahl. Hierbei werden alle nur irgend möglichen Zahlbestimmtheiten in continuirlicher Aufeinanderfolge durchlaufen, dergestalt, dass jedem speciellen Punkte der Geraden, bei welchem man etwa verweilen will, eine bestimmte Zahl entspricht, welche die Distanz vom Anfangspunkte misst. Um die Anschauung zu erleichtern, kann man die Längeneinheit nebst ihren Vielfachen rechts und links vom Nullpunkte ab auf der Geraden auftragen: dann entsprechen die Theilungspunkte der unendlichen Zahlenreihe: $-\infty \ldots -4, -3, -2, -1, 0, +1, +2, +3, +4, \ldots +\infty$, und man wird durch eine noch weiter gehende Theilung zwischen jeden zwei Intervallen auch Bruchtheile erhalten. Ja man wird durch geometrische Construktion, wenn man will, auch solchen bestimmten Irrationalzahlen, die sich auf eine quadratische Gleichung zurückführen lassen, die ihnen zukommende Stelle anweisen können.

Wie verhält sich nun die allgemeine Zahl y oder die Funktion selber zu dieser Veränderung der unabhängig Veränderlichen? Dass auch sie selber mit in diese Veränderung hineingerissen wird,

3*

ist schon nachgewiessen. Aber die Beschaffenheit der Veränderung ist nicht so leicht anzugeben, weil sie nicht mehr eine unmittelbare ist, sondern eine bedingte, eine vermittelte, nämlich vermittelt durch die Veränderung der unabhängig variablen x, und weil der Charakter dieser Vermittelung für die wissenschaftliche Betrachtung in seiner vollständigen Unbestimmtheit und Allgemeinheit festgehalten werden muss.

Vorläufig kann über die Natur der Veränderung des y aus der Betrachtung beliebiger specieller Funktionen leicht gefolgert werden, dass die Veränderung des y sich in den wichtigsten Punkten ebenso verhält wie die Veränderung des x. Sie ist im Allgemeinen, wenigstens innerhalb gewisser Grenzen, als continuirlicher Verlauf zu fassen, welcher jedoch in jedem einzelnen Punkte seines Flusses als discrete Zahlenbestimmtheit herausgehoben werden kann. Dasselbe erhellt auch aus der unmittelbar vorhergehenden Betrachtung über das continuirliche Quantum, welche die Identität zwischen den Begriffen von Funktion und Curve nachwies: denn die Curve stellt ja auf unmittelbare Weise ein Continuum dar, dessen einzelne Punkte durch Zahlenverhältnisse festgelegt werden können.

Was im Gebiete der beiden genannten Kategorieen theils als unmittelbare, theils als specielle Thatsache enthalten ist — das als vermittelt und in voller Allgemeinheit darzustellen ist das Problem des höheren Calcüls.

4.

Verhältniss der vorhergegangenen Entwickelungen zu Hegels Bestimmungen.

Ehe wir weiter gehen, haben wir noch das Verhältniss zu bezeichnen, in welchem die vorstehenden Entwickelungen zu den betreffenden Partieen in Hegels allgemeiner Logik stehen. Dieselben dürften bis zur Entwickelung des bestimmten Quantums hin in vollständiger Uebereinstimmung mit dessen Aufstellungen stehen. Diese Uebereinstimmung geht indessen von da ab immer mehr und mehr verloren und ist gar nicht mehr vorhanden, wenn wir auf die Schlussfolgen Bezug nehmen, welche er von seinen logischen Bestimmungen aus für die Beurtheilung der höheren Analysis zieht.

Hegel fasst das bestimmte Quantum als seinem Begriffe bereits vollkommen adäquat in dem discreten Quantum der Arithmetik und geht daher auch weiterhin nur auf dieses ein, als auf welchem die weitere Dialektik allein beruhen könne. Gegen das continuirliche Quantum gehalten ist nun allerdings das discrete das vollkommenere, weil es die Momente der Discretion und Continuität nicht mehr als einfache, unmittelbare Einheit enthält, in der beide äusserlich nebeneinander bestehen (jedes Raumquantum ist ja ein unterbrochener Fluss); — aber die Vermittelung dieser Einheit ist noch nicht vollständig und auf Kosten der Continuität vollbracht, so dass es immer auf das continuirliche Quantum als seine Ergänzung zurückweist. Die discreten Eins der Zahl sind identisch und gelten alle eins was das andere und haben insoweit das Moment der Continuität an ihnen selber. Aber das sie umschliessende Band ist ein rein äusserliches, in welches sie lose hineingeknüpft erscheinen, dergestalt dass sie sowohl gegen einander als auch gegen ihr Eins, d. h. die ganze Zahl, genommen ihre volle spröde Selbstständigkeit behaupten. Die weitere Entwickelung hat also diesen Mangel auszugleichen und hat zu ihrem Endresultate die höheren Zahlformen und in denselben die Beziehung der Zahlen auf einander, welche für die wissenschaftliche Erkenntniss indessen nicht als zufällig bestimmte, sondern als überhaupt bestimmte in solche Beziehung eintreten. Beides zusammengenommen, die gegenseitige Beziehung und die Allgemeinheit oder Unbestimmtheit der Zahlformen, bringt den Begriff der Variabilität, der stetigen Veränderung in die Formel der Beziehung hinein, welche nunmehr erst, als Funktion, die vollkommene Einheit von Discretion und Continuität verwirklicht.

Anders Hegel. Derselbe kommt am Ende auch auf den, wenn auch, wie uns scheint, etwas anders gefassten Begriff der Funktion zurück, welche er als Potenzenverhältniss oder variables Verhältniss bezeichnet: aber er vermag dieses nur durch einen Sprung der dialektischen Entwickelung, welchen er, lediglich um den Begriff der Variabilität zu erhalten, durch eine Reflexionsbetrachtung, nämlich den quantitativen Progress ins Unendliche auszufüllen sucht. Die Zahl als die Einheit von Discretion und Continuität wird von ihm zuerst unter dem Momente der Discretion genommen und dann unter dem Momente der Continuität. So gewinnt er die Begriffe des extensiven und intensiven Quantums, die sich ihm weiter als identisch ergeben. Hier ist nun zunächst zu bemerken, dass für die rein logische Betrachtung (welche an diesem Orte mit der mathematisch - philosophischen zusammenfallen muss) diese beiden Begriffe sich am Ende auf den Gegensatz zwischen Cardinalzahl und Ordinalzahl zurückführen, in welchem sich ohne besondere Mühe alle Momente von Hegels Dialektik aufzeigen lassen, nur dass sie als extensives und intensives Quantum gefasst gar leicht mit fremdartigen Begriffen vermengt werden können. Namentlich ist es die Gradbestimmung, welche hier allenthalben spukt und in mancherlei Verwirrung hineingeführt zu haben scheint. Was indessen die herbste Rüge verdient, ist die Art, wie er von diesen Bestimmungen zu dem Progresse ins Unendliche kommt.

„Das intensive Quantum," sagt Hegel pag. 262, „ist als sein Widerspruch in sich selbst gesetzt die einfache sich auf sich beziehende Bestimmtheit zu sein, welche die Negation ihrer selbst ist, ihre Bestimmtheit nicht an ihr, sondern in einem anderen Quantum zu haben. Ein Quantum ist also seiner Qualität nach in absoluter Continuität mit seiner Aeusserlichkeit, mit seinem Anderssein gesetzt. Es kann daher nicht nur über jede Grössenbestimmtheit hinausgegangen, sie kann nicht nur verändert werden, sondern es ist dieses gesetzt, dass sie sich verändern muss."

Den Vordersatz dieser Entwickelung geben wir vollständig zu. Denken wir, was in einer Ordinalzahl, wie z. B. der 12te, liegt, so ist sie allerdings einfache sich auf sich selbst beziehende Bestimmtheit, nämlich geradezu ein Eins, aber indem sie als 12tes Eins gesetzt wird, so ist ihre Bestimmtheit nicht mehr an ihr selber, sondern aus ihr heraus in eine andere Zahl, nämlich 12, übergegangen. Die Ordinalzahl ist somit das unmittelbare Eins, dessen Bestimmtheit als ausserhalb seines eigenen Sinns fallend durch eine andere bestimmte Zahl vermittelt wird. Aber wir müssen nun doch näher sehen, wie diese Vermittelung sich macht, und da bemerken wir sogleich, wie das unmittelbare Eins so viel mal in der Zwölf gesetzt sei als die Zwölf Einheiten hat. Hiernach hat das intensive Quantum (um die Nomenclatur Hegels beizubehalten) nur insofern die Bedeutung durch ein anderes Quantum als einfache Beziehung auf sich selbst zu sein, als es eben sich selber in dem anderen als Einheit gesetzt vorfindet: so ist es nicht die aus sich herausgetretene, sondern die sich in dem Anderen fortsetzende Bestimmtheit, dergestalt dass es, indem es sich in dem anderen bestimmt, in Wahrheit bei sich bleibt, dass sein Hinausgehen über seine Bestimmtheit nur angedeutet, ein blosses Sollen ist. Vielleicht möchte man einwenden, dass dasjenige, zu welchem hinausgegangen wird, die discrete bestimmte Zahl, doch jedenfalls eine reichere Bestimmung sei als das Eins, welches in jene als blosses Moment eintrete, also doch zu etwas anderem übergegangen werde. Aber auch das kann man nicht gelten lassen: denn das 12te Eins kann jedes der Eins sein, aus denen 12 besteht, weil jedes die Zahl 12 in gleicher Weise voll macht. Was hier einzig und allein statt hat, das ist ein bestimmteres Auseinandertreten der Momente der Zahl, in welchem Auseinandertreten jedoch keineswegs ihre absolute Scheidung, sondern nur eine Ausgleichung ihrer Geltung eintritt. Ihre Einheit ist ein endgültiges Resultat der logischen Entwickelung und kann nicht wieder aufgehoben, sondern nur in höheren Formen verwirklicht werden.

Hiernach ist es ganz und gar unstatthaft zu glauben, dass hier ein Verhältniss vorliege, in welchem eine Zahl darum in eine andere übergehe, weil es ihrem Begriffe als Zahl gleichgültig bleibt, ob sie ein Mehr oder Minder von Einheiten enthalte, und Hegels entgegenstehende Behauptung, dass in dem intensiven Quantum „ein Quantum seiner Qualität nach in absoluter Continuität mit seiner Aeusserlichkeit, seinem Anderssein gesetzt sei,“ ist ganz und gar unbegründet, so gewiss sie auch für sich allein, aus diesem Zusammenhange mit dem intensiven Quantum losgelöst, eingeräumt werden muss. Der Irrthum, der ihn hierzu verführt haben mag, ist die ungehörige Hineinmengung physikalischer Begriffe, und wir wollen wenigstens den wichtigsten derselben analysiren.

Die einfache Bestimmung, welche wir z. B. unter dem 12ten Wärmegrade verstehen, ist etwas von Einem Wärmegrad qualitativ Verschiedenes, welches freilich die Ordinalbestimmung als ihr quantitatives Maass voraussetzt. Die 12 Wärmeeinheiten können darinnen nicht als für sich bestehende wahrgenommen werden, sondern sie sind in dem aufgegangen, welches sich unserer Empfindung als dieser bestimmte Wärmegrad darstellt. Dieses innige Zusammenschmelzen der Eins mit der Bestimmtheit, in welche sie hineintreten, ist auf dem Boden der Arithmetik nicht möglich: hier kommt es nur zu einem Nebeneinander, in welchem jedes sich in gleicher Sprödheit sowohl gegen die übrigen von der Zahl befassten Eins, als auch gegen die befassende Zahl selber behauptet. Die physikalische Bestimmung, in welcher diese Sprödheit gebrochen erscheint, ist eine reichere Kategorie als die rein mathematische, um welche es hier vornehmlich zu thun ist, und sofern das Zutreffende von dem Unzutreffenden nicht gesondert wird, auch nur als Beispiel übel angewandt. Wenn Hegel nun gar sie oder doch verwandte Begriffe zur Bezeichnung des logischen Fortschrittes gewählt hat, ist die Inconvenienz nicht zu vermeiden, dass er von dem Gebiete der reinen Mathematik, nachdem er es so eben erst mit der Zahl betreten hat, in das Gebiet des Geistes und der Natur hinüberspringt (denn aus ersterem weiss er nichts dahin Gehöriges, was recht passen wollte, beizubringen), um mit dem Verhältnisse diesen Sprung rückwärts zu wiederholen.

Wenden wir nun die Argumentation Hegels auf die ihm so geläufige Gradbestimmung an, so wird sie sich ungefähr wie folgt machen. Die einfache Bestimmung, welche wir unter dem 12ten Grad Wärme verstehen, ist eine Zahlbestimmung, deren Bestimmtheit in einer anderen Zahlbestimmtheit, nämlich dem Quantum von 12 Wärmeeinheiten, liegt und mithin, um richtig gedacht zu werden, allerdings den Uebergang zu einer anderen Zahlbestimmtheit voraussetzt. Der Einwand, den wir oben Betreffs der Ordinalzahl hiergegen erhoben, hat hier keine Gültigkeit mehr. Die erste Bestimmung ist etwas, was aus sämmtlichen Einheiten der zweiten Bestimmung als dem innigen Durcheinander derselben hervorging, und tritt daher in keiner Weise als die der letzteren zu Grunde liegende oder darinnen sich wiederholende Einheit auf. Aber Hegel will doch zeigen, dass es gesetzt sei, dass eine Zahl in eine andere Zahl übergehe. Um demnach zwei Zahlbestimmungen zu erhalten, muss ihm der Grad, als einfache Bestimmung genommen, die erste Zahlbestimmung und das ihm entsprechende Wärmequantum die zweite Zahlbestimmung sein, und dies ist dann auch die Unterlage der ganzen Beweisführung. Wie nun? Ist der Grad als solcher eine einfache Zahlbestimmung? Der Begriff der Wärmegrade schliesst auf jeden Fall qualitative Unterschiede in sich, und der Gebrauch der Adjective: heiss, warm, kühl, kalt u. dgl. deutet dieses klar genug an. Ueberdies das Einfache, als welches dieser bestimmte Wärmegrad von dem Gefühle wahrgenommen wird, ist keine quantitave Bestimmung, sondern gehört einer höheren Stufe der Logik an, und wenn man ja die allerdings zu Grunde liegende Zahlbestimmung für sich fixiren will, so fällt sie mit dem Wärmequantum zusammen, welches die Bestimmtheit des Wärmegrades ausmacht. Damit ist nur eine einzige Zahl im intensiven Quantum vorhanden, und Hegels Demonstration schwindet in Nichts zusammen. Der 12te Wärmegrad als einfache Bestimmung ist dasselbe, was die Vorstellung von 12 Wärmeeinheiten befasst, und wenn man die qualitative Beziehung abzieht, die an dem ersten Ausdruck haftet, so kommt die unverhüllte Tautologie zu Tage, dass 12 = 12 ist.

Was eigentlich aus dem intensiven Quantum resultirt, ist nicht die vage willkürliche Veränderung des einen Quantums in ein anderes, wie sie Hegel als gesetzt ansieht, und aus der er dann weiter den ganzen quantitativen Prozess ins Unendliche herleitet, sondern eine Beziehung dieser beiden bestimmten Quanta (und das ist ihre Continuität mit einander), welche selber eine ganz bestimmte und angebbare ist. Sie ist das Enthaltensein des einen Quantums in dem anderen, oder das Verhältniss zunächst des Eins zu einer anderen Zahl, von welchem aber leicht zu dem Verhältniss zwischen zwei bestimmten Zahlen überhaupt fortgeschritten werden kann. Denn wegen der Unbestimmtheit des unmittelbaren Eins kann jede bestimmte Zahl an seine Stelle treten, da ja jede Zahl im Principe Eins ist. Dabei ist aber wohl zu merken, dass dies Verhältniss gleichsam noch starr ist. Denn die beiden Quanta, die seine Momente ausmachen, sind bisher noch ganz bestimmte, und ist bis jetzt noch kein Grund hervorgetreten, diese Bestimmtheit als einen Mangel zu betrachten und daher zu einem solchen Verhältnisse fortzugehen, wie es sich durch die Veränderlichkeit seiner beiden Seiten charakterisirt (z. B. $\frac{5}{3} = \frac{10}{6} = \ldots.$ oder $\frac{a}{b} = \frac{2a}{2b} = \frac{3a}{3b} = \ldots.$). Diese Veränderlichkeit als nothwendig hervorzuheben, wäre die weitere Aufgabe der Dialektik, welche Hegel jedoch vorgenommen und, wie schon erwähnt, durch den quantitativen Prozess ins Unendliche zu lösen versucht hat. Obschon wir nun dessen Zusammenhangslosigkeit mit seinen Vordersätzen bereits nachgewiesen haben, so dürfte es doch, um seine ihm zukommende Stelle auszumitteln, angemessen sein ihn auch für sich selber einer Kritik zu unterwerfen.

Indem Hegel das intensive Quantum als über sich selber hinausweisend erkennt und sich auf die nähere Bestimmtheit dieses Hinausweisens nicht weiter einlässt, rechtfertigt er durch solche vage Ausdrucksweise eines ganz bestimmten Gedankens den Schluss, dass nunmehr das Quantum an sich selber sich zur Hineinbewegung in ein anderes bestimme, und da dieses Quantum die Natur des früheren als bestimmtes noch nicht abgestreift habe, sei die Wiederholung dieses Uebergehens ins Unendliche gesetzt. Dadurch tritt nun freilich Hegel in einen merkwürdigen Widerspruch mit sich selbst. Wenn er (und das mit vollem Rechte!) die absolute Unfähigkeit der Zahl aus sich selber heraus in die Beziehung zu anderen zu treten behauptet, wie kann er uns die Zumuthung stellen, ihre negative, ausschliessende Beziehung durch die logische Entwickelung, d. h. doch wohl aus der Natur der Sache heraus als gesetzt anzusehen? Freilich, wenn wir von dieser bestimmten Zahl *a* durch die Hinzufügung irgend einer Menge von Eins zu einer anderen fortgehen und so weiter ins Unendliche fort: so ist allerdings eine Beziehung zwischen diesen aufeinanderfolgenden Zahlen gesetzt, aber nur durch unsere Reflexion, und diese Beziehung findet ihre Rechtfertigung darin, dass die Bestimmtheit einer Zahl sich gegen ihr qualitatives Sein gleichgültig verhält, und hat wesentlich die Bedeutung, die Ruhepunkte in dem Prozesse des Hinzuthuns von Eins zu jeder vorhergehenden Zahl zu fixiren und so dem zählenden Subjekte eine Art Uebersicht zu ermöglichen. Indem aber diese Ruhepunkte eben nur für das zählende Subject sind, so können wir hier füglich davon abstrahiren und erhalten dann als die eigentliche Wahrheit des Progresses ins Unendliche weiter nichts als das fortwährende Setzen von Eins, d. h. also ein unbegrenztes Zusammen von Eins oder die allgemeine discrete Quantität, mithin ein Zurücksinken auf eine niedrigere Kategorie.*)

*) Der Progress ins Unendliche, wie er bei Hegel vorliegt, hat noch den Mangel sich innerhalb der discreten Zahlbestimmtheit dergestalt zu verwirklichen, dass er in Sprüngen fortschreitet. Nun ist es freilich thatsächlich, dass er, wie z. B. in den unendlichen Reihen, wirklich in dieser Gestalt vorkommt: aber er wird (insofern sie convergent sind) stets die Auflösung in die Form eines Grenzprozesses gestatten, und in solchem ist er nach seinem Begriffe gesetzt, dem-

Hegel selber hat das Mangelhafte seines Progresses recht wohl gefühlt; er will ihn nur als Ausdruck, nicht als die Auflösung des im Quantum liegenden Widerspruchs ansehen, nach welchem es über sich selber hinausweist. Aber das ist nicht genug, wenn nicht das Zugeständniss hinzugefügt wird, dass dieser Ausdruck des besagten Widerspruchs nicht der Logik, sondern lediglich der Reflexion angehöre. Die Auflösung desselben soll nur das Verhältniss sein. Aber da Reflexionen, die zu dem Begriffe der Sache selber nur ein äusserliches Verhältniss haben, keine sichere Unterlage für eine logische Entwickelung abgeben können, so kann es nicht befremden, wenn der Begriff des Verhältnisses bei Hegel in der Luft schwebt, und seine Herleitung an mehrfachen Unklarheiten leidet. Es mangelt im Einzelnen nicht an richtigen Bemerkungen: aber man sieht deutlich, wie er den historisch vorliegenden Begriff desselben hinterher als ein Selbsterzeugniss seiner Dialektik umzubilden sich bemüht hat, und wie er, nicht ohne ein gewisses vornehmes Herabsehen auf die Mathematik, seine philosophischen Formeln ihren einfachen und klar ausgesprochenen Wahrheiten substituirt.

Diese Verachtung gegen eine Wissenschaft, die er gleichwohl nicht begriffen hat, ist am deutlichsten in seinem Urtheile über die Arithmetik dargelegt.

Die Zahl ist nach ihm nur an sich bestimmt und somit das Bewegungslose, so dass die Arithmetik eines wissenschaftlichen Fortschreitens nicht anders fähig sei als durch unsere Reflexion. Es muss nun eingeräumt werden, dass die Zahl für uns, als die denkenden Subjekte, allerdings in die einfache Unmittelbarkeit eines reinen Abstraktionsbegriffes zurückgegangen ist, und dass wegen dieser Unmittelbarkeit ihres Seins in der That die gegen-

---

zufolge er den Ausdruck des Widerspruchs zwischen Continuität und Discretion enthält. Er ist nun in Wahrheit ein continuirliches Fortschreiten auf dem Gebiete der discreten Zahlbestimmtheit, und es wird weiter unten seine Natur von selbst erhellen, da wir ja auf das Wesen des Grenzprozesses noch einzugehen gezwungen sind. Wir begnügen uns hier mit der Bemerkung, dass der Progress ins Unendliche, auch wie er im Grenzprozesse sich realisirt, ganz besonders die Bedeutung hat in das Gebiet des subjectiven Denkens zu fallen und die Continuität desselben mit objectiven Wahrheiten zu vermitteln. Der Grenzprozess fällt wesentlich in die Hülfsmittel der Methode hinein und, sobald wir durch ihn zu dem Begriffe gekommen sind, um welchen es zu thun war, wird er nicht weiter mehr beachtet oder gebraucht.

seitige Beziehung der Zahlen zum Theil durch uns vollführt wird. Aber die Thätigkeit, vermöge deren wir sie in Beziehung zu einander setzen, ist nicht gleichzeitig der Schöpfer der Art und Weise ihres Bezogenseins. Wir finden die Formen der Beziehung als objectiv gegebene vor, und unser Thun hat nur die Bedeutung, diese an sich leeren Formen mit einem realen Inhalte zu erfüllen. Lediglich um diese Formen, wie z. B. Summe, Produkt, Potenz, deren dialektische Herleitung wir oben angedeutet haben, handelt es sich in der Wissenschaft, und mit zufällig bestimmten Zahlen hat dieselbe es nur insofern zu thun, als jene Formen in der Rechnung mit solchen eine nützliche Anwendung finden. Die Berechnung wirklicher Beispiele geschieht entweder um eines praktischen Zweckes willen, oder um die Theorie durch ihr Zusammentreffen in einem speciell gewählten Falle zu veranschaulichen. Die Arithmetik als Wissenschaft kann solcher Beispiele entbehren, und in der ihr eigenthümlichen Methode sucht sie ganz dasselbe zu erreichen, was die Logik vollbringt: nämlich sie geht über den unmittelbaren Begriff der Zahl hinaus zu den höheren Formen ihres Seins, und der Unterschied zwischen beiden ist also in der Sache ein verschwindender: er kann höchstens in der Verschiedenheit der Methoden gefunden werden, vermöge deren der Fortschritt des Denkens sich verwirklicht. Hegel ist anderer Meinung. Er gibt der Arithmetik Schuld, bei der Zahl als einem lediglich für sich bestimmten Gedanken stehen zu bleiben und behält es seiner logischen Entwickelung vor über diesen Gedanken hinauszugehen, während er dem Mathematiker, trotz dem er während solchen Hinausgehens selbst nur mathematische Begriffe borgt, weiter nichts als das leere Nachsehen lässt und den vergeblichen Wunsch, die gleiche Höhe vernunftgemässer Entwickelung zu erreichen.

„Die Arithmetik," sagt er (pag. 236) „betrachtet die Zahl und deren Figuren oder vielmehr betrachtet sie nicht, sondern operirt mit denselben. Denn die Zahl ist die gleichgültige Bestimmtheit, träge; sie muss von aussen bethätigt und in Beziehung gebracht werden. Die Beziehungsweisen sind die Rechnungsarten. Sie werden in der Arithmetik nach einander aufgeführt und es erhellt, dass eine von der anderen abhängt. Der Faden, der ihren Fortgang leitet, wird jedoch in der Arithmetik nicht herausgehoben." Weiter folgt nun eine systematische Zusammenstellung der Rechnungsarten, die aus der Reflexion über die Begriffsbestimmtheit der Zahl sich ergeben soll und von der er weiter sagt, „dass sie keine Philosophie über dieselbe" (darin hat er gewiss Recht!), keine Darlegung etwa ihrer Bedeutung sei, weil sie in der That nicht eine immanente Entwickelung des Begriffes ist." Warum hat nun Hegel es nicht der Mühe für werth gehalten die logische Bedeutung der Rechnungsoperationen festzulegen? Vermuthlich dürfte es ihm dann nicht entgangen sein, dass ihnen doch eine immanente Entwickelung des Begriffes, nämlich die höheren Zahlformen, zu Grunde liege. Statt dessen zieht er es vor eine angeblich neue Construktion der Rechnungsarten zu geben, und doch wird man in jedem erträglichen Handbuche genau denselben Gang nicht nur befolgt, sondern auch mit Bewusstsein ausgesprochen finden. Es müsste denn als eine wesentliche Abweichung von diesem Gange betrachtet werden, dass aus Gründen der Zweckmässigkeit die Lehre von den Proportionen häufig vor der Theorie der Potenzen abgehandelt wird.

Weiter haben für Hegel die Begriffe der Summe, des Produktes u. s. w. nur die Bedeutung die Resultate eines blossen Numerirens darzustellen, und er fügt ausdrücklich hinzu: „Die Mühe dieses Numerirens, die Erfindung der Summen und Produkte, ist durch die fertigen Eins in Eins oder Einmal Eins, die man nur auswendig zn lernen hat, abgethan." Wirklich, wenn man dergleichen liest, ist man in Versuchung anzunehmen, dass Hegel mit dem Inhalte einer wissenschaftlichen Arithmetik in vollständiger Unbekanntschaft geblieben sei, oder wenigstens dass er das Maass von Rechnenkunst, welches über die unterste Klasse der Volksschule hinausreicht, für einen Ueberfluss ansehe. Freilich die gemachte Bemerkung ist für die Addition und Multiplikation der Zahlen von 1 bis 10 durchaus richtig. Aber bekanntlich hat man auch Zahlen, die über 10 hinausreichen, dem Calcül zu unterwerfen und dann noch ganz besonders mit allgemeinen Zahlzeichen zu operiren. Durch Letzteres bestimmt man die Gesetze für die Rechnung mit ersteren, und die Rechnung mit Zahlformen erscheint somit als das Wesentliche. Ist nun diese Rechnung an und für sich zufällige und nur durch unsere Reflexion hervorgebrachte Beziehung der Zahlformen auf einander? Gewiss nicht! Denn der Begriff der Zahl setzt sich in Folge des ihm inwohnenden Widerspruchs in die höheren Zahlformen der Summe, der Differenz, des Produktes, des Quotienten, der Potenz um, und da sie zugleich alle eine Seite enthalten, nach welcher sie als einfache Resultate des Numerirens, als gewöhnliche Zahlbestimmtheiten gefasst werden dürfen, so gestatten sie nicht nur, sondern fordern mit Nothwendigkeit ihre Combination, ihre gegenseitige Beziehung, wie sie z. B. in dem Probleme der Multiplikation zweier Summen hervortritt. Um dies zu zeigen, braucht man nur zu bemerken, dass dieselben Gründe, welche uns von der Zahl zu Summen und Produkten fortgehen liessen, auch noch ihre Geltung für die beiden Zahlbestimmtheiten behalten, welche ein Produkt umschliesst, und wenn wir demzufolge denselben die wenigstens formell allgemeinere Form von Summen substituiren, so resultirt der Gedanke, um den es sich handelt, nämlich der Gedanke eines Produktes von zwei Summen. — Ueberhaupt ist es räthselhaft, wie Hegel bei seinem Standpunkte den Formen für die Beziehung der Zahlen auf einander den Charakter allgemeiner logischer Kategorieen absprechen konnte, da sie uns doch in allem natürlichen Sein als die bestimmende Macht entgegentreten, in welche sich die Gesetze desselben kleiden, und sie somit wahrlich nicht lediglich dem Subjekte angehörige Reflexionen sein können. Sie sind nun die allgemeinen Principien, welche die Arithmetik betrachtet, und zwar in eben so allgemeiner, wissenschaftlicher Weise, als sie aus der logischen Entwickelung heraus sich ergeben haben. Freilich jeder einzelne specielle Fall einer solchen Beziehung zweier (oder mehrerer) Zahlen auf einander hat etwas Aeusserliches und durch unsere Reflexion Gesetztes an sich. Aber was als das Aeusserliche an dieser Beziehung erscheint, das ist die diesen Zahlen anklebende zufällige und ihrer Natur als Quantis ganz gleichgültige Bestimmtheit. Es ist mein Belieben, mag es nun durch Gründe gerechtfertigt sein oder nicht, dass ich gerade diese speciellen Zahlen in diese oder jene Beziehung eintreten lasse: aber die Bedeutung der Beziehung selber bleibt unangetastet von diesem subjektiven Thun, welches sich eben nur in sie hineinversetzt. Bereits der elementarste Unterricht geht in bewusster Weise von diesem Standpunkte aus, indem er die Rechnung mit mehr als einziffrigen Zahlen wesentlich auf die Verknüpfung der mannigfachen Zahlformen nach dem dekadischen System und die allgemeinen Gesetze solcher gegenseitigen Beziehung zurückführt. —

Hegel meint ganz richtig, dass die Arithmetik die Zahl und

ihre Figuren betrachte: aber seine Consequenzen scheinen allein auf das Unwesentliche zu gehen, dass sie die (doch wohl zufällig bestimmte) Zahl allerdings auch zu ihrem Gegenstande hat, und das Wesentliche, dass sie mit den Figuren der Zahl, d. h. doch wohl ihren allgemeinen Formen, sich beschäftige, scheint er dabei mehr nur darum zu erwähnen, um die einfach verständige Betrachtung dieser Figuren als ein Neues für sich zu usurpiren und dann diesen entscheidenden Gesichtspunkt geradezu fallen zu lassen, — womit dann freilich die Mathematik als die rein äusserliche und folgeweise unwissenschaftliche Erkenntniss dastehen muss. Die identische Gleichung

$$248 . 248 = 61504$$

kann ihm also weiter nichts sein als der Ausdruck eines Additions-Exempels mit 248 Summanden und somit eigentlich eines reinen Numerirens! Gewiss ist dieses insoweit richtig, als der Begriff des Produktes schliesslich mit dem Begriffe der Zahl zusammengeht. Aber die Hauptsache bleibt ja doch, wie die Wissenschaft solches Zusammengehen durch die Gesetze für die gegenseitige Beziehung der Zahlformen vermittelt, und eben dieses wird in Hegels total äusserlicher Auffassungsweise ignorirt.

Auch sonst verwickelt ihn dieselbe in die sonderbarsten Widersprüche hinein. So, wenn er die Entwickelung des Verhältnisses giebt, welches nach ihm bekanntlich die drei Stufen des direkten, des umgekehrten und des Potenzenverhältnisses durchläuft, giebt uns schon der oberflächlichste Einblick in seine Logik die Ueberzeugung, dass er es durchweg von den Formen, unter welchen es in der Mathematik erscheint, nicht getrennt hat, ja dass er dieselben für so wesentlich hielt, dass er das höchste Verhältniss nach eben der Form benennt, welche ihm eigenthümlich zugehören soll. Das ist nun an sich nicht zu missbilligen: vielmehr haben die Zahlformen des Produktes, des Quotienten und der Potenz schon an und für sich die Bedeutung, in derjenigen Beziehung, welche sie zwischen Zahlen setzen, den Begriff des Verhältnisses zu involviren. Aber nach Hegel ist das Verhältniss eine logische Kategorie, die Rechnungsformen Begriffe, in welchen die logische Kategorie nur vermöge unserer Reflexion sich verwirkliche. Warum hat er also diese Reflexionsbegriffe nicht als eine Verunreinigung, als eine subjektive Zuthat zu dem rein logischen Kern aus dem Begriffe des Verhältnisses zu entfernen versucht, wenn er selber ihre objektive Bedeutung zwar zu verläugnen, aber keineswegs zu beseitigen im Stande gewesen wäre? Warum hat er wenigstens nicht bestimmt angegeben, was die mathematische Form weniger oder mehr enthalte als der reine Begriff? In dem dunkeln Gefühle von der Unmöglichkeit dieses zu leisten liegt denn auch vermuthlich der Grund, warum er, im Beginne seiner Anerkennung über die Begriffsbestimmtheit des mathematischen Unendlichen, auf die bekannten mathematischen Formen des Verhältnisses meistentheils dergestalt eingeht, als ob sie denn doch wohl eine „immanente" Entwickelung des Begriffes zu ihrem tiefern Grunde hätten. Gleichwohl kommt er auch hier in Opposition mit der Wissenschaft, die, wenn sie begründet wäre, allerdings den Bestand derselben geradezu in Frage stellte. Nämlich die unendlichen Reihen gelten ihm als mangelhafte Darstellungen von Verhältnissbegriffen, als mit der „schlechten" Unendlichkeit behaftet, während dem ursprünglichen, von der Mathematik „sogenannten endlichen" Ausdrucke, der Summe der Reihe, die wahrhafte Unendlichkeit zukomme. Indessen kommt seine Erörterung, soweit sie in Widerspruch zu den gewöhnlichen Bestimmungen steht, theils auf einen leeren Wortstreit hinaus, theils ist sie ganz besonders geeignet in eclatanter Weise den Leichtsinn bloss zu legen, mit welchem unser Philosoph mathematische Begriffe behandelt.

Das Wesentliche, was im Verhältnisse liegt, ist nach Hegel (und darin hat er vollkommen Recht), dass die beiden Seiten desselben nicht mehr lediglich als für sich bestimmte, gleichgültige Quanta gelten, sondern nach ihrer Bestimmtheit gegen einander; — daher es denn auch sich selber gleich bleibt, welche Veränderungen auch mit diesen vorgenommen werden mögen, insofern nur die Natur der gegenseitigen Bestimmtheit dieselbige bleibt. Hierin liegt der qualitative Charakter, der es auszeichnet, und der weiter in seinen höheren Formen und namentlich in dem Begriffe der Funktion noch deutlicher hervorbricht. Denn da es in dem Exponenten ein solches Quantum enthält, welches, indem es aus seinem eigenen Sein herausgeht und sich in die beiden Seiten des Verhältnisses hinein bewegt, gleichwohl vermöge der Beziehung der letzteren, die ihm inwohnende Bestimmtheit bewahrt*): so ist es ein solches Sein, welches sich aus seinem Aussersichkommen in sich selbst zurücknimmt und daher an ihm selber als das quantitative unendliche Sein gesetzt ist. Dieses quantitative Element ist aber noch nicht stark genug sich zur vollen Geltung zu bringen, einmal, weil die beiden Quanta, die die Momente des Verhältnisses ausmachen, insoweit sie als zufällig bestimmte Quanta gelten, nur durch unsere Reflexion in die Beziehung eintreten und weiter, weil ihre Beziehung gegen einander an ihr selber noch als ein gewöhnliches Quantum (welches der Exponent heisst) gesetzt wird. Damit soll nun eine doppelte Auffassung desselben zulässig sein, die eine, welcher die unveränderliche Beziehung der beiden Seiten als die Hauptsache gelte, die andere, welche solche Beziehung nach ihrer Bedeutung durch ein gewöhnliches Quantum vorgestellt zu sein auffasse. Die letztere sei in der Darstellung des Verhältnisses als unendliche Reihe enthalten, die erstere belasse es in seinem gewöhnlichen Ausdrucke, welcher (als die Summe der Reihe) mit Unrecht als endlich bezeichnet werde. Die Mathematik bedient sich bekanntlich, ohne irgend einen Unterschied ihrer Bedeutung anzuerkennen, beider Auffassungen, mit der Vorsicht sich jedesmal ihrer vollkommenen Identität zu versichern. Der allgemeine Ausdruck für diese Identität ist die bekannte Fundamentalformel

$$\frac{1}{1-x} = 1 + x + x^2 + x^3 + x^4 + \ldots\ldots,$$

*) Sei das Verhältniss $\frac{a}{b}$ gegeben und sein Exponent $= c$, so liegt es in der Gleichung $\frac{a}{b} = c$, dass c nicht etwa bloss als eine für sich bestimmte Zahl gefasst werden soll, sondern dass es eben so sehr seine Bestimmtheit in der zwischen a und b eintretenden Beziehung habe, d. h. aus den gegebenen Zahlenwerthen von a und b gefolgert werden könne. Diese Beziehung ist eine solche, in welcher untersucht wird, wie oft b in a enthalten sei. Demgemäss ist es für diese Beziehung ganz gleichgültig, welches die specielle Bestimmtheit der Seiten des Verhältnisses sei, wenn nur die Natur ihrer gegenseitigen Bestimmtheit dieselbige bleibt. Vielmehr können wir die erstere beliebig ändern und etwa $\frac{2a}{2b}$, $\frac{3a}{3b}$, $\frac{1/_2 a}{1/_2 b}$ oder dergleichen mehr an die Stelle von $\frac{a}{b}$ substituiren, wenn nur die dergestalt geänderten Zahlenwerthe von a und b dasselbe Verhalten zu einander bewahren, d. h. der eine beständig c mal in dem anderen enthalten bleibt.

welche für alle Werthe von x zwischen -1 und $+1$ gültig ist. Indem wir vorläufig von dieser Beschränkung absehen, können wir sogleich zugeben, dass im Hegel'schen Sinne die Summe $\frac{1}{1-x}$ der Reihe, ihr gewöhnlicher sogenannter endlicher Ausdruck, in Wahrheit den Charakter der (qualitativen) Unendlichkeit an sich trage, nämlich weil er einen Verhältnissbegriff darstellt. Die rechte Seite unserer identischen Gleichung hat nun freilich als unendliche Reihe diejenige quantitative Unendlichkeit an sich, welche Hegel als die schlechte zu bezeichnen gewohnt ist: ihre Glieder nehmen ins Unendliche ab und sind in unendlich grosser Anzahl vorhanden; aber das sie zusammenkettende Gesetz macht, dass jedes als integrirendes, nothwendiges Moment des Ganzen erscheint, und ist die qualitative Bestimmtheit, welche den allerdings an sich zum Vorschein gekommenen endlosen Prozess beherrscht und seine Auflösung in den Begriff der allgemeinen Quantität nicht zu Stande kommen lässt: die einzelnen Glieder gelten nicht als Ruhepunkte, welche das Subjekt zur bequemeren Auffassung der unbegrenzten Abnahme setzt. Vielmehr indem sie sämmtlich Potenzbestimmungen sind, so haben sie alle für sich eben so sehr die Geltung qualitativer Verhältnissbestimmungen, als der Ausdruck der linken Seite, und diese ihre eigentliche Bedeutung kann nicht dadurch verloren gehen, dass sie in Folge ihrer Verknüpfung als Summe in eine sie befassende Einheit aufgenommen sind: denn da sie in dieser Einheit oder äusserlich (als Summanden) neben einander gestellt sind, so ist nicht denkbar, wie diese äussere Beziehung die innere an ihnen selber hervorbrechende aufheben könne. Die Summe von Potenzbestimmungen ist ebenso sehr Potenzbestimmung, als es jede einzelne nur sein kann. Damit darf denn die rechte Seite unserer Gleichung die gleiche Vollkommenheit, wie die linke, beanspruchen und kann ebenso gut wie diese sowohl als qualitatives Verhältniss, als auch als discretes Quantum begriffen werden. Nichts anderes lehrt die Analysis, welche die unendliche Reihe als vollkommen identisch mit ihrer Summe fasst und sich ihrer unbedenklich bedient, um die Natur der entsprechenden Funktion festzulegen. Dieses über alle Zweifel erhabene Faktum hat indessen Hegel in keiner Weise genirt. Seine Philosophie scheint es für die mathematische Betrachtung für erlaubt zu halten, unbeirrt von den Thatsachen aus dem Begriffe heraus sich Entwickelungen zu construiren, deren Consequenzen dann allerdings dahin führen müssten zu zeigen, wie das Thatsächliche eben nicht thatsächlich ist. Sehen wir denn näher zu, welcher Natur der Begriff ist, aus dem heraus er seinen Vernichtungskampf gegen das mathematische Vorurtheil und den mathematischen Aberglauben beginnt, und lassen wir zu dem Zwecke ihn selber sprechen (pag. 294):

„Die unendliche Reihe ist in Wahrheit Summe; ihr Zweck ist das, was an sich Verhältniss ist, in der Form einer Summe darzustellen, und die vorhandenen Glieder der Reihe sind nicht als Glieder eines Verhältnisses, sondern eines Aggregates. Sie ist ferner vielmehr der endliche Ausdruck; denn sie ist das unvollkommene Aggregat und bleibt wesentlich ein Mangelhaftes. Sie ist nach dem, was in ihr da ist, ein bestimmtes Quantum; dieser fehlende Theil ist in der That das, was das Unendliche an der Reihe heisst, nach der nur formellen Seite, dass er ein Fehlendes, ein Nichtsein ist; nach seinem Inhalte ist er ein unendliches Quantum. Das was in der Reihe da ist, zusammen mit dem, was ihr fehlt, macht erst das aus, was der Bruch ist, das bestimmte Quantum, das sie gleichfalls sein soll, aber zu sein nicht vermag. — Das Wort: Unendlich pflegt, auch in der unendlichen Reihe, in der Meinung etwas Hohes und Hehres zu sein; es ist dies eine Art von Aberglauben, der Aberglaube des Verstandes; man hat gesehen, wie es sich vielmehr auf die Bestimmung der Mangelhaftigkeit reducirt."

„Dass es, kann noch bemerkt werden, unendliche Reihen giebt, die nicht summirbar sind, ist in Bezug auf die Form von Reihe überhaupt ein äusserlicher und zufälliger Umstand. Sie enthalten eine höhere Art der Unendlichkeit, als die summirbaren; nämlich eine Incommensurabilität oder die Unmöglichkeit das darin enthaltene quantitative Verhältniss als ein Quantum, sei es auch als Bruch, darzustellen; die Form der Reihe aber als solche, die sie haben, enthält dieselbe Bestimmung der schlechten Unendlichkeit, welche in der summirbaren Reihe ist."

Nehmen wir diese Argumentation durch, so ist allerdings die unendliche Reihe eine Summe: aber ihre Glieder sind darum noch nicht ein zusammengewürfeltes Aggregat, sondern vermöge des sie beherrschenden und mit einander verknüpfenden Gesetzes ist ihr Zusammen als ein Zusammen qualitativer Verhältnissbegriffe dem

4*

Summenausdruck der Reihe total identisch. Wenn sie weiter als der eigentlich endliche Ausdruck, wegen der ihr inwohnenden Unvollkommenheit und Mangelhaftigkeit charakterisirt und dies dahin erläutert wird, dass sie ein geringeres Quantum vorstelle, als sie eigentlich solle, so dass erst ein bestimmtes Quantum hinzukommen müsse, um den Werth des Bruches, dessen Entwickelung sie ist, vollzumachen: — so sind dies Phantasieen, welche Hegel lediglich aus seinem Begriffe der Sache genommen hat, und zudem hat er es sorgfältig vermieden, an einem concreten Beispiele zu zeigen, was denn eigentlich das Mangelhafte sei, welches er der Analysis andichtet. Der unendlichen Reihe mangelt durchaus nichts an ihrer Summe, in welche die unendlich vielen Glieder gleichmässig eintreten, und die Wissenschaft, sobald sie mit ihr zu thun hat, operirt nicht mit einem Theile ihrer Glieder, sondern lässt sie alle eins wie das andere in ihre Betrachtung hineingehen, so dass an etwas, was fehle, nicht im Mindesten gedacht werden darf. Etwas anderes ist es, wenn wir uns der Reihe zur numerischen Berechnung einer Funktion bedienen, in welchem Falle wir je nach dem Maasse der gewünschten Genauigkeit uns auf eine grössere oder geringere Anzahl ihrer Glieder beschränken; — aber es kann Hegel nicht unbekannt geblieben sein, dass diese Ungenauigkeit nicht die Wissenschaft, sondern nur die praktische Anwendung trifft, wo sie, damit man die Fehlergrenze beliebig verkleinern kann, als verschwindend angenommen werden darf. Oder sollte er wirklich angenommen haben, dass es Mathematiker gäbe, welche z. B. die in den Tafeln verzeichneten Werthe der trigonometrischen Funktionen einer Untersuchung über die Eigenschaften derselben zu Grunde legen möchten? Eine solche Untersuchung kann vielmehr ihre letzte Zuflucht immer nur zu den allgemeinen Reihenausdrücken für die Sinus, Cosinus und dergleichen mehr nehmen, und ist sogar für die meisten andern Funktionen gar keine andere Form vorhanden, in welcher sie nach ihrer ganzen Natur bis jetzt dargestellt worden wären. Der Philosoph aber behauptet die Unzulänglichkeit und Mangelhaftigkeit dieser Form und überlässt es dem Scharfsinn der Mathematiker, wie sie sich aus der Sackgasse herausziehen, welche freilich nur ein Erzeugniss lediglich seiner Einbildung ist. In der That, wenn an dieser Einbildung Wahrheit wäre, so würde beinahe alles wanken, was die neuere Analysis seit Descartes geschaffen hat. Von den meisten

Theoremen über transscendente Funktionen, sofern sie nicht (wie es z. B. bei den trigonometrischen Funktionen zum Theil der Fall ist) auf geometrische Betrachtungen gegründet sind, würde fast gar nichts übrig bleiben, weil sie doch alle die qualitative Natur dieser Funktionen betreffen und gleichwohl ihr Beweis schliesslich auf die unendliche Reihe, welche doch eben diese Natur gar nicht oder nur in mangelhafter Weise zum Ausdruck bringen soll, zurückzuführen pflegt. Namentlich möchte auch von der Theorie des höheren Calcüls nicht viel übrig bleiben: denn letztlich ist es ja auch hier die Identität einer Funktion mit ihrer Reihenentwickelung, welche dem Analytiker, wenn alle anderen Methoden versagen, als einzige Zuflucht übrig bleibt; — und dieser Boden, auf dem er bisher feststehen zu können meinte, wird ihm nun unter den Füssen weggerückt.

So revolutionäre Consequenzen zieht nun zwar Hegel nicht und wahrscheinlich, wenn er die ganze Schärfe des Widerspruches erkannt hätte, in welchen der gesammte Bestand der Wissenschaft, sobald er mit seiner Ansicht Ernst machte, hineinverwickelt werden müsste, würde er doch wohl Anstand genommen haben lediglich mit einigen lose aneinander gereihten philosophischen Formeln die wichtigsten Bestimmungen der positivsten aller Wissenschaften anzugreifen; — aber indem er der Umwälzungen, die aus seinen Festsetzungen folgen, sich nicht bewusst zu sein scheint, fährt er fort uns seine Entdeckungen über die Reihen aus dem Begriffe heraus zu vervollständigen. Diese Vervollständigung ist nun allerdings kein eigentlicher systematischer Fortschritt: vielmehr scheint er bereits eine solche Reinigung der Begriffe bei seinen Lesern vorauszusetzen, dass er ihnen auch ohne weitere sei es mathematische oder dialektische Begründung und Auseinandersetzung das Verständniss seiner Gedanken anmuthen dürfe. Wir erfahren nämlich rein historisch, dass es zwei Arten von Reihen giebt, die convergenten, welche summirbar sind, und die divergenten, welche keinen endlichen Summenausdruck zulassen. Wenn nun die ersteren „von dem Aberglauben des Verstandes“ überschätzt worden sind, so ist er so gütig für die Enttäuschung dieses Glaubens uns die volle Entschädigung in der Betrachtung der letzteren in Aussicht zu stellen, mit welchen freilich die mathematische Beschränktheit bis jetzt nichts anzufangen wusste. Sie sollen nämlich eine viel höhere Art der Unendlichkeit enthalten als die convergenten, und hoffen wir schon das eben von Grund aus erschütterte Gebäude wieder von Neuem festgelegt zu sehen. Leider schwindet diese Hoffnung sogleich wieder zusammen, wenn wir im Betreff der Natur dieser Unendlichkeit darüber belehrt werden, dass sie eine „Incommensurabilität," eine „Unmöglichkeit" ausdrücken, „das darin enthaltene quantitative Verhältniss als ein Quantum, sei es auch als einen Bruch darzustellen!" Bei dieser rein negativen Bestimmung bleibt es, und nachdem unsere ganze Neugier geweckt ist, erfahren wir nicht, was denn in dieser Unmöglichkeit so Hohes verborgen liegt.

Wir wollen nicht leugnen, dass vielleicht die Zukunft uns über die Bedeutung der divergenten Reihen noch positive Aufschlüsse gewähren könne: aber es ist sicherlich jede Entwickelung dieser Bedeutung aus dem Begriffe heraus vag und ungewiss, so lange wir sie eben nicht begriffen haben. Im Gegentheile kann behauptet werden, dass das, was Hegel über die Natur der divergenten Reihen beigebracht hat, nach einer geringen Modifikation vielmehr die convergenten Reihen charakterisirt: diese enthalten in der That eine Incommensurabilität, nämlich die Unmöglichkeit das in ihnen zum Vorschein kommende Funktionen-Verhältniss in Form der Potenz in endlicher und geschlossener Weise zum Ausdrucke zu bringen, und eben darum ist der Potenzausdruck der Funktion eine Reihe mit unendlicher Gliederzahl. Die divergenten Reihen sind geradezu gleich ∞, und wie ein solcher unendlicher Summenausdruck zu der gegebenen Funktion sich verhalte, darüber haben wir bis jetzt noch nicht einmal eine bestimmte Vermuthung.

Als Entschädigung der Unterschätzung, welche Hegel den convergenten Reihen widerfahren lässt, kann vielleicht angeführt werden, dass die Theorie der Reihen meistens dem höheren Calcül vorgenommen oder, wenn dies nicht der Fall sein sollte, geradezu eingeschaltet wird, wenigstens insoweit sie auf die Entscheidung ihrer Convergenz oder Divergenz eingeht. Hierdurch wird eine besondere Untersuchung der Reihe nothwendig, welche mit der durch sie vorgestellten Funktion gar nichts zu thun hat. Diese Unwissenschaftlichkeit, dass die Frage nach der Gültigkeit der Reihe nicht auch durch die unmittelbare Betrachtung der Eigenschaften ihrer Summenfunktion zur Entscheidung kam, ist durch das bekannte Theorem von Cauchy beseitigt, welches die Gültigkeit der Mac-Laurin'schen Reihenentwickelung, d. h. ihre Convergenz, auf die Continuität und Endlichkeit der ursprünglichen Funktion und ihrer Ableitungen zurückführt. Damit ist die identische Beziehung einer Funktion und ihrer Entwickelungsreihe nach allen Seiten hin dargethan, und der Schein der Aeusserlichkeit und Unvollständigkeit, welcher früher in dem Umstande gefunden werden konnte, dass die Reihe, die aus der Betrachtung der Funktion fliesst, erst einer abgesonderten, nur sie allein betreffenden Untersuchung zu unterwerfen ist, ehe man sie als identisch mit der Funktion setzen darf, nunmehr ganz und gar aufgehoben. Dieses selbe gilt auch von anderen Entwickelungen auf dem Gebiete der höheren Analysis, z. B. dem Theoreme über die nach dem Sinus und Cosinus der Vielfachen eines Argumentes fortschreitenden Reihen, ferner den Reihenentwickelungen in der Theorie der elliptischen Transscendenten und dergleichen mehr. (Die letzteren beruhen auf dem Uebergange vom Endlichen zum Unendlichen, und können wir uns leider auf eine Kritik dieses Ueberganges nicht einlassen.)

Es ist vielleicht nicht unzweckmässig, wenn wir als auf ein Ergebniss der bisher an Hegels Princip der Reihe geübten Kritik auf eine Differenz aufmerksam machen, welche zwischen dem von uns aufgestellten Begriff der Funktion und demjenigen besteht, was Hegel sich unter Potenzenverhältniss gedacht zu haben scheint. Nach dem allgemeinen Gange seiner metaphysischen Untersuchung sind wir allerdings berechtigt die vollkommene Identität zwischen beiden Begriffen anzunehmen. Aber seine Polemik gegen die unendliche Reihe lässt klar erkennen, dass eine Beschränkung dieser Identität wohl in seinem Sinne sein dürfte. Nämlich man kann, namentlich auch in Rücksicht auf das Beispiel $\frac{y^2}{x} = p$, welches er zu dem Potenzenverhältnisse beibringt, nicht daran zweifeln, dass er die Veränderlichkeit der Beziehung zwischen den beiden Seiten, d. h. also die Veränderlichkeit des Exponenten $\frac{y}{x}$ als sein wesentliches Merkmal ansieht. Diese Veränderlichkeit wird nun durchaus nicht aufgehoben, wenn wir dasselbe, sei es aus einer endlichen, sei es aus einer unendlichen Anzahl von Potenzverhältnissen, zusammensetzen. Gleichwohl, wie wir wissen, lässt Hegel die unendliche Reihe nicht als Verhältniss, sondern nur als Anzahl gelten. Es müsste also dadurch, dass das Summenzeichen zwischen mehrere Potenzverhältnisse tritt, ihr Zusammen unvermögend werden, noch ein Potenzverhältniss auszudrücken, so dass es nur noch als blosse Anzahl gälte; und in weiterer Folge hiervon würde von einem Potenzenverhältniss nur da die Rede sein können, wo der zwischen y und x gesetzte Zusammenhang nur vermöge eines einzigen Theorems ausgedrückt wird.

Wenn wir gleich die Unstatthaftigkeit dieser Behauptung schon in positiver Weise aufgezeigt haben, so wollen wir doch noch speciell Hegels Raisonnement beleuchten, um an seiner Nichtigkeit keinen Zweifel übrig zu lassen. Hegel spricht pag. 291 u. pag. 292 über den in Rede stehenden Gegenstand und bedient sich des Beispieles

$$\frac{2}{7} = 0,285714\ldots.$$

und es soll nun $\frac{2}{7}$ allein den Verhältnissausdruck darstellen, um welchen es zu thun ist, dagegen die Reihe 0,285714... das Verhältniss nur ausdrücken, insofern es Anzahl ist. „Dass die Grössen, welche den Reihenausdruck als Anzahl ausmachen sollen, wieder aus Decimalbrüchen, also selbst aus Verhältnissen bestehen, darauf kommt es hier nicht an; denn dieser Umstand betrifft die besondere Art der Einheit dieser Grössen, nicht sie, insofern sie die Anzahl constituiren; wie auch eine aus mehreren Ziffern bestehende ganze Zahl des Decimalsystems wesentlich als eine Anzahl gilt und nicht darauf gesehen wird, dass sie aus Produkten der Zahl 10 und deren Potenzen besteht." Der Umstand also, dass die einzelnen Glieder der Reihe 0,285714... sich unter die Form von Verhältnissen stellen, soll in keiner Weise bedingen, dass die Reihe, das Zusammen dieser Verhältnisse, auch noch ein Verhältniss ausdrücke; vielmehr er betrifft nur die „besondere Art der Einheit dieser Grössen," nicht sie, „insofern sie die Anzahl constituiren." Wie aber sollen die Glieder $\frac{2}{10}, \frac{8}{100}, \frac{5}{1000}, \ldots\ldots$ anders die Anzahl constituiren, als indem sie auf die besondere Art ihrer Einheit, also respective Zehntel, Hunderstel, Tausendstel, .. bezogen werden? Oder können sie als von dieser Beziehung losgetrennte die Anzahl constituiren? Dieser Schein könnte bei einer endlichen Reihe entstehen, wie z. B. 0,285. Hier könnte man sagen, dass die Anzahl $\frac{285}{1000}=\frac{200}{1000}+\frac{80}{1000}+\frac{5}{1000}$ dergestalt von den einzelnen Gliedern constituirt würde, dass sie respektive unter die Form $\frac{200}{1000}, \frac{80}{1000}, \frac{5}{1000}$ gebracht und mithin von der Beziehung auf ihre besondere Einheit (Zehntel, Hunderstel, Tausendstel) losgelöst werden — aber diese Loslösung ist eben nur ein leerer Schein; denn das Wesen ihrer Beziehung auf die besondere Art ihrer Einheit bleibt beibehalten, und die Umwandelung betrifft nur die Form der Beziehung; $\frac{200}{1000}$ hört nicht bloss nicht auf Verhältniss zu sein, sondern es bleibt dasselbe Verhältniss, welches vorhin unter der Form $\frac{2}{10}$ auftrat. Bei einer unendlichen Reihe vollends fällt auch der blosse Schein weg, den man etwa für Hegel anzuführen geneigt sein könnte. Denn hier bleibt nichts übrig als ihre Glieder in der ihnen eigenthümlichen Form zu belassen, weil der Grund zu der Veränderung, die wir mit den Gliedern einer endlichen Reihe vornehmen, hier in keiner Weise vorhanden ist, und wir sind daher vollkommen unvermögend uns etwas Vernünftiges dabei zu denken, wie die Glieder einer unendlichen Reihe, die doch für sich genommen Verhältnisse sind, insofern sie die durch die Reihe vorgestellte Anzahl constituiren, als Verhältnisse zu gelten aufhören sollten. — Wenn ferner angeführt wird, dass auch eine mehrziffrige ganze Zahl des Decimalsystems wesentlich als Anzahl gilt und nicht darauf gesehen wird, dass sie aus Produkten einer Zahl und der Zahl 10 oder deren Potenzen besteht, so ist freilich einzuräumen, dass sie als dieser bestimmte Complex von Einsen gefasst werden kann. Aber wenn sie als ein solcher ordnungsloser Complex wirklich gefasst wird, wozu denn die Bezeichnung nach dem dekadischen Zahlensysteme? Sollte dieselbe nur eine zwecklose Form sein? Gewiss nicht! Sondern es liegt in dem Begriffe der Zahl, dass sie als ein System von Zahlbestimmungen vorgestellt wird. Was nun insbesondere die ganze Zahl anlangt, so sind die Theile, in die wir sie zufolge des dekadischen Systemes uns anordnen, alle an ihnen selber schon auf ein und dieselbe Einheit bezogen, und es ist daher nichts leichter als ihre Zusammenfassung in Eins, d. h. in ihre Anzahl, zu denken. Das ist aber ganz anders bei unserer Reihe für

$\frac{2}{7}$; hier ist jedes Glied auf eine besondere Art der Einheit bezogen, und es ist daher die Vergleichung der Reihe 0,285714.... mit dem, was bei einer ganzen Zahl statt hat, unbedingt zu verwerfen. Denn in dem Punkte, der das *tertium comparationis* bildet, treffen die verglichenen Gegenstände nicht zusammen: eine Zahl als Anzahl genommen ist in unmittelbarer Weise auf die Einheit bezogen, eine gebrochene Zahl ist als Anzahl nur in unmittelbarer Beziehung auf die Einheit. Und dann selber wenn wir dies Gleichniss gelten lassen, so muss man doch an einen Philosophen die Forderung stellen, seine Gedanken nicht bloss bildlich oder gleichnissweise zu veranschaulichen, sondern in bestimmte unzweideutige Worte zu fassen.

Schliesslich wollen wir noch bemerken, dass Hegel bekanntlich drei Stufen des Verhältnisses unterscheidet: das direkte, das umgekehrte und das Potenzverhältniss. Man kann am Ende diese Unterscheidung sich gefallen lassen, ohne jedoch ein grosses Gewicht darauf legen zu dürfen. Wesentlich ist nur die Betrachtung des direkten und des Potenzverhältnisses: das letztere kann als eine Zusammensetzung, als eine zusammengehörige Folge von Verhältnissen der ersten Art betrachtet werden, deren Seiten jedoch auf unveränderliche Art bestimmt sind, und für den Fall, dass wir dieselben als unter sich identische (d. h. als mit unveränderlichem Exponenten) voraussetzen, geht diese Folge wieder mit dem Begriffe des direkten Verhältnisses zusammen. Wir können daher nicht unbedingt mit Hegels Ansicht übereinstimmen, „dass man wegen der besonderen Natur der veränderlichen Grössen“ im direkten Verhältnisse oder in der linearen Funktion $y=ax$ „andere Bezeichnungen einführen solle, als die gewöhnlichen der unbekannten Grössen in jeder endlichen bestimmten oder unbestimmten Gleichung.“ „Es ist“ nach ihm „ein Mangel des Bewusstseins über die Eigenthümlichkeit dessen, was das Interesse der höheren Analysis ausmache, und das Bedürfniss und die Erfindung des Differentialcalcüls herbeigeführt hat, dass Funktionen des ersten Grades in die Behandlung dieses Calcüls für sich mit hineingenommen werden.“ Wir wollen durchaus nicht ableugnen, dass in diesem Raisonnement etwas Wahres liegt, und dass bereits die Lehre von den Proportionen die Theorie der linearen Gleichung erschöpft. Aber auf der anderen Seite möchte es doch schwer nachzuweisen sein, dass die Bestimmungen des höheren Calcüls mit gewissen sich von selbst ergebenden Modifikationen nicht auch auf diesem Gebiete ihre Anwendbarkeit behalten, vielmehr werden sie nur durch die besondere Leichtigkeit und Einfachheit, mit der sich die Anwendung gestaltet, hervortreten. Aber selbst wenn man sich nun auch, vielleicht für das Bedürfniss des Anfängers, zur Annahme von Hegels Vorschlag entschlösse, so könnte man dies doch nur thun, um ihn sofort wieder fallen zu lassen, sofern nicht die Traktabilität des Calcüls in einer heillosen Verwirrung der Bezeichnung untergehen sollte. Denn bekanntlich ist es meistens der Fall, dass Funktionen des ersten und höherer Grade gleichzeitig in die analytischen Operationen hineingehen. Ohnedem wäre vom Hegel'schen Standpunkte aus mit ziemlich gleichem Rechte auch für das umgekehrte Verhältniss oder, was auf dasselbe hinausläuft, für die hyperbolische Funktion $y = \frac{a}{x}$ eine besondere Bezeichnungsweise erforderlich, trotzdem, dass die Analysis bisher nicht die mindeste Veranlassung hierzu gefunden hat und sogar eine Menge Gründe dem entgegenstellen könnte.*)

*) Es möge noch eine Entwickelung des Verhältnisses angedeutet werden, die aus den vorhergehenden Erörterungen von selbst zu fliessen scheint. Aus dem Begriffe des intensiven Quantums her haben wir das starre Verhältniss, wie wir es nannten, erhalten und kann dasselbe analytisch durch die Unveränderlichkeit seiner Seiten und seines Exponenten charakterisirt werden. In demselben sind nun zwei Momente zu unterscheiden, zuerst die Bestimmtheit seiner Seiten für sich und dann ihre Bestimmtheit gegen einander, deren Natur in dem Exponenten ausgedrückt ist. Das starre Verhältniss kann als die unmittelbare Einheit dieser beiden Bestimmtheiten angesehen werden, welche man ganz passend durch die Namen der Seitenbestimmtheit und der Verhältnissbestimmtheit bezeichnen dürfte. Das neue Moment nun, welches mit dem starren Verhältnisse in die dialektische Entwickelung eingetreten ist, ist dieses, dass die Zahlen nicht mehr lediglich als für sich bestimmte gelten, sondern als durch ihre gegenseitige Beziehung bestimmt; es fällt also in die Verhältnissbestimmtheit hinein, doch so, dass es noch nicht als gesetzt erscheint, als sich wirklich bethätigend, indem die Verhältnissbestimmtheit noch gleichgültig neben der Seitenbestimmtheit besteht und sich durchaus einflusslos auf sie verhält. Wir werden demgemäss zu einem Verhältniss fortschreiten, welches unter dem Momente der Verhältnissbestimmtheit wirklich gesetzt ist — dem direkten Verhältnisse. In solchem Verhältnisse ist die Seitenbestimmtheit durchaus veränderlich, doch so, dass diese Veränderlichkeit durch die unveränderliche Natur der Verhältnissbestimmtheit (oder des Exponenten) beherrscht wird. Aber es hat die Einseitigkeit

5.

Der Begriff des Differentialquotienten.

(Die Methode der Grenzen.)

Wir wollen nun näher auf den Gegenstand eingehen, der uns eigentlich beschäftigt, nämlich auf die eigenthümliche Methode, vermöge deren die Mathematik in die Natur der discret-con-

---

dass die Seitenbestimmtheit in ihm als selbstständiges Moment zurücktritt und, indem sie sich nicht in ihrer eigenen Bestimmtheit zu behaupten vermag, einer durch den Exponenten gesetzten Veränderlichkeit preisgegeben ist. Nun aber hat sie, so wie sie uns in dem starren Verhältnisse vorliegt, ganz dieselbe Berechtigung, wie die Verhältnissbestimmtheit, und wir sind darum genöthigt den Gedanken eines solchen starren Verhältnisses zu fassen, welches unter dem Momente der Seitenbestimmtheit gesetzt ist, und in welcher daher die Verhältnissbestimmtheit von ihr abhängig und beherrscht ist. Dies ist in dem variablen Verhältniss, wenn wir darunter irgend eine durch die arithmetischen Rechnungsoperationen vermittelte wechselseitige Beziehung zweier allgemeiner Zahlelemente verstehen, thatsächlich der Fall. Denn wir haben darin eine (im Allgemeinen continuirliche) Aufeinanderfolge von speciellen zusammengehörigen Zahlenwerthen der beiden Elemente x und y, deren Zusammenfassung uns den Begriff der Funktion giebt. Jede zwei zusammengehörige Zahlenwerthe sind unveränderliche gleichsam starre Zahlen und haben eine gewisse Verhältnissbestimmtheit, welche unmittelbar aus jenen berechnet werden kann. Demgemäss haben wir in der Funktion oder dem variablen Verhältniss die starre Seitenbestimmtheit in eine fliessende Veränderung hineingesetzt, jedoch so, dass sie in jedem Momente dieser Veränderung als starre Seitenbestimmtheit bleibt, welche ihre Verhältnissbestimmtheit erzeugt, und somit gleichfalls in ihren Fluss hineinreisst. Dass die Verhältnissbestimmtheit in der Funktion das Gesetzte ist, das von der Seitenbestimmtheit Beherrschte, erkennt man daraus, dass sie nicht unmittelbar berechnet, sondern erst aus den verschiedenen zusammengehörigen Zahlenwerthen der Seiten x und y des Verhältnisses gefolgert werden kann. Sei z. B. $xy = 24$, so sind $x = 1$ und $y = 24$, $x = 2$ und $y = 12$, $x = 3$ und $y = 8$, $x = 4$ und $y = 6$ u. s. w. zusammengehörige Zahlenwerthe für x und y, denen respective die Verhältnissbestimmtheiten $\frac{y}{x} = 24, 6, \frac{8}{3}, \frac{3}{2} \ldots$ entsprechen, und diese können offenbar nicht unmittelbar aus der Funktion $y = \frac{24}{x}$ berechnet werden, ehe man die bezüglichen Werthe für x und y kennt.

Es ist unschwer zu sehen, dass das geometrische Bild für das starre Verhältniss der Punkt, für das direkte die gerade Linie und für das variable die ebene Curve ist, und hiernach sind die Stufen der dialektischen Entwickelung des Verhältnisses:

tinuirlichen Grössenbestimmtheit oder näher in den Verlauf einer Funktion sich hineinversetzt. Wir haben bereits oben gesehen, dass wir, um dem Begriffe der Funktion zu genügen, die unabhängig Veränderliche einer stetig fortschreitenden Veränderung zu unterwerfen haben und dadurch eine im Allgemeinen continuirliche Aufeinanderfolge von Werthen der abhängig Variablen erhalten. Auf die ohnedem minder wesentlichen Ausnahmefälle, wo diese Continuität unterbrochen wird, wollen wir im Folgenden gar keine Rücksicht nehmen und setzen also, wenn wir von Funktionen reden, dieselben als innerhalb solcher Intervalle bestimmt voraus, in welchen sie einen ununterbrochen continuirlichen Verlauf haben. Damit gewinnen wir den doppelten Vortheil, einmal dass der Umfang und die Schwierigkeit der Untersuchung sich wesentlich ver-

---

a) das starre (oder punktuelle) Verhältniss,
b) das direkte (oder lineare) Verhältniss,
c) das variable (oder Curven-) Verhältniss.

Das direkte Verhältniss ist analytisch genommen eine Aufeinanderfolge starrer Verhältnisse mit identischer Verhältnissbestimmtheit und das variable Verhältniss eine Aufeinanderfolge starrer Verhältnisse mit variabler Verhältnissbestimmtheit.

Um den Vorzug dieser Dialektik des Verhältnisses vor der Hegel'schen zu zeigen, hat man nur die oben angegebene geometrische Bedeutung unserer drei Verhältnissstufen mit der geometrischen Bedeutung der Hegel'schen Verhältnissstufen zu vergleichen. Die letzteren ergeben nämlich die gerade Linie, die Hyperbel, die Curve als die ihnen entsprechenden geometrischen Bilder, und man kann hier offenbar nicht begreifen, wie einmal die Hyperbel unter allen Curven zweiten Grades allein und dann überhaupt eine Curve zweiten Grades zu einer so ausgezeichneten Stellung kommen kann.

Die weitere Entwickelung würde von dem variablen Verhältniss in seiner Unmittelbarkeit ausgehen, insofern es zunächst noch den Charakter des starren Verhältnisses als vorwiegenden Momentes aufzeigt, alsdann das lineare Verhältniss als ihm begrifflich inwohnend darstellen (Differentialrechnung) und endlich damit schliessen, das variable Verhältniss als die gesetzte Einheit von dem starren und linearen Verhältnisse zu begreifen. Wir wollen es aber bei diesen Andeutungen bewenden lassen und eine Entwickelung, die uns eigentlich nichts Neues giebt, auch nicht weiter verfolgen. Denn es ist gewiss gar nicht zu verkennen, dass unsere Entwickelung der Zahlformen und des Begriffes der Funktion uns vollkommen dasselbe giebt, was uns die Dialektik des Verhältnisses irgend nur liefern kann. Die nachfolgenden Entwickelungen werden daher von jedem, der dazu Neigung verspüren sollte, ohne Mühe auf den Begriff des variablen Verhältnisses übertragen werden können.

ringert, und dann dass das Princip der höheren Rechnung in grösserer Einfachheit und Bestimmtheit hervortritt.

Fassen wir nochmals zusammen, was in dem Begriffe einer Funktion und der durch sie charakterisirten Curve lag, so ist die Funktion eine Aufeinanderfolge von gegen einander bezogenen Zahlwerthen der beiden Veränderlichen, welche indessen noch nicht als flüssige Einheit in vermittelter Weise gesetzt ist. Aus der Formel ihrer Zusammensetzung können wir wohl jede beliebigen zwei zusammengehörige Zahlenwerthe der Veränderlichen berechnen, aber immer nur als für sich bestimmte, ohne dass darum ihre Verbindung mit den unmittelbar vorhergehenden und nachfolgenden Zahlenwerthen, welche doch in gleicher Weise durch den Begriff der Funktion gesetzt sind, sich uns erschlösse: in dieser discreten Besonderung ist der Trieb sich durch sich selber in die letzteren hineinzubewegen, noch nicht zum vollkommenen Durchbruche gekommen. Verzeichnen wir uns nun die Funktion als ebene Curve, so wird die discrete Besonderung ganz und gar aufgehoben; die Punkte der Curve bilden einen continuirlichen Fluss und sind somit an ihnen selber als in einander übergehende gesetzt. Die Unmittelbarkeit aber dieses Ueberganges ist der Mangel, welcher uns nicht dahin kommen lässt ihn zu begreifen; wir können die in einander überfliessenden Punkte nicht von einander trennen und müssen also nach Mitteln suchen, durch welche wir sie in ihrer Besonderung und Discretion als unterschiedene erfassen. Diesem Bedürfnisse wird nicht durch den einfachen Rückgang auf die analytische Form der Funktion genügt. Denn wenn wir auch vermittelst derselben im Stande sind jeden Punkt durch die Berechnung seiner Coordinatenwerthe für sich zu bestimmen, so kommen wir doch hiermit in die gleiche, nur entgegengesetzte Einseitigkeit hinein, da durch solche Bestimmung jede Spur des Zusammenhanges mit den sich anschliessenden Punkten der Curve verloren geht. Vielmehr ist die Aufgabe, aus dem Begriffe der Funktion oder Curve heraus eine solche Beziehung zu entwickeln, welche jeden Verflussakt eben so sehr für sich, wie auch als übergehend in die benachbarten charakterisirt. Ich sage Beziehung, weil etwas, was in anderes übergeht, nur als Beziehung auf dasselbe zu denken ist, und dann weil sich überhaupt die Beziehung der Zahlformen als die eigentliche Wahrheit der vorhergehenden Entwickelungen ergeben hat, welche nun nicht wieder verloren gehen kann. Dass eine derartige Beziehung wirklich vorhanden sein müsse, darüber kann logisch kein Zweifel obwalten, weil die Begriffe von Funktion und Curve, wie wir gesehen haben, an sich identisch sein müssen, und die in Rede stehende Beziehung die Ausgleichung ihres Unterschiedes und mithin die Vollziehung ihrer Identität enthält. Es handelt sich nur darum, den analytischen Charakter derselben festzulegen.

Wir haben die vielen speciellen Beziehungen zwischen den beiden Veränderlichen, welche, indem sie alle gleichmässig den Begriff der Funktion voll machen, gleichwohl als spröde und abgeschlossene gegeneinander bestehen, als totale Beziehungen herauszusetzen, so dass sie nicht bloss innerhalb ihrer selbst, sondern auch nach aussen hin, d. h. gegen die Uebrigen hin bezogen sind; wir haben sie somit zu der Bedeutung von wirklichen Verflussmomenten oder von Punktualitäten zu erheben. An sich ist dieses schon geschehen; denn wir haben nachgewiesen, wie die Natur der Funktion es mit sich führt, dass der unabhängig Veränderlichen alle möglichen Werthe in continuirlicher Aufeinanderfolge ertheilt werden müssen, und in Folge davon die abhängig Veränderliche alle Stufen eines gewissen Intervalles allmählig durchläuft. Aber wenn wir diesen Vorgang in die analytische Formel zu bannen, d. h. vermöge der discreten Zahlbestimmtheit auszudrücken versuchen, so stellt sich sogleich heraus, wie der angedeutete Process fürs erste noch ein Sollen ist, eine Forderung, der zu genügen wegen der in ihr verhüllten Unendlichkeit hoffnungslos erscheinen kann. Es liegt nämlich der Widerspruch in ihr, dass man einen Fluss vermöge der discreten Zahlbestimmtheit begreifen soll. Die discrete Zahlbestimmtheit ist das ewige Auseinanderfallen dessen, worin sie ihre letzte Bestimmtheit hat; sie ist wohl in sich selbst vermittelt: aber diese Vermittelung hat ein Ende an der atomistischen Natur der vermittelnden Eins; sie reicht nur bis an diese heran, so dass dieselben in ihrer absoluten und beziehungslosen Aeusserlichkeit belassen werden. Wie kann nun solche Bestimmtheit zur Darstellung eines in sich selber fortgehenden Flusses fähig sein, in welchem kein Ende, kein Ausfallen der inneren Vermittelung zu denken ist? Ja man möchte fast von vornherein behaupten, dass diese Darstellung überhaupt unmöglich sei: denn sie setzt voraus, dass jeder Verflussakt sich als endliche Bestimmtheit durch das Eins der Arithmetik in adäquater

Weise angeben lasse, und doch können wir diese Voraussetzung so wenig machen, dass wir eher zu dem Gegentheile hingetrieben werden.

Gleichwohl, da der Widerspruch jeglicher Zuthat entkleidet in seiner ganzen Härte hervorbricht, haben wir ihn nunmehr schon in unserer Gewalt. Er hat sich zu dem Zweifel vereinfacht, ob und wie die Arithmetik sich in solche Bestimmtheit hineinversetzen könne, die letztlich die Zurückführung auf ihr Eins nicht erlaube. Und diesen Zweifel berichtigt die Arithmetik dahin, dass sie selber durch ihre immanente Entwickelung auf solche Zahlformen hinführt, deren Natur eben diese ist, durch das Eins nicht geradezu bestimmbar zu sein (irrationale und transscendente Zahlen) und weiter, dass sie uns in der unendlichen Reihe das Instrument an die Hand giebt diese Bestimmtheit gleichwohl auf ihr Element, das Eins, zurückzuführen oder dieselbe auf ihrem eigenen Gebiete zu begreifen. Leider verbot die Beschränkung, die wir uns nothwendig auferlegen mussten, diese Entwickelung vollständig zu geben; indessen haben wir die Kritik von Hegels hierhergehörigen Lehren benutzt, wenigstens die wichtigsten Thatsachen anzudeuten.

Nunmehr ist der Widerspruch hinweggeräumt, welcher zwischen die oben angedeutete Forderung und ihre Ausführung zu treten schien, und die Sache stellt sich so, dass wir diese letztere näher zu bestimmen haben.

Denken wir uns grösserer Anschaulichkeit halber die Funktion als Curvenzug abgebildet, so werden die beiden Verflussakte, die wir uns als allmählig in einander übergehend vorstellen sollen, sich als zwei auseinanderstehende Punkte desselben hinstellen, und wir haben unter der Annahme, dass der sie verbindende Zug ausgelöscht sei, die Aufgabe ihre Verbindung wieder herzustellen. Die Lösung dieser Aufgabe darf uns um desswillen mit Recht zugemuthet werden, weil wir gemäss dem Vorhergehenden im Stande sind jeden beliebigen Punkt der gestörten Verbindung aus der arithmetischen Zusammensetzung der Curvenfunktion analytisch zu bestimmen und demnach auch geometrisch zu verzeichnen. Aber sobald wir wirklich daran gehen, so zeigt sich, dass wir auch nicht einmal den kleinsten Theil des Zuges auf diese Art genau verzeichnen: wir können wohl so viele Punkte, als wir immer wollen, bestimmen und dadurch dem Umrisse des Zuges immer näher und näher kommen; aber zwischen jeden zwei solchen Punkten werden doch eine unendliche Menge von anderen verzeichnet werden können, und wir gelangen niemals dahin, zu einem Punkte den nächst folgenden, in den er überfliesst, festzulegen. Denn wie gering auch der Zuwachs sei, den wir der Abscisse geben: immer wird eine unendliche Menge von noch kleineren Zuwachsen übersprungen, welche eben so vielen Punkten zwischen dem ursprünglichen und dem auf den bezeichneten Zuwachs sich beziehenden Punkte entsprechen. Wir scheitern also zwar nicht mehr an dem inneren Widerspruche, der vorhin in unserem Problem zu latitiren schien, aber an der Unendlichkeit, die uns überall entgegentritt, sobald wir einen continuirlichen Fluss in eine discrete Bestimmtheit oder auch eine discrete Bestimmtheit in einen continuirlichen Fluss umzusetzen versuchen — dieselbe Unendlichkeit, welche auf einfache Weise in der unendlichen Theilbarkeit einer Linie oder einer Zahl zu Grunde liegt. Wir können wohl, indem wir eine Anzahl von Punkten der Curve verzeichnen und durch einen Zug aus freier Hand verbinden, ein ungefähres Bild der Funktion entwerfen: aber für die vollkommene Identität haben wir nicht die mindeste Bürgschaft. Gleichwohl liegt wieder einige Hoffnung zur Herstellung der gänzlichen Identität am Ende doch noch zu gelangen in dem Umstande, dass wir die Genauigkeit so weit treiben können als wir wollen, und es scheint darum der Versuch wohl der Mühe werth, ob es nicht gelingen sollte das Zufällige unseres subjektiven Thuns, welches sich bei einem grösseren oder minderen Grade der Genauigkeit zufrieden giebt, zu entfernen oder gleichsam herauszueliminiren und dadurch den eigentlichen Kern, nämlich die vollkommene Genauigkeit, welche als Zielpunkt in dem bezeichneten Handeln sich verhüllt, total herauszukehren.

Dieses leistet die Analysis in dem Begriffe der Grenze.

Die wissenschaftliche Betrachtung kann sich nicht ohne Weiteres in das Wesen der Dinge hineinversetzen, welches vielmehr in unserer subjektiven Anschauung und Auffassung noch mit allerlei fremdartigen Begriffen verwickelt erscheint. Gleichwohl würde die absolute Verwerfung dieser Anschauung jede Erkenntniss überhaupt unmöglich machen. Denn wir können keine andere in uns aufnehmen, als solche, die durch unser eigenthümliches Denken hindurchgeht. Die Wissenschaft wird vielmehr diesem Hindurchgehen zugleich die Bedeutung eines Reinigungs-

oder Läuterungsprozesses zu geben suchen, in welchem alles, was der speciellen Natur des menschlichen Denkens angehört, ausgestossen wird, und was übrig bleibt, das Wesen des betrachteten Gegenstandes ist. Nicht anders haben wir auch in dem vorliegenden Falle zu verfahren.

Wir sollen diejenige Beziehung auffinden, welche dem Uebergange von dem einen Verflussakte zu dem nächstfolgenden entspricht, und sind mit den Mitteln, welche die Wissenschaft uns bis jetzt bietet, nur im Stande zwei sprungweis auseinander stehende Verflussakte zu bekommen. Indem aber diese Sprünge schliesslich immer auf einem stetigen, zwischenliegenden Verlaufe vor sich gehen, so ist dieser Verlauf insoweit verengert zu denken, dass er nicht mehr zwei auseinander stehende, sondern zwei ineinander überfliessende Punkte verbindet. Fixiren wir uns irgend einen speciellen, aber sonst willkürlichen Verflussakt (y, x) der Funktion, für welchen mithin

$$y = f(x)$$

ist, und gehen über ihn zu einem anderen hinaus, indem wir der unabhängig Veränderlichen einen gewissen endlichen, aber sonst willkürlichen Zuwachs ertheilen, den wir mit Δx bezeichnen: so wird, da der Werth y einer Funktion sich mit ihrem Elemente x ändert, wenn wir den Betrag der Aenderung durch Δy andeuten, die Gleichung

$$y + \Delta y = f(x) + \Delta x$$

gesetzt, und es wird Δy im Allgemeinen ebenfalls ein endlicher Zuwachs sein, wenn wir die Funktion $f(x)$ nur innerhalb eines solchen Intervalles von $x = a$ bis zu $x = b$ betrachten, in welchem ihre Continuität keine Unterbrechung erleidet. Wir wollen nun untersuchen, wie der letzte Zustand $(y + \Delta y, x + \Delta x)$ der Funktion aus dem ersten (y, x) hervorgegangen ist. Dieses geschieht am einfachsten dadurch, dass wir das Verhältniss der Aenderungen beider Variabeln bestimmen. Denn sobald dieses bekannt ist, so lassen sich sogleich alle nachfolgenden Zustände aus dem ersten, welchen wir als Ausgangspunkt festhalten, mit Leichtigkeit herleiten. Demgemäss bilden wir uns aus den vorhergehenden beiden Gleichungen durch ein Paar rein algebraischer Operationen die Gleichung

$$\frac{\Delta y}{\Delta x} = \frac{f(x + \Delta x) - f(x)}{\Delta x}.$$

Die Beziehung, welche in dieser Gleichung zum Ausdrucke kommt, charakterisirt den Sprung, welcher in dem zweiten Verflussakte sein Ende findet und dessen Weite durch den Abstand Δx gemessen wird.*) Lassen wir nun, wie es bei der Unbestimmtheit dieses Abstandes zulässig ist, ihn sich immer mehr verengern, so wird der Uebergang der beiden Verflussakte in einander mehr und mehr den Charakter sprungweiser Bestimmtheit verlieren, und indem sie immer näher an einander rücken, werden sie ihrem gänzlichen Zusammenfallen, welches gleichzeitig mit dem Verschwinden des Abstandes Δx eintritt, als dem Grenzpunkte dieses Prozesses entgegeneilen. Damit kommen wir zunächst auf ein Resultat, mit welchem sich wenig anfangen zu lassen scheinen könnte. Indem nämlich beide Seiten, Δy und Δx, des Verhältnisses $\frac{\Delta y}{\Delta x}$ verschwinden, stellt sich dasselbe unter die nichts sagende Form $\frac{0}{0}$ (nämlich wenn x keinen Zuwachs erhält, oder sein Zuwachs verschwindend, also $\Delta x = 0$ wird, so kann auch y keinen Zuwachs erhalten, und es muss also auch $\Delta y = 0$ sein). Diese Unbestimmtheit der Form ist indessen nur scheinbar. Vielmehr lässt sich aus der Zusammensetzung der arithmetischen Operationen, in welche Δx auf der rechten Seite eintritt, eine analytische Regel erkennen, als das in diesem unbegrenzten Abnehmen herrschende Gesetz, als die eigentliche Wahrheit des Prozesses und der Zielpunkt, auf welchen er hinausläuft**).

---

*) Will man sich das Verständniss der obigen rein analytischen Betrachtung durch geometrische Anschauungen erleichtern, so kann man sich der Figur des folgenden Abschnittes bedienen. Die dort verzeichnete Curve entspricht der Funktion $f(x)$; der den speciellen Annahmen für y und x entsprechende Punkt ist C, der Punkt, welcher sich auf die zusammengehörigen Aenderungen der Variabeln um Δx und Δy bezieht, ist daselbst D, und der eben erwähnte Sprung von dem einen Punkte zu dem anderen entspricht der krummlinigen Verbindung zwischen C und D.

**) Sei z. B. $f(x) = x^2$, so wird $\frac{\Delta y}{\Delta x} = \frac{(x+\Delta x)^2 - x^2}{\Delta x} = \frac{2x\Delta x + \Delta x^2}{\Delta x}$ oder, wenn wir die Division ausführen

$$\frac{\Delta y}{\Delta x} = 2x + \Delta x.$$

Wenn wir nun Δx unbegrenzt abnehmen lassen, so wird in Folge der Glei-

Der Ausdruck, welcher auf diese Art durch die Annahme der unbegrenzt abnehmenden Δx gesetzt ist, heisst die Grenze des Verhältnisses $\frac{f(x+\Delta x)-f(x)}{\Delta x}$ und wird, insofern er als eine dem Verflussakte (y, x) zukommende wesentliche Bestimmtheit betrachtet werden muss, der Differentialquotient der Funktion $f(x)$ in Beziehung auf die unabhängig Veränderliche x genannt. Die Bezeichnung ist

$$\frac{df(x)}{dx} = lim \frac{f(x+\Delta x)-f(x)}{\Delta x}$$

oder auch

$$y=f(x), \frac{dy}{dx} = lim \frac{f(x+\Delta x)-f(x)}{\Delta x} = lim \frac{\Delta y}{\Delta x}.$$

Wir haben noch nachzuweisen, dass dem $\frac{dy}{dx}$ wirklich die Bedeutung einer dem Verflussmomente (y, x) inwohnenden Bestimmtheit zukomme. Dies hält nun auch nicht schwer, wenn wir nur berücksichtigen, dass für jeden speciellen Werth des Δx das Verhältniss

$$\frac{\Delta y}{\Delta x} = \frac{f(x+\Delta x)-f(x)}{\Delta x}$$

die Bestimmtheit eines zweiten speciellen Verflussmomentes $(y+\Delta y, x+\Delta x)$ ausdrückt, und dass durch die unbegrenzte Abnahme des Δx dasselbe sich mehr und mehr mit dem ersten zusammenschliesst. Lassen wir nun das Δx alle Zwischenstufen von sei-

---

chungen $y=x^2$ und $y+\Delta y=(x+\Delta x^2)$ natürlich auch Δy unbegrenzt abnehmen, so dass wir links allerdings die Form $\frac{\Delta y}{\Delta x}=\frac{0}{0}$ erhalten. Dagegen ist ersichtlich, dass der Ausdruck auf der rechten Seite, nämlich $2x+\Delta x$, bei dieser unbegrenzten Abnahme des Δx sich dergestalt ändert, dass der Ausdruck $2x$ als die analytische Regel sich darstellt, welche die Abnahme des Ausdrucks $2x+\Delta x$ gleichsam beherrscht, über welche hinaus dieser Prozess nicht zu kommen vermag, als der Grenzpunkt, in welchem die Abnahme sich total vollzogen hat und daher nicht mehr weiter zu treiben ist. Zufolge der weiter unten eingeführten Bezeichnung drückt man, unter der Voraussetzung, dass der Zusammenhang zwischen y und x durch die Gleichung $y=x^2$ gegeben sei, dies Verhältniss durch die analytische Gleichung:

$$\frac{dy}{dx} = lim \frac{\Delta y}{\Delta x} = 2x$$

aus.

nem ersten willkührlich angenommenen Werthe an bis zum gänzlichen Verschwinden durchlaufen, so erhalten wir eine Aufeinanderfolge von Werthen des Verhältnisses $\frac{f(x+\Delta x)-f(x)}{\Delta x}$, über deren Natur weiter nichts festgesetzt werden kann, als dass sie unbegrenzt und allmählig, d. h. in continuirlicher Weise, dem der Annahme $\Delta x = 0$ entsprechenden Werthe des Verhältnisses entgegen convergiren, und in dieser Beziehung wird dieser Werth der Grenzwerth des allgemeinen Verhältnisses genannt. Diese Aufeinanderfolge giebt nun die Bestimmtheit der Verflussmomente der Funktion $f(x)$ in absteigender Folge von dem Verflussmomente $(y+\Delta y,\ x+\Delta x)$ ab bis zu dem Verflussmomente $(y,\ x)$ hin, und diese Verflussmomente bilden selber wieder eine continuirlich fortlaufende Reihe von Bestimmtheiten. Die letzte dieser Bestimmtheiten, welche sich auf das Moment $(y,\ x)$ der Funktion bezieht, muss sich mit der in dem Grenzausdrucke involvirenden Beziehung decken, da die letztere als auf $\Delta x = 0$ bezüglich gleichfalls dem momentanen Verhältniss $(y,\ x)$ der Funktion $f(x)$ entspricht. Ein Zweifel an diesem Raisonnement wäre nur insofern statthaft, als man das Zusammenfallen der Grenzbeziehung mit der $\Delta x = 0$ entsprechenden Beziehung nicht einräumen wollte. Es ist aber klar, dass die Beziehung, welche der Annahme $\Delta x = 0$ entspricht, durch welche sich die Gleichung $y+\Delta y = f(x+\Delta x)$ auf die Gleichung $y = f(x)$ reducirt, nur dem Verflussmomente $(y,\ x)$ angehören kann, und wir wissen noch aus den oben bemerkten logischen Gründen, dass demselben eine reale Bestimmtheit inwohnen müsse, in welcher die Beziehung auf die übrigen Verflussmomente mit gesetzt ist. Andererseits erhalten wir aus dem Grenzprozesse, in welchen der Verhältnissbegriff $\frac{f(x+\Delta x)-f(x)}{\Delta x}$ hineinverwickelt ist, eine ebenfalls reale und analytisch nachweisbare Beziehung, die zu der Bestimmtheit des Verflussmomentes $(y,\ x)$, über deren nähere Natur ausser ihrer Realität wir noch gar nichts wissen, das Verhältniss hat, immer mehr und mehr mit derselben zusammenzugehen, je weiter die Verkleinerung des Δx getrieben wird. Indem wir uns mithin dieser real vorhandenen, wenn auch sonst unbekannten Bestimmtheit immer mehr annähern, so kann das Endergebniss der Annäherung, die Grenzbeziehung, nur mit jenem, gegen welches die Annäherung geschieht, identisch und die Bestimmtheit des Verflussmomentes (y, x) demgemäss keine andere sein, als die, welche in der Grenzbeziehung enthalten und so eben analytisch festgelegt ist.

Die strengste und am meisten wissenschaftliche Begründung und Formulirung der eben entwickelten Begriffe enthält das *Ampère*'sche Theorem, welches daher passend an die Spitze der gesammten Differentialrechnung gestellt werden kann. Wir theilen dasselbe mit, jedoch ohne uns auf seinen Beweis weiter einzulassen. Dasselbe lautet:

„Wenn eine Funktion $f(x)$, welche von der linearen Funktion $Ax + B$ verschieden ist, zwischen den Grenzen $x = a$ und $x = b$ continuirlich bleibt, so ist der Grenzausdruck

$$lim \frac{f(x + \Delta x) - f(x)}{\Delta x}$$

unter der Annahme unbegrenzt abnehmender Δx ebenfalls eine innerhalb desselben Intervalles continuirliche Funktion von x und darf daher

$$\varphi(x) = lim \frac{f(x + \Delta x) - f(x)}{\Delta x}$$

gesetzt werden."

Die neue Funktion $\varphi(x)$ ist offenbar nichts anderes als das vorhergehende $\frac{dy}{dx}$ oder $\frac{df(x)}{dx}$, d. h. der Differentialquotient. In dem Ausnahmefalle $f(x) = Ax + B$ reducirt sich die Funktion $\varphi(x)$ auf eine Constante, nämlich A, und hört mithin auf im strengen Sinne des Wortes eine Funktion von x zu bleiben.

Dieses ist die rein analytische Methode, vermöge deren der Begriff des Differentialquotienten erhalten wird. Sehen wir nun zu, was wir in ihr logisch genommen haben. Wir gingen von einem gewissen speciellen Zustande der Funktion als erstem aus und schritten von ihm zu einem anderen in endlichem Abstande Δx fort. Indem aber dieser zweite unbestimmt gelassen wurde, so enthielt die analytische Formel $\frac{\Delta y}{\Delta x} = \frac{f(x + \Delta x) - f(x)}{\Delta x}$ eine Beziehung, welche dem als ersten festgehaltenen Zustande zukommt, aber gleichzeitig um desswillen, weil sie eben so sehr dem zweiten unbestimmten und darum veränderlichen Zustande angehört, eine zufällige Bestimmtheit in sich aufgenommen hat. Wir müssen daher diese zufällige Bestimmtheit entfernen und das geschieht, indem wir Δx unbegrenzt abnehmen und dadurch den zweiten Zustand sich unbegrenzt dem ersten annähern lassen. Denken wir uns diesen Prozess vollständig zu Ende gebracht, wie es denn vermöge der Kategorie der Grenze in der That geleistet werden kann, so haben wir bloss noch das Fortschreiten über die Bestimmtheit des ersten Zustandes hinaus, bloss noch die Bewegung überhaupt, und die zufällige Bestimmtheit, in welche sie hineîn geschieht, ist gänzlich eliminirt, oder vielmehr diese Bewegung ist als in dem speciellen Zustande der Funktion verschlossen bleibend gesetzt, als die Fähigkeit wohl über sich selber hinauszukommen, aber, sobald es sich um das Hinaus, das Andere handelt, zugleich als das Unvermögen sich in dasselbe hinein zu bewegen, als der Stillstand bei sich selber. Der Differentialquotient ist also in Wahrheit diejenige Beziehung, welche einen Verflussakt einer Funktion eben so sehr für sich als nach seinem Uebergehen in die übrigen charakterisirt. Dieses Uebergehen ist aber so gesetzt, dass es fürs erste nur die Bedeutung einer blossen Tendenz, eines Strebens hat, welches über die eigene Bestimmtheit wohl hinaus will, aber trotz dieser negativen Beziehung zu ihr sie nicht zu durchbrechen vermag. Indem der Differentialquotient die Bestimmtheit eines Verflussaktes für sich enthält, ist er discrete Bestimmtheit; aber diese discrete Bestimmtheit ist nicht mehr starre Gleichheit mit sich selbst. Sie ist an ihr selber flüssig geworden und als das absolute Hinausweisen über sich von dem Momente der Continuität durchzogen und beherrscht. So ist sie in Wahrheit discret-continuirliche Bestimmtheit und kann es uns nicht befremden, wenn sie in der Form einer Funktion auftritt.

Näher haben wir in ihr dieselben Momente, welche in der Idee des Punktes als des erzeugenden Raumelementes liegen, aber nicht so, wie er wirklich durch den Prozess seiner Bewegung die Figurationen des Raumes erzeugt, sondern wie er noch als für sich fixirt und nur im Princip die Bewegung über sich hinaus voraussetzend festgehalten wird. Dies ist in anschaulicher Klarheit bei jeder Curve vorhanden. Denn jeder Punkt einer Curve ist ebenso sehr für sich bestimmt, als er an ihm selber Beziehung gegen die übrigen ist. Diese seine Beziehung wird nun freilich von ihrem Objekte losgelöst und als über ihn selber nicht hinausgehend gedacht. Aber indem die logische Entwickelung uns hierzu nöthigt, so entfernt sie sich gleichwohl nicht von der Natur des Curvenpunktes, der, trotz dem dass er die Beziehung auf die übrigen als ihm selber inwohnend hat, gleichwohl als discrete Bestimmtheit, d. h. als über sich selber nicht hinaus kommend, sowohl analytisch als geometrisch isolirt werden kann. Doch wollen wir immerhin zugeben, dass der Widerspruch, der in dem Begriffe des Differentialquotienten liegt, auf diese Weise wohl als thatsächlich sich in die Wirklichkeit übersetzend aufgezeigt, aber durchaus nicht aufgehoben ist, und es wäre auch eine vergebliche Mühe dieses anzustreben, so lange wir nicht über seinen Begriff hinausgehen. Wir werden dies unserer späteren Entwickelung vorbehalten und für jetzt die Untersuchung von einem anderen Gesichtspunkte wieder aufnehmen.

Wir haben so eben die logische Begriffsbestimmtheit des Differentialquotienten in ihrem Verhältnisse zu dem continuirlichen Verlaufe einer Curve ins Auge gefasst, und sind wohl zu dem Schlusse daraus berechtigt, dass der Differentialquotient allerdings ein geeignetes Mittel abgeben dürfte, um die Natur der Curvenbestimmtheit darzustellen. Es kann dies eigentlich schon von vorn herein angenommen werden, da die Identität von Funktion und Curve früher dargethan worden ist, und mithin die logischen Bestimmungen, welche aus dem Begriffe der Funktion fliessen, unmittelbar die Uebertragung auf den Begriff der Curve gestatten müssen. Demungeachtet dürfte es in dem doppelten Interesse, die fundamentalen Bestimmungen des höheren Calcüls gegen jeden Zweifel sicher zu stellen und dann ihren eigentlichen Sinn soviel als möglich in ein helles Licht zu setzen, wohl gerechtfertigt sein, den Begriff des Differentialquotienten auch aus der Betrachtung der Curve zu deduciren — ganz abgesehen von der sehr wesentlichen Bedeutung, welche diese Entwickelung für die analytische Geometrie hat.

Denken wir uns also einen beliebigen ebenen Curvenzug, so ist dasjenige, was wir in ihm haben, eigentlich das Aussersichkommen des Punktes, welches als diese specielle ruhende Bestimmtheit fixirt ist. Näher ist dieses Aussersichkommen in jedem Augenblicke um desswillen ein bestimmtes, weil jeder Punkt der Curve als von den übrigen Punkten der Ebene unterschieden festgelegt werden kann. Aber seine Bestimmtheit liegt noch total verhüllt in dem continuirlichen Flusse der Curve, und die Aufgabe ist daher, ihn als dieses specielle Aussersichkommen, oder als dieses specielle Ueberfliessen in die übrigen zu charakterisiren. Das wird nur höchst ungenügend in der Construktion des Punktes vermöge seiner Coordinatenwerthe oder auch als Durchschnitt zweier Linien überhaupt erreicht: denn so wird er lediglich als isolirter Raumpunkt bestimmt und ganz und gar von der besonderen Beziehung abgesehen, welche ihm als Moment der Curve zukommt. Vielmehr ist es das Wesentlichste den Prozess der Bewegung, die Natur des Flusses an diesem Orte nach seiner speciellen Bestimmtheit herauszusetzen und zur Darstellung zu bringen. Indem wir also jeden Punkt als Verflussmoment für sich, d. h. nach seinem schlechthinigen Aussersichkommen festhalten, so folgt sogleich, dass solche Bestimmtheit nur als gerade Linie ihren adäquaten Ausdruck finden kann. Denn die Gerade ist das schlechthinige, unmittelbare Aussersichkommen des Punktes, welches beständig in der Unveränderlichkeit seiner Richtung die einfache Identität mit sich selber bewahrt, und sie entspricht sonach dem direkten Verhältnisse, welches auch das Unveränderliche und mit sich selber Identische in der Aenderung seiner Seiten bleibt. Wegen dieser Unveränderlichkeit der Bestimmtheit, die sie als continuirlichen Fluss zum Ausdrucke bringt, ist sie vorzüglich geeignet ein Maass für die fortwährend wechselnde und veränderliche Bestimmtheit abzugeben, welche in dem Aussersichkommen des Punktes in der Curve vorhanden ist, und es kommt bloss darauf an, diejenige Gerade herauszufinden, welche die Natur des Aussersichkommens der Curve in diesem speciellen Punkte enthält: etwas, was ausserordentlich leicht ist in Folge der Bemerkung, dass sie zu keinem anderen benachbarten Punkte der Curve eine Beziehung enthalten darf. Denn dadurch werden alle diejenigen geraden Linien ausgeschlossen, welche noch durch einen zweiten Punkt des Zuges hindurchgehen, und es bleibt somit nur die eine übrig, welche allein den von uns festgehaltenen Punkt mit ihm gemeinschaftlich hat, d. h. die zugehörige Berührungslinie oder Tangirende der Curve*).

Es fällt nicht schwer die Tangirende als einen Grenzbegriff

---

*) Der grösseren Einfachheit halber liegt dem obigen Raisonnement die Voraussetzung zu Grunde, dass in dem betrachteten Curvenintervalle kein sogenannter ausgezeichneter Punkt enthalten sei.

zu erhalten. Zu dem Zwecke haben wir nur über den beliebigen speciellen Punkt der Curve, auf welchen sich unsere Untersuchung bezieht, zu einem zweiten überzugehen, den wir jedoch unbestimmt lassen, und diese beiden Punkte durch eine Gerade zu verbinden. Diese Gerade drückt eine solche Beziehung aus, welche allerdings dem ersten angehört, aber eine demselben fremde und willkürliche Bestimmtheit noch in sich hineingenommen hat, nämlich dadurch, dass sie durch den zweiten willkürlich angenommenen Punkt hindurchgeht. Um nun diese Bestimmtheit zu eliminiren, stellen wir uns vor, dass der zweite Punkt dem ersten unbegrenzt näher rücke. Die verbindende Gerade wird darum nicht aufhören ein beiden Punkten gemeinsames Verhältniss auszudrücken: aber sie wird mehr und mehr mit einer gewissen Richtung zusammenfallen. Lassen wir den Prozess zu seinem wirklichen Abschlusse kommen, so wird die Bestimmtheit des zweiten Punktes in jene des ersten zurückgehen, und die zugehörige Gerade nun lediglich die identische Bestimmtheit beider identisch gewordenen Punkte enthalten und offenbar die Grenze sein, welcher wir vorhin entgegeneilten und welche mit der berührenden Geraden an die Curve zusammenfällt.

Wir bedürfen aber dieses Grenzprozesses nicht einmal, um den Nachweis zu führen, dass wir logisch in der Berührungslinie dieselben Bestimmungen haben, welche den Differentialquotienten einer Funktion charakterisiren. Denn die vorhergehende Entwickelung zeigt ja unmittelbar, wie jene eine solche Beziehung enthalte, welche dem entsprechenden Punkte der Curve allein zukommt, ihn von den übrigen unterscheidet und somit an ihr selber das Moment der Discretion hat. Indem weiter diese Beziehung wesentlich die Bedeutung hat, die Natur des Flusses in dem entsprechenden Curvenpunkte zu bezeichnen und als für sich fixirt festzuhalten, so ist es die Continuität der Curve in diesem Punkte, es ist ihr Continuitätsmoment, welches nunmehr seinen Ausdruck gefunden hat. Freilich sind wir hiermit in einen schroffen Widerspruch getreten mit dem, was in der Curve unmittelbar vorliegt. Nämlich es ist die continuirliche Aenderung ihrer Richtuug, durch welche sie sich vermittelt, und folgeweise kann keine der unendlich vielen Richtungen, welche ihren unendlich vielen Punkten entsprechen, zur Ausführung kommen, sondern muss an ihr selber sich sogleich in die folgende umsetzen; — wir haben das

Gegentheil unternommen und in der Berührungslinie eines Punktes die speciell ihm inwohnende Richtung seines Ueberfliessens in die anderen als zur Ausführung gekommen aufgezeigt, ohne zu bedenken, dass die Ausführung dieser Richtung durch das Umschlagen ihrer selbst in eine andere Richtung innerhalb des Curvenzuges illusorisch wird. Aber immerhin ist diese Richtung, wenn auch nur als ein Soll, als eine Tendenz, die nicht zum Durchbruche kommt, in der Curve gesetzt und sie muss darum gesetzt sein, weil eine continuirliche Veränderung nur so denkbar ist, dass die auf einander folgenden Phasen der Veränderung wirklich durchlaufen werden, sei dieses Durchlaufen auch nur momentan und in den einzelnen Durchgangspunkten nicht als ein für sich seiendes zur Darstellung gekommen. Die Berührungslinie hat nun aber die Bedeutung die Richtung eines Curvenzuges in dem zugehörigen speciellen Punkte aus dem flüssigen Verlaufe herauszureissen, in welchem sie als aufgehobenes Moment existirt und sie als eine wirklich zur Ausführung gebrachte uns vor Augen zu stellen. Wenn wir uns damit von dem realen Sein der Curve entfernen, wie denn auch die Tangirende ausserhalb des Curvenzuges fällt, so ist die Analysis sich dessen wohl bewusst und wird in dem bestimmten Integrale auch späterhin diesen Mangel ausgleichen. Dagegen aber ist für ihre Auffassung geltend zu machen, dass, insofern es sich um die Natur der Curve in diesem speciellen Punkte handelt, die Berührende und die Curve als verschiedenartige Erzeugnisse einer und derselbigen Begriffsbestimmtheit dennoch als einander identisch gefasst werden dürfen, und dass wir also trotz des zum Vorschein gekommenen Widerspruchs gleichwohl Grund finden seine Auflösung für möglich zu halten und die Untersuchung mit Aussicht auf Erfolg weiterzuführen.

Ganz dieselben Begriffsmomente, welche in der Berührungslinie einer Curve angeschaut werden, sind auch in dem Differentialquotienten der Curvenfunktion $y=f(x)$ enthalten, mit dem einzigen Unterschiede, dass, was hier aus dem Grenzprozesse als reale, dem Verflussmomente (y, x inwohnende Beziehung sich analytisch ergiebt, dort als vollendete Thatsache für unsere Anschauung hervortritt. Die Berührungslinie muss also, wenigstens insoweit sie den Fluss oder die Richtung, die Tendenz der Bewegung eines Curvenpunktes enthält, durch den Differentialquotienten aus-

lytisch bestimmt werden können. In der That ist dieses der Fall; denn bezeichnen wir die laufenden Coordinaten derselben mit η, ξ und sehen sie als den Zielpunkt des oben angedeuteten Grenzprozesses an, so ergiebt sich als ihre Gleichung

$$\eta - y = \frac{dy}{dx}(\xi - x)$$

und, da ihre Richtung durch den Coefficienten von $\xi - x$ festgelegt wird und zwar dergestalt, dass der letztere die trigonometrische Tangente des Winkels bezeichnet, welchen sie mit der Axe der x einschliesst; so folgt ohne Weiteres das fundamentale Theorem der analytischen Geometrie: „Sei eine Funktion $y = f(x)$ gegeben, so ist der Differentialquotient $\frac{dy}{dx}$ dieser Funktion nach x genommen der trigonometrischen Tangente des Winkels gleich, welchen die Berührungslinie der durch die genannte Funktion charakterisirten Curve in dem Punkte (y, x) mit der Axe der x einschliesst." Die Richtung dieser Berührenden wird mithin lediglich durch den Differentialquotienten $\frac{dy}{dx}$ festgelegt, und diese ist es auch, die wesentlich die Bestimmtheit des Fliessens in dem Curvenpunkte (y, x) angiebt. Dass es sich hierbei nur um die Natur des Fliessens in dem Punkte handelt, und seine zufällige Bestimmtheit gar nicht in Frage kommt, spricht sich am deutlichsten darin aus, dass alle Constanten, welche rein äusserlich, d. h. als blosse Zusätze durch Addition oder Subtraktion, in eine Funktion hineingehen, durch die Differentiation verschwinden. Solche Zusätze nämlich bestimmen nur zufällige Verhältnisse in der Lage der Punkte der entsprechenden Curve, wie z. B. ob sie an diesem oder jenem Orte ihren Anfang nehmen und dergleichen mehr.

Wir wollen noch hinzufügen, dass aus dem Vorhergehenden sich direkt eine andere Bestimmung ergiebt, welche man wohl geradezu als die Definition der Berührungslinie angegeben findet, nämlich dass sie diejenige gerade Linie sei, welche der Curve näher komme, als jede andere durch den Berührungspunkt gezogene Gerade. Denn indem sie die diesem speciellen Curvenpunkte inwohnende Tendenz nach den übrigen hin ausdrückt, und die benachbarten Punkte wegen der Continuität des Zuges nur allmählig und in unmessbar kleinen Abstufungen die Aenderung dieser Tendenz enthalten, so wird die Richtung der Berührenden unmittelbar an diese Aenderungen sich anschliessen, und kann als der Zielpunkt eines Grenzprozesses betrachtet werden, in welchen die letzteren als Momente hineingehen. Das heisst aber nichts anderes, als dass, je näher wir dem Berührungspunkte auf der Curve kommen, um so mehr das Bestreben des Curvenzuges hervorbricht in die Tangirende hineinzufallen. Jede andere Gerade hingegen ist sogleich an ihr selber das Abweichen ihrer Richtung von dem Curvenzuge, das Herausgehen aus diesem Flusse, und wenn sie auch später noch einmal mit ihm zusammengehen sollte, so ist dieses doch nur vermittelst eines Sprunges möglich, dessen Vermittelung total ausserhalb der Curve liegt*). Je näher man daher auf der Curve dem Berührungspunkte rückt, desto entschiedener muss die in ihr verhüllte Entfernung von der Natur der letzteren hervortreten, und diese kann sich auf diesem Gebiete nicht anders denn als eine räumliche setzen, natürlich nur als eine relative, nämlich im Vergleiche zur Berührungslinie.

6.

Der Begriff des unendlich Kleinen.

Was wir im Vorhergehenden deducirt haben, ist wesentlich der Differentialquotient als analytischer Ausdruck des Gesetzes der Continuität. Fassen wir nun nochmals die analytische Methode näher ins Auge, vermöge deren wir ihn erhalten, so ist dieselbe unter dem Namen der Grenzmethode bekannt, und ihr Wesen besteht darin, dass sie die nächstliegende mathematische Vorstellung aufnimmt und durch die Reinigung derselben von allem, was den Charakter der Zufälligkeit hat, uns zur Höhe wissenschaftlicher Erkenntniss emporzuheben versucht. Wir vergleichen einen speciellen Zustand der Funktion mit einem nachfolgenden, der in

---

*) Die Sehne einer Curve enthält allerdings zwei Curvenpunkte, aber ihre Richtung ist total von der Richtung dieser Punkte, sie als der Curve angehörig betrachtet, verschieden, und der Zusammenhang, welcher durch sie, als durch die verbindende Gerade, hergestellt wird, ist ein rein äusserlicher, der mit der Natur ihres Fliessens als Curvenpunkte gar nichts zu thun hat. Ihr Zusammenhang als von Curvenpunkten wird durch den zwischenliegenden Bogen der Curve vermittelt, und fällt ausserhalb der Sehne.

endlichem Abstande von dem ersten liegt: indem wir sie nun beide an einander gerückt denken, so erhalten wir einen Grenzprozess, aus dem heraus als die ihm zu Grunde liegende objektive Wahrheit der Begriff des Differentialquotienten resultirt. Dieser Begriff ist unabhängig von der Methode, durch welche er erhalten wird, und wenn wir als Regel für seine Bestimmung die Gleichung

$$\frac{df(x)}{dx} = lim\, \frac{f(x+\Delta x)-f(x)}{\Delta x}$$

haben, so ist es fürs erste noch gar nicht einzusehen, weshalb man auf der rechten Seite die Form eines Quotienten als Bezeichnung gewählt hat. Wir gehen allerdings von einem Verhältniss $\frac{f(x+\Delta x)-f(x)}{\Delta x}$ aus, aber indem wir dessen Grenze für unausgesetzt abnehmende Δx bestimmen, so ist es noch durch nichts gerechtfertigt, dass man diese Grenzbestimmung selbst als ein ähnliches Verhältniss betrachtet, ja der Umstand, dass, sobald Δx verschwindet, beide Seiten des Verhältnisses sich annulliren, könnte anzudeuten scheinen, dass die Form des Verhältnisses für die Grenzbestimmung auf einen Widerspruch führe. Demgemäss muss $\frac{df(x)}{dx}$ als eine reine Marke genommen werden, wo der Bruchstrich noch keine Rechnungsoperationen bezeichnen soll. In diesem Sinne hat man passender die Bezeichnung

$$d_x\, f(x)$$

eingeführt und die Grenzbestimmung durch die Betrachtung der Fundamentalfälle in die Form eines Calcüls gebracht, welcher sie in jedem speciellen Falle durch eine leichte Rechnung liefert. Der auf diese Weise erhaltene Differentialquotient einer Funktion wird nunmehr gebraucht, ohne dass man von den seiner Gewinnung zu Grunde liegenden Reflexionen weiter Notiz nimmt. (Dies ist z. B. bei dem Problem der Tangentenbestimmung an eine Curve der Fall.)

Gleichwohl ist leicht einzusehen, wie man mit dem blossen Begriffe einer Sache in den meisten Fällen nicht viel anfangen kann.

Der reine Begriff ist ein Objektives, das wir wegen der Unvollkommenheit unserer Natur niemals vollständig in uns hineinnehmen können. Das Höchste, was uns zu erreichen vergönnt ist, ist dieses, dass wir ihn inmitten der getrübten Vorstellungen unseres Denkens (welche Trübung indessen auch aus der Mangelhaftigkeit der Entwickelungsstufe, auf welcher er uns entgegentritt, herrühren kann) als die eigentlich treibende und bestimmende Macht herauserkennen. Es ist ein Prozess der Abstraktion, in welchem wir aus den Vorstellungen des gewöhnlichen Bewusstseins heraus den Begriff gewinnen, und der Philosophie liegt es ob diesen Prozess als ein System auszuprägen. So ist sie gleichsam die Nachbilderin der Principien der Dinge. Dieses ist ihre Hauptseite, welche jedoch gleichzeitig ihre Beschränkung enthält. Indem sie die Principien aus sich heraus erzeugt und über das eine hinaus zu dem anderen forttreibt, so ist sie durch diese negative Natur ihres dialektischen Fortganges unfähig eine Entwickelung innerhalb des Principes selbst zu geben, welches vielmehr die Aufgabe der besonderen auf dies Princip sich beziehenden Wissenschaft ist. Die Wissenschaft sucht sich des Principes zu bemächtigen nicht um darüber hinauszugehen, sondern um es festzuhalten und in die Bewegung des subjektiven Gedankens hineinzuversetzen. Sie wird daher nothwendig die Abstraktion, vermöge deren die Philosophie den Begriff aus der umschliessenden Hülle herauswickelte, wieder aufheben und ihn in ein solches Gewand kleiden, vermöge dessen er in unsere Vorstellung leichter hineingeht. Indem sie diese seine subjektive Form sich weiter entwickeln und nach Bedürfniss umgestalten lässt, haben wir uns während dieses Vorganges beständig dessen zu versichern, dass wir jene Form jeden Augenblick abstreifen können und den Rückgang zu dem abstrakten Princip offen halten. Es ergiebt sich daher als die Bedingung der wissenschaftlichen Entwickelung, dass sie niemals die wahre Natur der Sache in sich zu schliessen aufhöre und demgemäss durch das Princip beherrscht wird.

Während also die Philosophie sich über die Beschränktheit sowohl des menschlichen Denkens, als auch die Objekte desselben zu dem letzten Grunde der Dinge erhebt, so geht die Wissenschaft gewissermaassen wieder in diese Beschränkung zurück. Aber indem sie die allgemeinen, der ersten angehörigen Normen für unser individuelles Bewusstsein verarbeitet und unserem Denken aneignet, so ist sie es eigentlich, welche die mühsam gezeugte Frucht der ersten zur Reife bringt, und wenn diese noch eine Mitwirkung bei dem Reifen beanspruchen darf, so besteht sie lediglich in einer Ueberwachung, ob die Entwickelung in gedeihlicher Weise vor sich gehe.

Indem wir von diesem Gesichtspunkte aus die unterbrochene Entwickelung wieder aufnehmen, so stellt sich uns die Aufgabe näher zu sehen, wie die Analysis den gewonnenen Begriff des Differentialquotienten verarbeitet und respektive umbildet. Reflektiren wir zunächst auf dasjenige, was in der Wissenschaft fertig vorliegt, so ist es bekannt, dass sie nicht bei dem Begriffe des Differentialquotienten, wie er soeben gewonnen wurde, stehen bleibt, sondern geradezu von Differentialen redet, und demgemäss die Bezeichnung $\frac{df(x)}{dx}$ nicht mehr eine blosse Marke ist, sondern ein wirklicher Quotient von Differentialen oder ein Verhältniss, dessen Momenten an ihnen selber eine Bedeutung zukommen soll. In unmittelbarer Folge hiervon werden sie sogar aus dem Verhältniss herausgerissen und gleich selbstständigen Quantis den Operationen der Arithmetik unterworfen. Die Methode erhält auf diese Weise eine Flüssigkeit und Beweglichkeit, welche die Erkenntniss mathematischer Wahrheiten ausserordentlich gefördert hat. Aber auf der anderen Seite tritt sie durch mehrere aus der Natur der Differentiale fliessende Bestimmungen in einen scheinbaren Widerspruch zu den Lehren der Arithmetik, welcher einerseits von dem Missverstande zu Angriffen benutzt worden ist, und andererseits sogar ausgezeichneten Mathematikern Bedenken erregt hat — nur mit dem Unterschiede, dass die Angriffe des Missverstandes eigentlich niemals Beachtung gefunden oder auch nur verdient haben, weil sie das Innere der Wissenschaft beständig ignoriren, die Bedenken der Genies aber neue und fruchtbare Methoden geschaffen haben, durch welche das ganze bewunderungswürdige Gebäude des höheren Calcüls nicht bloss neu begründet, sondern auch wesentlich erweitert wurde.

Die Angriffe und Bedenken sind gegen den Begriff der Differentiale als unendlich kleiner Grössen gerichtet, welche man sich kleiner als jede angebbare Grösse vorstellen soll, als Quantitäten, die im Zustande beständiger Abnahme begriffen sind, und die also die Forderung einen Progress ins Unendliche zu denken enthalten. Damit kann es überhaupt in Frage gestellt scheinen, ob sie, als in der ruhelosen Bewegung von dem einen Quantum zum andern hin begriffen, überhaupt noch als Quanta zu betrachten seien, und, wenn man sie als solche nimmt, so scheinen sie nur als reine Nullen gelten zu können — in beiden Fällen aber ist eine Rechnung mit ihnen undenkbar. Dieses ist ungefähr das Raisonnement, durch welches der ganze höhere Calcül beseitigt werden soll, ohne dass es gleichwohl in die Natur desselben auch nur im Mindesten eindringe. Wir wollen daher die genannten Bestimmungen einer Kritik unterwerfen, welche vornehmlich auf die Feststellung des Zusammenhanges geht, in welchem sie in der höheren Rechnung gebraucht werden.

Wir gehen wieder von den Gleichungen

$$y=f(x),\ y+\Delta y=f(x+\Delta x), \text{ also}$$
$$\Delta y=f(x+\Delta x)-f(x)$$

aus, wo Δy und Δx noch endliche, aber sonst unbestimmte Zusätze sind, welche zu den beiden Variablen y und x hinzutreten. Die Grenzmethode nun lässt diese Zusätze sich allmählig verkleinern und weist eine feste Grenze nach, der ihr Verhältniss entgegeneilt ohne sie zu überschreiten, wie klein auch Δy und Δx angenommen werden mögen. Diese Grenze drückt also eine solche Beziehung aus, welche immer mehr und mehr hervorbricht, je näher man dem speciellen Zustande oder momentanen Verhältnisse (y, x) der Funktion rückt; sie muss also selber diesem Zustande angehören, weil die Annahme des Gegentheils eine Unterbrechung der Continuität an dieser Stelle voraussetzte, und heisst nun der Differentialquotient der Funktion.

Die Methode des unendlich Kleinen ändert nichts Wesentliches in dieser Auffassung des Differentialquotienten; nur werden die Reflexionen, welche vorher lediglich zu seiner Herleitung dienten und, nachdem sie diesen Dienst geleistet hatten, wieder weggeworfen wurden, nunmehr im Bewusstsein festgehalten. Demgemäss wird der Grenzprozess jetzt mit in den Begriff des Differentialquotienten hineingenommen, und der letztere dadurch unserer Vorstellung näher gebracht.

Das Δx wird im Bewusstsein dergestalt fixirt, wie es im Grenzprozesse gesetzt ist, als unendlich kleine Grösse, d. h. als eine solche Grösse, welche im Verschwinden begriffen ist oder an ihr selber eine solche Aenderung fordert, dass sie einen Progress unbegrenzter Abnahme darstellt.*) Das Δx in diesem Sinne gefasst

*) Wie dies Δx näher zu nehmen sei, ist im vorigen Abschnitte bereits auseinandergesetzt. Wenn wir es noch als eine Grösse bezeichnet haben, so

nennt man das Differential von x und hat die Bezeichnung dx eingeführt. Indem man der unabhängig Veränderlichen x einer Funktion einen sehr kleinen Zuwachs ertheilt, so wird im Allgemeinen auch der Werth der Funktion um eine sehr kleine Quantität geändert werden, und in dem Gesetze der Stetigkeit liegt, dass diese Quantität gleichzeitig mit dem sich auf x beziehenden Zusatze dx unausgesetzt sich in die Null, als ihre Grenze, hineinbewegt. Sie wird nämlich, sobald man dx oder Δx hinlänglich klein annimmt, unter jede gegebene bestimmte auch noch so geringfügige Zahlbestimmtheit herabgebracht werden können, und denken wir uns diese Verkleinerung als einen unausgesetzten Prozess, wie wir es wegen ihrer Abhängigkeit von dx thun müssen, so werden wir mit demselben Rechte, mit welchem wir von einem Differentiale dx des x reden, auch eine unendlich kleine Aenderung dy oder ein Differential des y annehmen dürfen und somit die Gleichung aufstellen

$$dy = f(x + dx) - f(x) \text{ oder } df(x) = f(x + dx) - f(x).$$

Sowie nun aus der Gleichung $\Delta y = f(x + \Delta x) - f(x)$ durch eine Reihe analytischer Operationen die Gleichung

$$\frac{dy}{dx} = \lim \frac{f(x + \Delta x) - f(x)}{\Delta x}$$

erhalten wurde und als in ihr vermittelt die Bestimmung des Differentialquotienten $\frac{dy}{dx}$, so müssen wir offenbar eben dasselbe aus der Gleichung

$$dy = f(x + dx) - f(x)$$

zu gewinnen im Stande sein. Denn dieselbe enthält dy und dx als vollkommen in demselben Sinne bestimmt, in welchem Δy und Δx in den Grenzprozess hineingingen, und es kommt daher nur darauf an sie derartig umzuformen, dass sie bloss ein einfaches Verhältniss zwischen dy und dx ausdrücke, d. h. dass die Elemente dy und dx als homogene ihre Bildung bedingen. *)

---

ist dies eigentlich nicht ganz richtig. Vielmehr es ist ein solches allgemeines Zahlelement, dessen Allgemeinheit in einer solchen continuirlichen Aufeinanderfolge von Zahlenwerthen sich verwirklicht, die unter der Bestimmung der fortwährenden Verkleinerung gegen 0 hin gesetzt ist.

*) Eine homogene Gleichung zwischen zwei Grössen ist identisch mit der Bestimmtheit ihres direkten oder linearen Verhältnisses. Z. B. die Gleichung

Damit nun die Gleichung $dy = f(x + dx) - f(x)$ in Bezug auf dy und dx homogen werde, hat man näher auf die Bestimmtheit einzugehen, in welcher alle von der ersten verschiedene Potenzen des Differentiales dx in den Ausdruck $f(x + dx) - f(x)$ hineintreten und wird dann die Frage zur Entscheidung bringen, ob und wie die gewünschte Homogenität der Gleichung zu bewerkstelligen sei. Dieses setzt die Entwickelung von $f(x + dx) - f(x)$ nach den Potenzen von dx voraus, mag diese sich nun als endlich geschlossene oder als unendliche Reihe ausweisen. Die Entwickelung wird im Allgemeinen folgende Form haben:

$$X_1\, dx + X_2\, dx^2 + X_3\, dx^3 + \ldots\ldots,$$

wo X_1, X_2, X_3, ... irgend welche bestimmte Funktionen von x bezeichnen. Da es nun aber für das weitere Raisonnement ziemlich gleichgültig ist, ob ich es in dieser Allgemeinheit oder nur für einen besonderen Fall durchführe, und die Elemente des Differentialcalcüls nur die unmittelbare Betrachtung von wenig speciellen Fällen fordern, so wollen wir den wichtigsten unter denselben speciell betrachten und die Annahme

$$f(x) = x^\mu \text{ also } dy = (x + dx)^\mu - x^\mu$$

treffen, wo μ eine ganz beliebige Zahl sein mag. Nach dem binomischen Lehrsatze folgt nun sogleich

$$(x + dx)^\mu = x^\mu + \frac{\mu}{1} x^{\mu - 1} dx + \frac{\mu}{1} \frac{\mu - 1}{2} x^{\mu - 2} dx^2 + \ldots\ldots\ldots\ldots$$

und es ist diese Reihe für unsere Annahme verschwindender dx unter allen Umständen gültig, d. h. convergent, weil sie erlaubt, dx jedenfalls unterhalb einer solchen Grenze den Prozess der unbegrenzten Abnahme beginnen zu lassen, dass es beständig kleiner als x bleibt, wie gross oder wie klein der specielle Werth von x auch angenommen werden möge.

Die Gleichung $dy = (x + dx)^\mu - x^\mu$ geht nun über in

$$dy = \frac{\mu}{1} x^{\mu - 1} dx + \frac{\mu}{1} \frac{\mu - 1}{2} x^{\mu - 2} dx^2 + \frac{\mu}{1} \frac{\mu - 1}{2} \frac{\mu - 2}{3} x^{\mu - 3} dx^3 + \ldots$$

$y^2 = x^2 + 2xy$ enthält keine andere Bestimmtheit von y gegen x als die, welche in der Gleichung

$$\left(\frac{y}{x}\right)^2 - 2 \cdot \frac{y}{x} = 1 \text{ oder } \frac{y}{x} = 1 \pm \sqrt{2}$$

liegt, d. h. das direkte Verhältniss der Elemente y und x. Daher kommt es auch, dass eine homogene Gleichung $n$ten Grades zwischen y und x ein System von n geraden Linien ausdrückt: sie ist nämlich weiter nichts als das Produkt aus n linearen Gleichungen von der Form $Ay + Bx = 0$.

6*

Die weitere Entwickelung wird nun so angelegt, dass das, was eigentlich schon zum Abschlusse gekommen ist, zum Theil noch in der Vorstellung festgehalten wird. Man nimmt dy und dx nicht geradezu als Nullen oder doch wenigstens als solche Bestimmtheiten an, die in die Null hinein convergiren, sondern pflegt grösserer Bequemlichkeit halber ein Differential, wie z. B. dx, geradezu sich als eine sehr kleine Grösse zu denken. Indem man dann weiter sagt, dass die höheren Potenzen einer sehr kleinen Grösse gegen ihre erste vernachlässigt werden können, so geht die letzte Gleichung sogleich in folgende über:

$$dy = \mu x^{\mu-1}\, dx,$$

welche die oben ausgesprochene Forderung, die Gleichung

$$dy = f(x + dx) - f(x)$$

homogen zu machen, als eine ausgeführte enthält. Eine homogene Gleichung nämlich zwischen dy und dx ist eine solche, deren sämmtliche Termen unter der Voraussetzung, dass jedes der beiden Elemente dy und dx als vom ersten Grade angenommen wird, in Bezug auf dy und dx von demselben Grade sind — was bei unserer letzten Gleichung offenbar eintrifft.

So bequem dieses Verfahren ist und so rasch es zum Ziele führt, so tritt doch mit ihm die ganze Härte des scheinbaren Widerspruches hervor, in welchen die Methoden der Analysis gegen die Forderung mathematischer Strenge hineingerathen sein sollen. Denn derselben kann nicht durch einen grösseren oder minderen Grad der Genauigkeit, sondern nur durch die vollkommenste Identität mit dem, was auszudrücken ist, genügt werden. In Wahrheit ist aber das erwähnte Raisonnement ein sehr abgekürzter, wenn auch nicht ganz adäquater Ausdruck für dasjenige, auf welches es ankommt, welcher die weitläufige Darstellung eines Grenzprozesses soviel als möglich zusammenzuziehen beabsichtigt. Ehe wir uns daher seiner bedienen, müssen wir uns über seine Bedeutung verständigen und uns dessen versichern, dass sie sich nicht von der Natur der Sache entfernt. Behufs dieser Feststellung machen wir zunächst darauf aufmerksam, dass durchaus nichts über den Grad der Kleinheit oder Unbedeutendheit, unter welchem wir uns die Grösse dx vorzustellen haben, festgesetzt ist, und dass mithin, wenn gesagt wird, etwas solle wegen seiner Unbedeutendheit vernachlässigt werden, diese Unbedeutendheit bei der Veränderlichkeit dessen, an welchem sie gesetzt ist, nur so gedacht werden darf, dass wir jede bestimmte Grenze der Unbedeutendheit überschreiten oder die Grösse als im Prozesse des Verschwindens begriffen annehmen. Denn wenn wir bei einem bestimmten Grade von Kleinheit stehen bleiben wollten, so sind wir immer in der Gefahr, dass das Differential, wie klein es auch an und für sich angenommen sei, doch noch sehr gross gegen eine andere Annahme des dx erscheine. Dieses vorausgesetzt wird es nun gleich seinen vernünftigen Sinn bekommen, wenn wir z. B. ein mit dx^2 behaftetes Glied gegen ein in dx hinein multiplicirtes Glied vernachlässigen. Denn der Quotient $\frac{dx^2}{dx} = dx$ wird alsdann selber unendlich klein oder es ist dx^2 gegen dx eine unendlich kleine Zahl: was in Worte gefasst nichts anderes heisst als, indem wir dx gegen die 0 convergiren lassen, wird das dx^2 mit einer graduell unendlich viel grösseren Geschwindigkeit als dx gegen die 0 convergiren. Es wird so gleichsam eher verschwinden als dx und fällt daher von selbst aus der Gleichung heraus, insoweit es sich lediglich um die Bestimmtheit handelt, mit welcher dx gegen dy verschwindet. Um dieses näher zu begründen und durch die Hervorhebung des darin verborgenen Grenzprozesses auf das Frühere zurückzuführen, schreiben wir uns unsere Gleichung wie folgt um

$$\frac{dy}{dx} = \mu x^{\mu-1} + \frac{\mu}{1}\frac{\mu-1}{2} x^{\mu-2} dx + \ldots,$$

so erhellt allerdings

$$\mu x^{\mu-1} + \frac{\mu}{1}\frac{\mu-1}{2} x^{\mu-2} dx + \frac{\mu}{1}\frac{\mu-1}{2}\frac{\mu-2}{3} x^{\mu-3} dx^2 + \ldots$$

als der vollständige Ausdruck der Bestimmtheit, mit welcher die Seiten des Verhältnisses $\frac{dy}{dx}$ gegen die Null convergiren. Aber indem dx, wenn es auf der linken Seite der Gleichung, wo es innerhalb des Verhältnisses gesetzt ist, verschwindet, offenbar auch auf der rechten Seite, wo es als eine für sich selbstständige Grösse auftritt, reine verschwindende Grösse sein muss, so werden alle Glieder des letzgenannten Ausdrucks ausser dem ersten sich annulliren, und das sind offenbar alle diejenigen Termen der Gleichung

$$dy = \mu x^{\mu-1} dx + \frac{\mu}{1}\frac{\mu-1}{2} x^{\mu-1} dx^2 + \ldots,$$

welche höhere Potenzen von dx als die erste enthalten. Wenn wir daher die Intensitäten zu vergleichen haben, mit welchen die Differentiale dy und dx der Null zustreben, so fallen alle diese Termen heraus oder können vernachlässigt werden, und die gedachte Gleichung reducirt sich daher auf.

$$dy = \mu x^{\mu - 1} dx,$$

welches in Uebereinstimmung mit dem aus der Theorie der Grenzen sich ergebenden Ausdrucke der Differentialquotient $\frac{dy}{dx} = \mu x^{\mu - 1}$ ist.

Das Wesentliche also in dem Begriffe des Differentiales ist, dass wir nicht bei einem speciell bestimmten, wenn auch noch so kleinen Werthe des Zuwachses dx stehen bleiben, sondern, indem wir es uns in einem Prozesse beständigen Abnehmens denken, immer wieder darüber hinaus zu einem noch kleineren übergehen müssen. Indem wir daher von der Gleichung $y = f(x)$ zu der Gleichung

$$dy = f(x + dx) - f(x)$$

übergehen, so ist der eigentliche Sinn dieses Vorganges, dass wir uns einem bestimmten Zustande oder momentanen Verhältnisse (y, x) der Funktion von einem benachbarten aus, nämlich dem Verflussmomente $(y + dy, x + dx)$ dadurch nähern, dass wir die Differentiale dy und dx bis zu ihrem gänzlichen Verschwinden hin verkleinern. Indem die Gleichung nun doch die Differentiale dy und dx als allgemeine Elemente befasst, so muss sie eine gewisse Beziehung enthalten, welche das Gesetz ihrer gegenseitigen Abhängigkeit ausdrückt. Bei der eigenthümlichen Annahme nun, die wir über die Natur derselben machen, dass sie als unendlich kleine Zusätze gelten sollen, wird diese Beziehung sich unter die Form eines linearen Verhältnisses zwischen dy und dx stellen, weil, wie wir gesehen haben, alle höheren Potenzen von dx als die erste herausgehen, und sie wird nun nicht mehr einen Zusammenhang zwischen zwei benachbarten in endlicher Entfernung von einander liegenden Verhältnissmomenten der Funktion festsetzen, sondern es wird die zufällige Bestimmtheit des einen in solchem Zusammenhange aufgehoben und mit der Bestimmtheit des anderen verschmolzen. Die analytische Gleichung zwischen den Differentialen dy und dx deutet also gerade so wie der Differentialquotient eine Bewegung der Funktion über eines ihrer momentanen Verhältnisse hinaus an, aus welcher jedoch das andere, in welches hinein sie geschieht, eliminirt ist oder vielmehr welche als noch nicht über ihren Ausgangspunkt hinausgekommen in unserer Vorstellung festgehalten wird.

Insoweit befinden wir uns in vollständiger Uebereinstimmung mit dem, was in der Grenzmethode geleistet ist. Der Unterschied liegt nur darin, dass wir jetzt dy und dx als selbstständig gegen einander betrachten und also $\frac{dy}{dx}$ als ein wirkliches Verhältniss ansehen, dessen Seiten an ihnen selber eine Bedeutung zukommt. Wir haben aber den Nachweis gegeben, wie dadurch, dass die Gleichung zwischen dy und dx homogen gemacht wird, wir auf den Differentialquotienten als einen Grenzbegriff wieder zurückkommen, und die bekannten, bei der ersten Ansicht auffällig scheinenden Regeln über die Rechnung mit unendlich kleinen Grössen finden ihre Erklärung und Begründung in der Tendenz, diese durch die Natur der Sache geforderte Homogenität der analytischen Gleichung zwischen den Differentialen auf die kürzeste Weise herzustellen. Aber das Weitere ist, dass den Differentialen dy und dx allerdings eine relative Selbstständigkeit gegen einander zukommt. Das ist sogar eigentlich schon in dem Grenzprozesse gesetzt. Denn in der Gleichung

$$\frac{dy}{dx} = \lim \frac{\Delta y}{\Delta x} = \lim \frac{f(x + \Delta x) - f(x)}{\Delta x}$$

liegt, dass wir Δy und Δx als wirkliche Grössen betrachten, und, indem wir sie in dem Prozesse einer unbegrenzten Abnahme uns begriffen denken, hören sie in keinem Augenblicke auf ihre Selbstständigkeit als bestimmte Grössen gegen einander zu bewahren. Es ist darum kein Grund vorhanden diese Selbstständigkeit in dem Momente, wo der Prozess zum Abschlusse kommt, als aufhörend zu denken: denn in der Forderung, die unbegrenzte Abnahme als in ihrem Zielpunkte angelangt zu betrachten, liegt kein Grund, dass wir nunmehr die abnehmenden Grössen plötzlich als für sich allein vollkommen bedeutungslos ansehen müssten.

Nehmen wir alles Vorhergehende zusammen, so sind wir genöthigt die Differentiale dy und dx als Nullen zu denken, aber als Nullen, die gegen einander ein Verhältniss haben, oder näher, als verschwindende Grössen, die nachweislich unter der Bestimmtheit des Verhältnisses stehen, mit welchem sie verschwinden.

Ein Differential für sich allein hat daher keinen Sinn, ausser dem eine reine Null zu sein, mit welcher sich nichts anfangen lässt; es hat bloss eine Geltung in der Beziehung zu einem anderen oder auch mehreren anderen zusammen, und ist also seiner Natur nach nur als Verhältnissmoment. Dieses ist analytisch darin vorhanden, dass die Gleichung $df(x) = dy = f(x + dx) - f(x)$, welche das eine Differential bestimmt, auch nothwendig das andere enthält: also das Differential der Funktion $f(x)$ ist nur als die Differenz zwischen zwei von ihren unmittelbar aufeinander folgenden Werthen zu denken, deren Bestimmtheit von der Wissenschaft nicht anders als durch ihren unendlich kleinen Abstand dx bedingt erfasst werden kann. Indem diese Differenz selbst eine unendlich kleine Grösse ist, nämlich darum weil wir die Funktion als continuirlich voraussetzen, d. h. annehmen, dass, je näher zwei Zustände der Funktion an einander gerückt werden, um so kleiner auch ihr Unterschied wird und überhaupt unter jede endliche auch noch so kleine Grenze herabgebracht werden kann, so kommen wir wieder darauf zurück, was wir schon oben bei Erörterung der Grenzmethode durchgeführt haben, nämlich dass die Differentialrechnung an ihr selber den unmittelbaren Ausdruck für das Gesetz der Continuität einer Funktion liefert.

Nach diesen Auseinandersetzungen wird es uns nun nicht mehr befremden können, wenn man von unendlich kleinen Grössen verschiedener Ordnungen spricht. In der That, wenn auch die unendlich kleinen Grössen als in einer unausgesetzten Abnahme begriffen gedacht werden müssen, so ist dies doch nicht ein solches Abnehmen, welches in isolirter Weise und in einfacher Beziehung auf sich selber vor sich geht, sondern wir haben eben erst gesehen, wie sie gleichzeitig ein gewisses Verhältniss zu anderen unendlich kleinen Grössen oder Differentialen bewahren und für sich allein bloss als reine Nullen zu gelten beanspruchen dürfen, welche sofort aus jedem Calcül herausgehen würden. Hieraus ergiebt sich, dass es sich nicht um die Abnahme der unendlich kleinen Grössen schlechthin, sondern um das in solchem Abnehmen sich heraussetzende Verhältniss handelt. Dieses Verhältniss kann keinen anderen Sinn haben, als dass es die Bestimmtheit der Abnahme, d. h. die Geschwindigkeit oder Intensität bezeichnet, mit der die veränderlichen Quantitäten, die Differentiale, der Null entgegen eilen. Wenn man diesen Gesichtspunkt festhält, so ist offenbar der Widerspruch beseitigt, welcher in der Behauptung, dass es verschiedene Ordnungen des unendlich Kleinen gäbe, zu liegen scheinen könnte. Dieselben werden nämlich die specifischen Unterschiede feststellen, welche in der Stärke oder Geschwindigkeit der unbegrenzten Abnahme statt finden, und die unendlich kleinen Grössen einer und derselben Ordnung werden daher zusammen verschwinden, und die Geschwindigkeiten, mit welchen sie in diesen Prozess eingehen, werden vergleichbar sein oder ein endlich ausdrückbares Verhältniss zu einander haben. In weiterer Folge hiervon werden die unendlich kleinen Grössen verschiedener Ordnungen nicht zugleich verschwinden, oder vielmehr das Verhältniss der Geschwindigkeiten, mit welcher sie sich der Null nähern, wird nicht mehr eine endliche Grösse sein und, sobald sie daher zusammen in den Calcül eintreten, wird um dieser Unendlichkeit oder wenn man lieber will um dieser Incommensurabilität ihres Verhältnisses willen eine specifische Verschiedenheit ihrer Natur angenommen werden müssen. So ist es gekommen, dass man von ersten, zweiten, dritten u. s. w. Differentialen einer Variabeln spricht und darunter unendlich kleine Grössen der gleichnamigen Ordnung versteht. Näher haben wir daher ein Differential einer höheren Ordnung so zu denken, dass es im Vergleich zu einem Differential niederer Ordnung unendlich viel rascher abnimmt, und pflegt man dies auch wohl so auszudrücken, dass es vor jenem verschwinde. Indem wir den in dieser Abnahme latenten Grenzprozess zum Abschluss bringen, können wir es als eine solche Grösse bestimmen, deren Verhältniss gegen das andere als dem Verschwinden entgegeneilend geradezu gleich Null ist. Dieses ist zugleich die Rechtfertigung für den bekannten Satz, dass die unendlich kleinen Grössen einer höheren Ordnung weggelassen werden, sobald es sich lediglich um eine Bestimmtheit zwischen unendlich kleinen Grössen einer niederen Ordnung handelt. Indem nämlich die übrigbleibenden Termen der Gleichung dadurch auf dieselbe Ordnung des unendlich Kleinen herabgebracht werden, so gewinnt sie die Bedeutung einen Verhältnissbegriff festzulegen, und wird fähig die Bestimmtheit unendlich kleiner Grössen in expliciter Weise zu enthalten. Der genannte Satz ist daher eigentlich nur die allgemeine Aussprache von dem Gesetze der Homogenität der Differentialgleichungen, welches wesentlich der Methode des unendlich Kleinen ihre bewunderungswürdige Beweglichkeit und Einfachheit verleiht. Diese Homogenität ist dahin zu erklären, dass alle Termen einer Differentialgleichung ein und dieselbe Ordnung des unendlich Kleinen enthalten, und sie ist die analytische Bedingung dafür, dass die Gleichung auf den Ausdruck eines Verhältnisses zwischen den Differentialen sich reducire. Hierbei ist zu bemerken, dass derjenige Term, welcher die niedrigste Ordnung des unendlich Kleinen in der Gleichung umschliesst, die Ordnung der gesammten Gleichung bestimmt und daher alle Glieder, die eine höhere Ordnung des unendlich Kleinen enthalten, geradezu weggelassen werden. *)

Indem die Differentiale lediglich als Verhältnissbegriffe zu fassen sind, so ergiebt es sich von selbst, dass die Rechnung mit ihnen nur auf einer Vergleichung ihrer Intensitäten beruhen kann. Wenn diese Vergleichung in einen geregelten Calcül gebracht werden soll, so muss sie auf irgend eine gemeinsame Einheit derselben Art bezogen werden, deren Natur an und für sich durchaus willkürlich ist, aber, sobald sie einmal festgesetzt ist, als unveränderlich beibehalten werden muss. Diese Einheit des Maasses wird am besten so gewählt, dass man das Differential dx der unabhängig Veränderlichen zu Grunde legt. Unter dieser Annahme wird also dx als unveränderlich oder constant betrachtet, d. h. es giebt nur eine einzige Intensität, mit welcher dx den Prozess seiner Annullation vollführt **) und demgemäss kann von specifisch

---

*) Wir wollen, um Missverständnissen vorzubeugen, die Bemerkung hinzufügen, dass hier die Homogenität einer Differentialgleichung in einem weiteren Sinne genommen ist, als gewöhnlich geschieht. Zufolge unserer Entwickelung ist sie eine allgemeine Eigenschaft, welche jeder Differentialgleichung als solcher zukommt, und bezieht sich auf die Identität der Ordnung der unendlich kleinen Grössen, welche in die verschiedenen Glieder hineingehen. In den Lehrbüchern bezeichnet man solche Differentialgleichungen als homogen, welche, indem man die Veränderlichen y, x und ihre Differentiale dx, dy, d^2y, ... als Faktoren des ersten Grades betrachtet, aus lauter Termen eines und desselben Grades bestehen.

**) Um eine Vorstellung zu erhalten, wie es möglich sei specifisch verschiedene Intensitäten zu denken, mit denen eine Grösse verschwindet, denke man sich ein Quadrat mit dem Flächenraume u, dessen Seite durch die specielle aber sonst willkürliche Zahl x gemessen werden möge. Das Differential dieses Quadrates wird erhalten, wenn man seine Fläche in continuirlicher Weise bis zu ihrer völligen Annullation hin verkleinert; — dies kann nun entweder derartig geschehen, dass man die Grundlinie x für sich allein, oder aber die Grundlinie

verschiedenen Intensitäten der Annullation von auf x bezüglichen Zusätzen nicht die Rede sein, oder es wird d^2x, d^3x,.... geradezu gleich Null. Anders verhält es sich mit den abhängig veränderlichen Grössen. Nämlich da die Zusätze zu y, sowie die Zusätze zu allen solchen Grössen überhaupt, die in einem bestimmten Connex mit y oder auch mit x stehen, offenbar von der Natur der Zusätze zu x abhangen, so werden wir, wenn wir letztere als unendlich klein annehmen, je nach der Natur dieser Abhängigkeit verschiedenartige Intensitäten für die Abnahme der anderen Zusätze erhalten können und hiermit allerdings genöthigt sein Differentiale höherer Ordnung, wie d^2y, d^3y,... in die Rechnung einzuführen. Zufolge der getroffenen Annahme über die Natur der Einheit wird übrigens dx die Maasseinheit für die unendlich kleinen Grössen der ersten Ordnung, dx^2 die Maasseinheit für die der zweiten Ordnung u. s. w. sein, und werden mithin die Verhältnisse $\frac{dy}{dx}, \frac{d^2y}{dx^2}, \frac{d^3y}{dx^3}$ u. s. w. endliche Quanta vorstellen.

---

x mit der Seitenlinie x zugleich sich als in einer beständigen Abnahme begriffen denkt. Im ersten Fall wird das Quadrat sich auf die Seitenlinie x und im zweiten Fall sich auf den Eckpunkt reduciren, in welchem die Grundlinie und Seitenlinie einander durchschneiden. In beiden Fällen ist gleichmässig der Forderung, den Flächenraum u auf 0 herabzubringen, entsprochen worden, und doch sind die Resultate specifisch verschieden, derartig dass sie eine quantitative Vergleichung gar nicht gestatten. Will man durchaus ein Verhältniss zwischen ihnen haben, so bleibt nichts übrig als die im ersten Falle resultirende Seitenlinie x gleichfalls dem continuirlichen Prozesse einer unbegrenzten Abnahme zu unterwerfen d. h. ihre Dimension der Länge sich aufheben zu lassen, und hierdurch wird sie sich auf denselben Punkt reduciren, welcher aus dem zweiten Falle her sich ergeben hat. Mithin sind specifische Unterschiede denkbar, welche in der unbegrenzten Abnahme einer und derselben Grösse statt haben, und das Kennzeichen für solche specifische Unterschiede ist der endlose Progress, vermöge dessen sich die Beziehung der verschiedenen Resultate verwirklicht. Dieselben bedingen die verschiedenen Ordnungen des unendlich Kleinen. Dagegen wenn die Resultate der unbegrenzten Abnahme ohne endlosen Progress sich in Beziehung zu einander setzen lassen, so gehören sie einer und derselben Ordnung des unendlich Kleinen an. Z. B. der Flächenraum v eines Rechtecks, dessen Seiten die bestimmten aber willkürlichen Maasszahlen x und y entsprechen mögen, kann sich auf doppelte Weise annulliren, einmal indem man die Grundlinie x und dann indem man sich die Höhe y als immer mehr gleichsam zusammenschwindend vorstellt. Im ersten Falle reducirt sich das Rechteck auf die Seitenlinie y und im zweiten Falle auf die Grundlinie x, und offenbar haben die beiden Resultate ein endlich ausdrückbares Verhältniss zu einander: denn das Verhältniss zweier begrenzter gerader Linien ist bekanntlich mit dem Verhältnisse ihrer Maasszahlen identisch.

Wir können, um nicht weit über die uns gesteckten Grenzen hinauszuschreiten, zu unserem Bedauern nicht darauf eingehen, wie die Analysis diese Bestimmungen in ihr System verarbeitet; doch wollen wir, um den Beweis zu führen, wie unsere Entwickelung in vollkommenster Uebereinstimmung mit den bezüglichen Bestimmungen der Wissenschaft ist, wenigstens *Cauchy's* fundamentale Bestimmungen über die unendlich kleinen Grössen verschiedener Ordnungen in Kürze hinzufügen. Dieselben lauten:

„Durch a bezeichnen wir eine constante rationale oder irrationale Zahl, durch i eine unendlich kleine Grösse und durch v eine veränderliche Zahl. In dem Systeme unendlich kleiner Grössen, dessen Basis i ist, wird eine durch $f(i)$ angedeutete Funktion von i ein unendlich Kleines der Ordnung a sein, wenn die Grenze des Verhältnisses

$$\frac{f(i)}{i^v}$$

für alle kleineren Werthe von v als a gleich 0 und für alle grösseren Werthe von v als a unendlich ist."

„Nach dieser Definition wird das Verhältniss

$$\frac{f(i)}{i^n},$$

wenn man mit n diejenige ganze Zahl bezeichnet, welche der Ordnungszahl a der unendlich kleinen Grösse $f(i)$ gleich oder unmittelbar grösser ist als dieselbe, das erste Glied der geometrischen Progression

$$f(i), \frac{f(i)}{i}, \frac{f(i)}{i^2}, \frac{f(i)}{i^3}, \ldots\ldots$$

sein, welches keine unendliche Grösse mehr ist."

„Hieraus lassen sich nun leicht die Sätze über die unendlich kleinen Grössen und besonders folgende Fundamentaltheoreme herleiten:

Theorem I.

„Betrachtet man in einem beliebigen System zwei unendlich kleine Grössen verschiedener Ordnungen, so wird, während sich beide der Null unbestimmt nähern, die, welche von einer höheren Ordnung ist, zuletzt stets den kleinsten Werth haben."

Theorem II.

„Es seien a, b, c, ... die Zahlen, welche in einem bestimmten System die Ordnungen mehrerer unendlich kleinen Grössen bezeichnen und a die kleinste derselben, so ist die Summe dieser Grössen ein unendlich Kleines der Ordnung a."

Theorem III.

„In einem beliebigen Systeme ist das Produkt zweier unendlich kleinen Grössen von den Ordnungen a und b eine andere unendlich kleine Grösse von der Ordnung $a+b$.

Theorem IV.

„Wenn drei unendlich kleine Grössen so beschaffen sind, dass die zweite von der Ordnung a ist, wenn man die erste zur Basis nimmt, und die dritte von der Ordnung b, wenn man die zweite zur Basis nimmt, so ist die dritte in dem System, dessen Basis die erste ist, von der Ordnung ab."

Die Erläuterungen und Beweise zu diesen 4 Theoremen ergeben sich alle sehr einfach aus dem zu Grunde gelegten Begriffe der unendlich kleinen Grösse einer bestimmten Ordnung und können füglich an Ort und Stelle nachgesehen werden. —

Es ist nunmehr wohl der vollständigste Nachweis gegeben, dass die Analysis durch die Einführung des Begriffes der unendlich kleinen Grösse, weit entfernt den Charakter der mathematischen Strenge zu verlieren, vielmehr an Klarheit und Einfachheit ihres Fortganges wesentlich gewinnt. Wir hätten nun eigentlich auch auf den Gebrauch des unendlich Kleinen in der analytischen Geometrie näher einzugehen, indessen dürfen wir uns hier wohl kürzer fassen, da es im Grunde auch hier sich auf einen Verhältnissbegriff zurückführt. Wir wollen dieses zunächst durch die Betrachtung eines speciellen Beispiels zeigen.

Sei HCD irgend ein Curvenzug und AC eine Tangirende in dem Punkte C dieses Zuges, und die Ordinate BC des Punktes C gezogen. Es soll der analytische Ausdruck für die Subtangente AB gesucht werden. Vermittelst der Methode des unendlich Kleinen wird dies Problem ganz einfach, wie folgt, gelöst. Man geht zu einem Punkte D der Curve fort, der unendlich nahe an dem Punkte C liegt. Ziehen wir nun $DF \perp OF$ und bemerken, dass $BC = y$ und $BO = x$ ist, so werden die unendlich kleinen Zusätze, um welche die Coordinaten des Punktes D sich von den Coordinaten des Punktes C unterscheiden, respective $DG = dy$ und $BF = CG = dx$. Da nun die Berührungslinie AC und die Curve in der Nähe des Berührungspunktes C als zusammenfallend angesehen werden können,

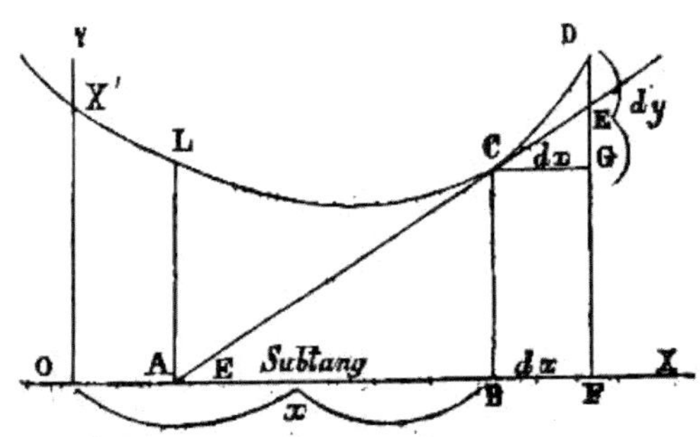

so wird der Bogen CD als die Verlängerung von AC betrachtet und ist in Folge davon $\triangle\ ABC \sim \triangle\ CDG$, mithin $AB : BC = CG : DG$ oder $Subtang : y = dx : dy$, also

$$Subtang = y \frac{dx}{dy},$$

welches der auch anderweitig bekannte Ausdruck für die Subtangente ist.

Prüfen wir die Natur der gemachten Supposition näher, welche uns so überraschend schnell zu der Lösung des vorgelegten Problems geführt hat, so liegt in ihr die Identität des gemischtlinigen Dreieckes CDG mit dem Tangentendreiecke CEG, eine Identität, welche in der Figur, wo die Distanz dx, vermöge deren die Lage des Punktes D festgelegt wird, endlich ist, offenbar nicht statt hat. Indem aber die Distanz dx in Wahrheit unendlich klein sein soll, so wird diese Identität auch nicht für eine endliche Entfernung in Anspruch genommen, sondern als der Zielpunkt eines Grenzprozesses gedacht, in welchem man sich dem Punkte C unbegrenzt nähert. In der That zeigt schon der Augenschein, dass, je näher wir D an C rücken, in den beiden Dreiecken CDG und CEG um so stärker die Tendenz hervorbricht in eines zusammenzufliessen. Sobald man aber nun wirklich in dem Punkte C anlangt, so schwinden die beiden Dreiecke in eine blosse Punktualität zusammen, und könnte es hiernach den Anschein gewinnen, als ob ihre Identität allerdings in dieser ihrer gleichmässigen Aufhebung als räumliche Dreiecke auf abstrakte Weise verwirklicht wäre, aber in der leeren Form, an welcher sie gesetzt ist, zur gänzlichen Bedeutungslosigkeit herabsänke. Die Sache stellt sich indessen anders. Die Betrachtung des Dreieckes CDG hat für uns keinen anderen Zweck als die Seitenverhältnisse des Dreieckes ABC zu bestimmen, und es ist daher auch bloss um die Seitenverhältnisse des sogenannten charakteristischen

Dreiecks *CDG* zu thun oder, da dasselbe rechtwinklig ist und zufolge unserer Voraussetzung als geradliniges Dreieck betrachtet werden darf, so dass alle seine Seitenverhältnisse unmittelbar seine Winkelbestimmtheit enthalten, um seine Winkelbestimmtheit. Die ganze Schwierigkeit drängt sich also in die Frage zusammen, ob die Winkelbestimmtheit eines Dreiecks noch denkbar sei, nachdem es räumlich in einen blossen Punkt zusammengesunken, also eigentlich verschwunden oder aufgehoben ist. Diese Frage muss unbedingt bejaht werden; denn ein Winkel verliert seine Bestimmtheit nicht, auch wenn man ihn aus dem Zusammenhange seines Dreiecks herausreisst und ein blosser Blick auf die Figur zeigt, dass, wenn man auch *GE* in paralleler Richtung mit sich selber nach *C* hin bewegt, das Dreieck in dem letzten Momente dieser Bewegung allerdings sich auf den Punkt *C* reducirt, aber gleichwohl die Lage der beiden anderen Dreiecksseiten während des ganzen Prozesses der Bewegung unveränderlich in der Richtung der beiden Geraden *CE* und *CG* hineinfällt. Der Winkel *GCE* wird also auch dann noch real vorhanden sein, wenn das Dreieck *GCE* sich auf den Punkt *C* reducirt, d. h. in dem Falle, wo die Distanz dx unendlich klein ist, oder das Dreieck *GCE* mit dem Dreiecke *GCD* identisch wird. Indem nun der Winkel *GCE* dem Winkel *CAB* gleich ist, stellt der Winkel *CAB* offenbar eine solche Winkelbestimmtheit dar, die auch dem charakteristischen Dreiecke *GCD* als eine verwirklichte zukommt.

Das vorhergehende Raisonnement ist einer Ergänzung bedürftig, insofern der positive analytische Nachweis immer noch mangelt, dass die Dreiecke *CDG* und *CEG* oder, was dasselbe ist, die Linie *CD* und *CE* für eine unendlich kleine Distanz dx sich decken. Aber die Grenzmethode hat ja schon vermöge strenger Demonstration gezeigt, dass das Verhältniss $\frac{dy}{dx} = lim \frac{\Delta y}{\Delta x}$ wirklich mit dem Verhältnisse

$$\frac{GE}{dx} = tg\ ECG = tg\varphi$$

identisch sei; — und somit wiese schliesslich unsere geometrische Voraussetzung auf die analytische Methode des vorigen Abschnittes zurück. Aber wenn auch dies Eine dadurch gewonnen ist, dass unsere Behauptung, auch das geometrische unendlich Kleine sei letztlich als ein Verhältnissbegriff zu bestimmen, sich gerechtfertigt hat: so ist doch nicht recht einzusehen, wie die neue geometrische Methode sich auf eine besonders leichte und bequeme Art solle handhaben lassen: denn die Voraussetzungen, welche sie nun einmal macht, führen immer auf weitläufige Grenzbetrachtungen hin, und ihre Begründung darf dann doch in keiner Weise unterbleiben. Diese Bemerkung ist nun freilich zuzugeben, so wie sich die Sache uns bis jetzt dargestellt hat. Aber wenn die analytische Geometrie solche Forderungen erhebt, wie z. B. eine krumme Linie als mit ihrer Berührenden identisch anzusehen, so pflegt sie dieses nicht anders zu thun, als indem sie zuvor vermöge der analytischen Methode des unendlich Kleinen ihre Statthaftigkeit nachgewiesen hat, und damit ist an die Stelle der Grenzmethode, welche in jedem speciellen Falle eine besondere Manier der Behandlung erheischt, eine Methode getreten, in welcher sich alles auf das einfache Princip der Vernachlässigung der unendlich kleinen Grössen höherer Ordnungen gegen die unendlich kleinen Grössen einer niederen Ordnung zurückführt. Die Prüfung der Voraussetzung z. B. in unserem speciellen Falle ist unter folgender Form anzustellen:

Die Gleichung der Berührungslinie ist bekanntlich

$$\eta - y = \frac{dy}{dx}(\xi - x),$$

und suchen wir nun die Bestimmung eines Punktes, der in der unmittelbaren Nähe des Berührungspunktes (y, x) liegt, so haben wir, wenn h eine unendlich kleine Grösse der ersten Ordnung bezeichnet, $\xi = x + h$ einzuführen, und erhalten für die Ordinate η einen Ausdruck, welcher die Ordinate des Berührungspunktes y um eine ebenfalls unendlich kleine Grösse, etwa k', übertreffen wird: mithin ist

$$k' = \frac{dy}{dx} h.$$

Suchen wir nun den Punkt der Curve, welcher der unendlich kleinen Distanz h entspricht, so ergiebt sich, zufolge des Theorems von Taylor, wenn wir annehmen, dass dem Zuwachse h der Abscisse x der Zuwachs $\pm k$ der Ordinate y entspricht

$$y + k = f(x + h) = f(x) + \frac{df(x)}{dx} h + \frac{1}{2} \frac{d^2 f(x)}{dx^2} + \frac{1}{6} \frac{d^3 f(x)}{dx^3} + \ldots\ldots$$

oder da $y = f(x)$ ist

$$k = \frac{dy}{dx} h + \frac{1}{2} \frac{d^2 y}{dx^2} h^2 + \frac{1}{6} \frac{d^3 y}{dx^3} h^3 + \frac{1}{24} \frac{d^4 y}{dx^4} h^4 + \ldots.$$

Nun bedeutet h eine unendlich kleine Distanz auf der Axe der x; wir werden also die höheren Potenzen von h gegen die erste vernachlässigen können, wodurch

$$k = \frac{dy}{dx} h,$$

und wir erhalten nun durch die Vergleichung mit der auf die Berührungslinie bezüglichen Gleichung $k^1 = \frac{dy}{dx} h$ sogleich die Relation $k = k^1$. Die geometrische Deutung dieses Resultates giebt die oben gemachte Voraussetzung, dass die Curve und ihre Berührende in der Nähe des Berührungspunktes als zusammenfallend angesehen werden müssen. Dieselbe ist mithin erwiesen. Auf diese Weise verschwindet also die Willkürlichkeit der Annahmen, welche man der Methode des unendlich Kleinen so häufig vorgeworfen hat. Es mag sein, dass namentlich Anfänger sich solcher Annahmen bedient haben, ohne ein klares Bewusstsein über ihre tiefere Begründung sich zu verschaffen; — aber das ist nicht die Schuld der Wissenschaft, welche sich diese Begründung niemals erlässt; sondern der einzige Grund ist in der Oberflächlichkeit oder Nachlässigkeit derer zu suchen, die in ihr arbeiten; — es sei denn, dass sie es mit vollem Rechte verschmähten sich bei einer Entwickelung anfzuhalten, die um ihrer Einfachheit willen sich beinahe von selber macht.

Die Methode des unendlich Kleinen führt zufolge der vorhergehenden Erörterung auch für das Gebiet der Geometrie sich auf das Gebiet der Grenzen zurück und findet in derselben ihre eigentliche Begründung. Das Wesentliche von ihr ist, dass zwei Bestimmtheiten, die in ihrem unmittelbaren Sein auseinanderfallen, als einander identisch gesetzt werden. So lässt man einen unendlich kleinen Kreisbogen mit seinem Sinus*), eine geschlossene

---

*) Wir wollen auch hier noch die analytische Begründung andeuten. Sei φ der Ausdruck irgend eines Kreisbogens in Bruchtheilen der Zahl 2π, so ist bekanntlich.

$$\sin\varphi = \varphi - \tfrac{1}{6}\varphi^3 + \tfrac{1}{120}\varphi^5 - \tfrac{1}{5040}\varphi^7 + \ldots.$$

Nehmen wir nun φ unendlich klein an, so dürfen wir die mit höheren Potenzen von φ behafteten Glieder der Reihe gegen das erste vernachlässigen und erhalten

$$\sin\varphi = \varphi,$$

in Uebereinstimmung mit der Behauptung.

Curve mit einem Polygon von unendlich vielen Seiten oder, was auf dasselbe hinausläuft, in der Nähe des Berührungspunktes die Curve mit der Berührungslinie zusammenfallen. Das unmittelbare Sein dieser Bestimmtheiten ist nun ein solches, in welchem sie sich als räumliche Ausdehnungen darstellen, und, sobald wir bei demselben stehen bleiben wollten, würde die Annahme ihrer Identität geradezu ein grober Fehler sein. Aber ihr unmittelbares Sein wird negirt; wir versetzen sie in eine solche Bewegung hinein, vermöge deren sich ihre Ausdehnung, in welcher sie auseinanderfallen, immer mehr und mehr aufhebt, und diese Bewegung ist es, die in der Annahme unendlich kleiner Raumgebilde latitirt. Das Ausgedehnte wird sich dergestalt in das Ausdehnungslose umwandeln und nun, nachdem es das Zufällige, das Aeusserliche seines quantitativen Seins abgestreift hat, nur noch die innerliche Natur seiner Bestimmtheit bewahren, nämlich das, was übrig bleibt, wenn man von seinem Mehr oder Minder abstrahirt, die inneren Verhältnisse seiner Bildung, welche natürlich auch analytisch sich nur unter der Form von Verhältnissen darstellen lassen. Also überall, wo unendlich kleine Grössen in die Geometrie eingeführt werden, können sie nicht anders denn als Verhältnissbegriffe auftreten. Das liegt unmittelbarer Weise schon darin, dass niemals eine unendlich kleine Grösse für sich allein vorkommt, sondern immer in Beziehung auf andere. So werden die unendlich kleinen Distanzen auf der Curve und ihrer Berührenden in der Nähe des Berührungspunktes als einander identisch gesetzt. Tiefer ist es aber allerdings darin begründet, dass von der gleichgültigen Ausdehnung der betreffenden Quanta abgesehen wird, und wesentlich die unabhängig von ihrer Ausdehnung bestehenden Momente ihrer inneren Selbstvermittelung mit dem Gedanken erfasst werden. Die Curve, die Gerade sind für sich genommen jede ein ruhiger in sich verlaufender Fluss; aber das Wesen dieses Flusses ist durch solche, die in einander verlaufen, vermittelt zu sein; und dies ist in der bestimmten unveränderlichen Beziehung zwischen den Coordinaten ausgedrückt, welche in jedem Momente seine eigentliche Bestimmtheit ausmacht. Die Coordinaten sind ebenfalls zunächst noch äusserliche Quanta: aber indem das Verhältniss ihrer unendlich kleinen Zuwächse zunächst betrachtet wird, und diese Zuwächse es wesentlich sind, die den Fortschritt auf der Curve bedingen, so haben wir nur noch ein reines Verlaufen, ein Verhältniss als zwischen Quantitätslosen, aus denen alles Aeusserliche herauseliminirt ist, und welches nur die der Curve inwohnende unveränderliche Bestimmtheit bewahrt hat, ein Verhalten von zweien, die nur insoweit, als sie gegen einander ein Verhalten haben, noch gesetzt sind. So sind die unendlich kleinen Grössen nur als solche, die sich gegen einander verhalten. Das Verhalten ist das einzige, was die Bestimmtheit ihres Seins ausmacht, und alle übrige quantitative Bestimmtheit aufgehoben. Ihr Verhalten ist von ihrem Sein nicht zu trennen (daher sie aus dem Verhältnisse genommen reine Nullen d. h. bedeutungslos sind) und zugleich ist nichts anderes, in welchem ihr Sein beruhe. Indem nun dasjenige, was ein Sein gegen anderes ausmacht, seine Bestimmtheit heisst, so ist das, was resultirt, dass in ihnen die Bestimmtheit wieder unabtrennlich mit dem Sein verknüpft ist: sie sind wesentlich qualitatives Sein und können daher arithmetisch nur unter der Form von Verhältnissmomenten auftreten, weil, wie wir wissen, in dem Verhältnisse gleichfalls die Negation der quantitativen Bestimmtheit und die Rückkehr zur qualitativen Bestimmheit gesetzt ist.

Also überall, wo wir von unendlich kleinen Grössen reden, mag es nun auf dem Gebiete der discreten oder der continuirlichen Grössenbestimmtheit sein, handelt es sich nicht darum, ihre Bestimmtheit als selbstständige, für sich bestehende Grössen zu fixiren, sondern ihre Bestimmtheit gegen einander festzulegen oder auch, wie man sich häufig ausdrückt, die letzten Verhältnisse aufzufinden, unter denen sie verschwinden. Vielmehr das Erste wäre an ihm selber ein Widerspruch, da sie überhaupt nur im Verhältnisse sind und für sich gar keine Grössenbestimmtheit beanspruchen können. Sie sind wohl die Elemente oder noch besser die Principien der Grössenbestimmtheit, welche für die verschiedenen Verflussmomente eines stetigen Verlaufes die Natur des Ueberganges in die nächstfolgenden bestimmen: aber indem sie die Bestimmtheit desselben als noch ganz und gar den einzelnen Verflussmomenten inwohnend und in ihnen verschlossen bleibend enthalten, so haben sie den Mangel eine Bewegung auszudrücken, die noch keine wirkliche Bewegung ist, sondern allein der logischen Natur des Begriffes angehört. Das Hervorbrechen dieser Bewegung aus der Verschlossenheit der punktuellen Verflussmomente heraus, ihr Uebergreifen über ihre eigene Bestimmtheit und ihre

7*

Umsetzung in das Unterschiedene hinein — diesen logischen Vorgang in die analytische Formel zu fassen, das ist das zweite grosse Problem des höheren Calcüls, dessen Erledigung uns zugleich in das tiefere Verständniss der vorhergehenden Bestimmungen noch mehr einführen wird.

7.

Hegels Kritik der Grenzmethode und der Methode des unendlich Kleinen.

Wir haben nunmehr wieder auf die Entwickelungen Hegels zurückzugehen, weil dieselben in einem vollkommenen Gegensatze zu dem eben vorgetragenen Begriffe der Differentialrechnung stehen, und thuen dies um so lieber, als die ausführliche Besprechung mancher früher nur angedeuteten Punkte sich von selbst anschliessen wird. Eine ganze sehr umfangreiche Anmerkung über die Begriffsbestimmtheit des mathematischen Unendlichen, welche in dem ersten Theile der Wissenschaft der Logik enthalten ist, hat es sich eigentlich zu ihrer Aufgabe gestellt, die Methoden der Grenzen und des unendlich Kleinen einer vernichtenden Kritik zu unterwerfen, und obwohl wir dieselben schon in den vorigen beiden Abschnitten aus dem Begriffe heraus für gerechtfertigt halten, so dürfte gleichwohl ihre weitere Vertheidigung durch eine Kritik dieser Kritik nicht überflüssig sein.

Hegel prätendirt den Beweis geführt zu haben, „welche vergebliche Bemühung es gewesen sei, für die bisherige Auffassungsweise des Verfahrens Principien aufzufinden, welche den Widerspruch, der dabei zum Vorschein kommt, wirklich lösen, statt ihn nur durch die Unbedeutendheit des nach dem mathematischen Verfahren nothwendigen, hier aber wegzulassenden, oder auch durch die auf dasselbe hinauskommende Möglichkeit der unendlichen oder beliebigen Annäherung und dergleichen zu entschuldigen oder zu verstecken.“ Dieses Resultat ist um so merkwürdiger, als es erhalten ist trotz der formell richtigen Einsicht in den Begriff des unendlich Kleinen, welchen er auch als in dem Grenzprozesse latitirend ganz richtig anerkennt. Aber er wirft den Erfindern des höheren Calcüls vor, „das Unendliche nicht als Begriff ergründet und bei der Anwendung wieder Auskunftsmittel gebraucht zu haben, welche ihrer besseren Sache widersprechen." Der Vorwurf des Missbrauches, den sie mit der guten Sache getrieben hätten, wird jedoch bei näherer Betrachtung zu nichte: denn es zeigt sich, dass Hegel den Zusammenhang, in welchem sie sich des Unendlichen bedienen, gänzlich ignorirt hat und demgemäss zu keinen anderen als schiefen Resultaten kommen konnte.

Das unendlich Kleine ist gleich dem allgemeinen Sein der Logik, mit welchem es überhaupt viel Analogie hat (es ist selber nur eine reichere Form dieses Seins), keine Kategorie, die für sich allein festgehalten werden darf, sondern die wesentlich zu höheren hintreibt und in diesen erst mit einem fassbaren, concreten Inhalte sich umkleidet. Sie ist der erste Ausgangspunkt für ein System des Wissens, welches den Begriff der Funktion zu seinem Gegenstande hat und, indem es das Gesetz ihrer Continuität uns erschliesst, über ihr unmittelbares Sein hinaus uns in das Gewebe ihrer inneren Bildung hineinführt. Aber eben dieses ist es, was Hegel durchaus verkennt, er bleibt bei der mathematischen Definition des unendlich Kleinen stehen, nur dass er einige logische Formen hineinmischt, und dasjenige, was ihm als Philosophen doch ganz besonders zukäme, nun zuzusehen, was die Einführung dieses Begriffes eigentlich leisten soll, und welche Bedeutung er für das System der Mathematik beanspruche, — dieses scheint er für vollkommen überflüssig zu achten. Eine solche Erörterung muss jedenfalls auf den innigen Connex führen, in welchem der Begriff des unendlich Kleinen mit der Kategorie der Veränderlichkeit und der Continuität steht. Hegel dagegen hat sich mit dem abstrakten Begriffe begnügt und ist so natürlich unvermögend, den Zweck des höheren Calcüls zu begreifen. Vielmehr kommt er so weit, es geradezu für einen Mangel der Theorie zu erklären, wenn sie die Begriffe der Veränderlichkeit und Continuität mit in sich hineinnimmt.

Nach diesen allgemeinen Vorbemerkungen beginnen wir damit, Hegels Begriff vom unendlich Kleinen, so wie er ihn pag. 300 giebt, wörtlich folgen zu lassen:

„In einer Gleichung, worin x und y zunächst als durch ein Potenzenverhältniss bestimmt gesetzt sind, sollen x und y als solche noch Quanta bedeuten. Diese Bedeutung nun geht vollends in den sogenannten unendlich kleinen Differenzen gänzlich verloren. dx und dy sind keine Quanta mehr, noch sollen sie solche bedeuten, sondern haben allein in ihrer Beziehung eine Bedeutung, einen Sinn bloss als Momente. Sie sind nicht mehr Etwas, das Etwas als Quantum gerechnet, nicht endliche Differenzen; aber auch nicht Nichts, nicht die bestimmungslose Null. Ausser ihrem Verhältnisse sind sie reine Nullen; aber sie sollen nur als Momente des Verhältnisses, als Bestimmungen des Differentialcoefficienten $\frac{dx}{dy}$ genommen werden. — In diesem Begriffe des Unendlichen ist das Quantum wahrhaft zu einem qualitativen Dasein vollendet; es ist als wirklich unendlich gesetzt; es ist nicht nur als dieses oder jenes Quantum aufgehoben, sondern als Quantum überhaupt. Es bleibt aber die Quantitätsbestimmtheit als Element von Quantis, Princip oder sie, wie man auch gesagt hat, in ihrem ersten Begriffe."

Diesen Begriff nun hat die Analysis in eine ihm adäquate Form gleichsam hineinzugiessen, und Hegel sucht, indem er gleichzeitig seine Uebereinstimmung mit den Vorstellungen der bedeutendsten Mathematiker nebenbei zu constatiren sich bestrebt, durch eine Kritik ihrer Methoden den Beweis zu führen, dass sie jenen Zweck gänzlich verfehlt haben. Am kürzesten fertigt er (pag. 306) Leibnitz's Methode des unendlich Kleinen ab:

„Gegen die angegebenen Bestimmungen" (nämlich Newtons) „stehet die Vorstellung von unendlich kleinen Grössen, die auch im Increment oder Decrement selbst steckt, weit zurück. Nach derselben sollen sie von der Beschaffenheit sein, dass nicht nur sie gegen endliche Grössen, sondern auch deren höhere Ordnungen gegen die niedrigeren oder auch die Produkte aus mehreren gegen eine einzelne zu vernachlässigen seien. — Bei Leibnitz hebt sich die Forderung dieser Vernachlässigung, welche die vorhergehenden Erfinder von Methoden, die sich auf die Grösse bezogen, gleichfalls eintreten lassen, auffallender hervor. Sie ist es vornehmlich, die diesem Calcül beim Gewinne der Bequemlichkeit den Schein von Ungenauigkeit und ausdrücklicher Unrichtigkeit in dem Wege seiner Operationen giebt."

Was diesen Schein ausdrücklicher Unrichtigkeit anlangt, so wird dies weiter unten (pag. 309) dahin erklärt:

„Der Calcül macht es nothwendig, die sogenannten unendlichen Grössen den gewöhnlichen arithmetischen Operationen des Addirens u. s. w. zu unterwerfen, welche sich auf die Natur endlicher Grössen gründen, und sie somit als endliche Grössen für einen Augenblick gelten zu lassen und als solche zu behandeln. Der Calcül hätte sich darüber zu rechtfertigen, dass er sie das eine Mal in diese Sphäre herabzieht und sie als Incremente oder Differenzen behandelt, und dass er auf der anderen Seite sie als Quanta vernachlässigt, nachdem er so eben Formen und Gesetze der endlichen Grössen auf sie angewandt hatte."

Wenn nun Hegel von einem Scheine ausdrücklicher Unrichtigkeit spricht, welcher der Methode des unendlich Kleinen anklebe, so ist die von ihm gestellte Forderung, dass sich der Calcül als einer Reinigung von diesem Scheine bedürfend vor dem Begriffe zu rechtfertigen habe, allerdings ganz in der Ordnung, — aber es wäre dies immer nur ein Mangel in der Darstellung der Methode, und da sie in der Sache demungeachtet das Wesen richtig erfassen könnte, so wäre ein so wegwerfendes Urtheil noch nicht hinlänglich begründet. Doch dieser Schein ist in Wahrheit nicht einmal vorhanden: oder, wenn er für Hegel da sein sollte, so ist es wenigstens nicht die Schuld der Erfinder. Indem sie als den Grund der bezeichneten Vernachlässigung oder Weglassung angeben, dass die unendlich kleinen Grössen einer höheren Ordnung relativ gegen die unendlich kleinen Grössen einer niederen Ordnung verschwinden, so ist die Natur der Sache vollständig begriffen, und möchte wohl nicht leicht einer sein, der sie präciser und schärfer ausdrückte. Das analytische Gesetz der Homogenität, welches als das fundamentale Theorem für die Herstellung aller Differentialgleichungen betrachtet werden muss, ist eben nur der einzige angemessene analytische Ausdruck für diese Natur der Sache, und aus diesem unmittelbar fliessen die von Hegel gerügten Verfahrungsweisen. Wir brauchen darüber wohl keine Worte mehr zu verlieren, da wir uns schon früher darüber weitläufig ausgesprochen haben. Jedenfalls kann von einer ausdrücklichen Unrichtigkeit, und sollte sie auch nur scheinbar sein, keine Rede sein. Denn dasjenige, was weggelassen wird, ist in der That für die Bestimmtheit dessen, um welches es zu thun ist, vollkommen einflusslos und gleichgültig; es verschwindet vor jenem. Wenn Hegel das nicht hinlänglich begründet findet, eine Thatsache, die gegenüber dem, was er (pag. 301 und pag. 302) über die Vergleichbarkeit unendlich kleiner Grössen aussagt, doppelt befremdet: so hätte er eine weitere Rechtfertigung zu versuchen und zu sehen, was es mit dieser Vernachlässigung „wegen relativer Kleinheit" eigentlich auf sich habe. Denn so viel Achtung ist man einer Methode, die zu absolut richtigen Resultaten führt, doch wohl schuldig, nicht von vorn herein wegen eines anstössigen Ausdruckes sie zu verwerfen; vielmehr ist es kaum denkbar, dass sie so schlecht begründet sei, dass es eines tieferen Eingehens in die Art ihrer Begründung sich überhaupt nicht verlohne. Gleichwohl glaubt Hegel sie mit den beiden Schlagwörtern der mathematischen Strenge und der Weglassung von Etwas wegen relativer Kleinheit abgethan und mit solcher Oberflächlichkeit des Urtheils die Bestimmungen eines Euler oder Leibnitz beseitigt haben.

Sowie nun bei ihm ein einziger Ausdruck hingereicht zu haben scheint, das Verdammungsurtheil über eine der schönsten analytischen Methoden zu rechtfertigen, so ist es dem vollkommen analog, wenn er mit der blossen Einführung einer philosophischen Formel sogleich eine analytische Methode wieder aus dem Nichts hervorzaubert, welches seine Kritik übrig gelassen hat. Diese Behauptung dürfte wohl nicht allzu gewagt erscheinen, wenn man folgenden Versuch, die besagte anstössige Weglassung in der Sache doch noch zu retten, (pag. 315) liest:

„Es kann die allgemeine Behauptung aufgestellt werden, dass die ganze Schwierigkeit des Princips beseitigt sein würde, wenn statt des Formalismus, die Bestimmung des Differentials nur in die ihm den Namen gebende Aufgabe, den Unterschied überhaupt einer Funktion von ihrer Veränderung anzugeben, nachdem ihre veränderliche Grösse einen Zuwachs erhalten, zu stellen, die qualitative Bedeutung des Principes angegeben und die Operation hiervon abhängig gemacht worden wäre. In diesem Sinne zeigt sich das Differential von x^n durch das erste Glied der Reihe, die sich durch die Entwickelung von $(x + dx)^n$ ergiebt, gänzlich erschöpft. Dass die übrigen Glieder nicht berücksichtigt werden, kommt so nicht von ihrer relativen Kleinheit her. Indem es sich nicht um eine Summe, sondern um ein Verhältniss handelt, so ist das Differential vollkommen durch das erste Glied gefunden; und, wo es fernerer Glieder, der Differentiale höherer Ordnung, bedarf, so liegt in ihrer Bestimmung nicht die Fortsetzung einer Reihe als Summe, sondern die Wiederholung eines und desselben Verhältnisses, das man allein will, und das somit im ersten Gliede bereits vollkommen ist. Das Bedürfniss der Form einer Reihe, des Summirens derselben und was damit zusammenhängt, muss dann ganz von jenem Interesse des Verhältnisses getrennt werden."

Man kann am Ende nichts dagegen einwenden, wenn man die Auslassung von Termen einer Reihe als dadurch bedingt ansieht, dass der qualitative Sinn des Verhältnisses, auf welches es ankommt, d. h. die unveränderliche Natur seiner Seitenbestimmtheit, lediglich in den übrig bleibenden Gliedern zum Vorschein komme: aber, wenn wir fragen, warum sie nur in diesen Gliedern sich ausdrücke, so können wir nicht anders als mit Leibnitz antworten, dass die übrigen gegen jene relativ verschwinden, dass sie aus jeder Vergleichueg der letzteren geradezu als in solcher sich annullirend herausgehen. Dass nun Hegel die Sache anders nimmt, ist schon daraus abzunehmen, weil er sonst gegen Windmühlen gefochten haben würde, und zudem tritt es auch deutlich genug hervor, wo er aus der abstrakten Allgemeinheit heraus sich in einen concreten Fall hinein begiebt.

Wir wollen ihm dabei nicht anrechnen, dass er uns den Grund verschweigt, warum er, um das Differential von x^n zu bestimmen, zu dem Ausdrucke $(x+dx)^n$ fortgehe — jedenfalls dürfte damit das „Grundübel" in den analytischen Methoden, die Kategorien des Incrementes, der Continuität und dergleichen mehr sich einstellen. Indem nun, sobald $y=x^n$ gesetzt wird, die Entwickelung von dy sich, wie folgt:

$$dy=\frac{n}{1}x^{n-1}dx+\frac{n(n-1)}{1.2}x^{n-2}dx^2+\ldots.$$

darstellt, so soll aus der qualitativen Bedeutung des Principes der Differentialrechnung abgeleitet werden, dass der erste Term $nx^{n-1}dx$ der Reihe allein in Anspruch genommen werden darf. Nach Hegels eigener vorhergehender Auseinandersetzung kann dies Princip in nichts anderem gesucht werden als in der Auffassung von Verhältnissen, deren Momente dy und dx als Quanta aufgehoben sind. Demgemäss schliesst er auch, da die Reihe Summe sei, so könne das Verhältniss zwischen dy und dx nicht anders zu Stande kommen, als indem man die folgenden Glieder der Reihe vernachlässige und damit von der Summe, um welche es nicht zu thun sei, abstrahire! Wir wollen hier nun nicht weiter urgiren, dass eine Summe von Verhältnissbegriffen auch noch ein Verhältniss ist, und also der Grund zu solcher Abstraktion mangelt: im Gegentheil liegt in der obigen Gleichung ein höheres Verhältniss zwischen dy und dx, nämlich ein Potenzverhältniss, während die Gleichung $dy = nx^{n-1}dx$ nur ein direktes Verhältniss enthält Aber es ist ein unabweisbares Faktum, dass die analytische Entwickelung von dy die unendliche Reihe giebt, und wenn auch diese Unendlichkeit wegen der Natur des Differentiales dx als einer unendlich kleinen Grösse wieder aufgehoben wird — dieses letztere ist es ja eben, was Hegel nicht gelten lassen will. So bleibt denn die Divergenz zwischen der analytischen Entwickelung, die nun einmal mehr als den ersten Term giebt, und den Forderungen der Logik bestehen, die dieses Mehr nicht dulden mögen. Die letzteren geben für Hegel natürlich den Ausschlag, und die Analysis mag zusehen, was sie mit den übrigen Gliedern anfange. Sie ist gut genug, den einen Term, welchen das logische Bedürfniss unumgänglich erheischt, zu liefern und wird dann, wie ein unbrauchbares Möbel, zur Seite geschoben. In Wahrheit ist es aber diesmal die von Hegel im Namen der Logik gestellte Forderung, in welcher eine unbegründete Voraussetzung latitirt, nämlich die, dass das Verhältniss zwischen aufgehobenen Quantis nur ein direktes sein könne, und dass mithin alle höheren Potenzbestimmungen von selbst aus ihm herausgehen. Diese Voraussetzung wird von der Analysis streng erwiesen; Hegel macht sie gleichfalls stillschweigend (wenigstens wüssten wir nicht, welcher vernünftige Sinn sonst in sein Raisonnement hineingelegt werden sollte), aber ohne sie vor dem Begriffe gerechtfertigt zu haben: vielmehr versucht er es, sie eben gegen die Methode zu kehren, welche diese Rechtfertigung giebt. Die Selbsttäuschung, welche dem Gerüste solcher Dialektik zu Grunde liegt, ist auf der Hand. Hegel hat wahrscheinlich gemeint, in der sachlichen Uebereinstimmung mit der Analysis eine gewisse Bürgschaft für die Wahrheit seiner logischen Entwickelung zu haben und dabei übersehen, dass dies nicht anders sein kann, weil sie als latente Voraussetzung die ganze Theorie des unendlich Kleinen in sich aufgenommen hat, so wenig er auch sonst in diesem Zusammenhange etwas davon wissen will.

Es ist eine weitere Einwendung gegen die Methode des unendlich Kleinen, dass die Differentiale wenigstens für einen Augenblick als Incremente, d. h. endliche Zuwächse, vorgestellt würden (pag. 307):

„Es ist in dieser Rücksicht vornehmlich Eulers Vorstellung anzuführen. Indem er die allgemeine Newton'sche Definition zu Grunde legt, dringt er darauf, dass die Differentialrechnung die Verhältnisse der Incremente einer Grösse betrachte, dass aber die unendliche Differenz als solche ganz als Null zu betrachten sei. Wie dies zu verstehen ist, liegt im Vorhergehenden; die unendliche Differenz ist Null nur des Quantums, nicht eine qualitative Null, sondern als Null des Quantums vielmehr reines Moment nur des Verhältnisses. Sie ist nicht ein Unterschied um eine Grösse; aber darum ist es einer Seits überhaupt schief, jene Momente, welche unendliche kleine Grössen heissen, auch als Incremente oder Decremente und als Differenzen auszusprechen. Dieser Bestimmung liegt zu Grunde, dass zu den zuerst vorhandenen Grössen etwas hinzukomme oder davon abgezogen werde, eine Subtraktion oder Addition, eine arithmetische äusserliche Operation vorgehe."

Nun ist es aber lediglich eine Fiktion Hegels, dass Euler die Differentiale als wirkliche Incremente betrachte. Indem er sie ausdrücklich als verschwindende Incremente bezeichnet, welche nur im Verhältnisse eine Bedeutung beanspruchen können, so liegt darin die Negation von dem Begriffe des Incrementes ausgesprochen, und selbst der Ausdruck ist hier so sehr im Geiste der Hegel'schen Philosophie, dass seine schiefe Deutung vollkommen unerklärlich erscheint. Allerdings hat der Begriff des Differentiales eine gewisse Beziehung zu dem Incremente, und diese ist es wohl, die Hegel aufgreift und ohne näher in ihre Natur einzugehen zu seinem Angriffe benutzt.

Der genannte grosse Mathematiker hat sicherlich gleich seinen Vorgängern das bestimmte Bewusstsein davon gehabt, dass, so gewiss die Analysis den objektiven Inhalt ihres Gegenstandes auf das strengste zusammenfasst und begreift, sie eben so gewiss der Ausdruck dieses Begreifens für uns als die denkenden Subjekte sei, und dass sie in weiterer Folge hiervon diejenigen Formen feststellen müsse, vermöge deren das Bewusstsein sich in die Natur des mathematischen Objektes hineinbewegt. Demgemäss fiel es ihm nicht ein, bei der leeren logischen Abstraktion stehen zu bleiben, die, wie gross ihr sonstiges Verdienst sein möge, niemals für sich allein sich zu einer concreten Wissenschaft entwickeln kann, sondern er suchte nach einem geeigneten Anknüpfungspunkte, nach einer solchen Form, welche, indem sie in unser Denken hineinfällt, gleichzeitig eben so sehr die Natur der in Frage stehenden Begriffsbestimmtheit enthält. Diese Form ist nun die Vorstellung des Incrementes dy einer Funktion, welches durch die Aenderung der unabhängig Veränderlichen um dx erhalten wird. Aber diese Vorstellung soll nur eben eine Brücke sein, welche in das Reich des Begriffes uns hinüberzuführen bestimmt ist, und, sobald diese Ueberführung ihren Zielpunkt erreicht hat, wieder abgebrochen wird. Nämlich indem die Forderung gestellt wird, die Incremente dx und dy unendlich klein zu denken, so wird von einem endlichen Zuwachse sogleich abstrahirt, und derselbe nach seiner wahren Natur als Quantum als verschwindend gedacht. Damit hört er aber auch auf als Zusatz zu gelten, insofern ein solcher nur als Vermehrung oder Verminderung einer Grösse um Etwas zu begreifen ist. — Dass die Differentiale trotz dieses Verschwindens ihrer quantitativen Bestimmtheit noch ein Verhältniss zu einander bewahren, das kann für Hegel kein Grund des Anstosses sein, da er selber dies als in dem logischen Begriffe der Sache enthalten ansieht, und, was anbetrifft, dass die Analysis weiter durch die Kategorie der Grenze die Existenz dieses Verhältnisses dem Bewusstsein erschliesst, so werden wir uns weiter unten über seine Opposition gegen diesen Begriff aussprechen.

Im vollkommensten Gegensatze nun zu Hegel behaupten wir, dass die Vorstellung des Increments, insofern sie als Ueberleitung zu dem Begriffe des Differentials dienen soll, sehr wesentliche Vorzüge hat, wie denn auch keine der Methoden, welche in der Entwickelungsgeschichte des höheren Calcüls eine hervorragende Rolle gespielt haben, faktisch ihrer zu entbehren vermag. Denn wenn die Differentiale dx und dy auch nur im Verhältnisse zu einander sind, so muss doch eine gewisse Bestimmtheit existiren, unter welcher sie die Bedeutung von Verhältnissmomenten haben. Hegel giebt nun dieses zwar zu und bezeichnet diese Bestimmtheit näher als eine qualitative: aber insofern die Qualität auf dem Gebiete, wo wir uns befinden, aus den quantitativen Kategorien überall hervorbricht, so ist über die specifische Natur dieser Bestimmtheit als einer qualitativen damit noch gar nichts ausgesprochen. Wir haben dieselbe in den früheren Abschnitten festzustellen versucht und schliesslich gefunden, dass sie das Gesetz der Continuität zur Darstellung bringt, und dass daher dx und dy sehr passend als Continuitätsmomente der Funktion $y=f(x)$ bezeichnet werden könnten. Als solche Continuitätsmomente, die sich auf einen bestimmten Punkt (x, y) der Funktion beziehen, drücken sie eine solche abstrakte, dem Punkte inwohnende Bewegung aus, welche noch nicht über ihn hinaus zum Durchbruche gekommen ist, einen Fortgang, der nur als Tendenz vorhanden ist, dessen Weite zwar geradezu durch die Null gemessen wird, dessen Intensität aber demungeachtet als reales Verhältniss zu begreifen gestattet ist. Dieser Fortgang wird analytisch ganz vortrefflich durch die Vorstellung der unendlich kleinen Incremente beschrieben, welche ja auch ein Fortschreiten von dem einen Zustande der Funktion zu einem anderen involviren, aber, indem sie als verschwindende die Bestimmtheit beider Zustände zu einem zusammengehen lassen, die Distanz dieses Fortschreitens als quantitative Nullen messen. Indem sie aber nachweislich eine gewisse Bestimmtheit zu einander bewahren, mit und unter welcher sie verschwinden, so ist der Fortgang trotz der in ihm liegenden Nullität bestimmt und diese Bestimmtheit, insofern sie sich nur auf jenen einen bestimmten Zustand oder Punkt der Funktion beziehen kann, in welchem die beiden früheren zusammenfallen, wird die Natur einer ihm inwohnenden Beziehung bezeichnen, welche als über ihn hinauskommend noch nicht vorgestellt ist, d. h. sie wird die Continuität der Funktion an dieser Stelle charakterisiren.

Wenn Hegel das, was er Potenzverhältniss nennt und auch als den Gegenstand der Analysis bezeichnet, einer unbefangenen Dialektik unterworfen hätte, so würde er unschwer diesen Begriff als die Einheit von Bestimmungen erkannt haben, die er vielleicht nicht geradezu mit dem Namen der Continuität und Discretion bezeichnet hätte, wie denn dieselben auch in Wahrheit auf diesem Gebiete höheren Verwirklichungen des Begriffes angehören, als da wo sie als Momente in die unbestimmte Quantität hineingehen; — aber jedenfalls würde er diese Bestimmungen nicht als ganz und gar von den letzteren losgelöst bezeichnet haben, so dass im höheren Calcül von Continuität und dergleichen gar nicht die Rede sein könnte. Hegel hat eine solche Untersuchung unterlassen, und so hat seine Kritik die reiche und schöne Welt der analytischen Entwickelungen, die er vorfand, zu einer Wüste umgewandelt, in welcher gleich Oasen im Sandmeere nur die beiden abstrakten Gedanken des unendlich Kleinen und der aus dem Quantitativen sich hervorthuenden qualitativen Bestimmtheit unterschieden werden können. Und doch wie leicht wäre es gewesen, von diesen beiden Punkten aus die Wüste mit dem ganzen Reichthume von Erscheinungen, die sie vor dem schmückten, wieder zu überkleiden! Wie leicht ist es nicht, um nur eines auszuführen, in dem Begriffe des Continuitätsmomentes den qualitativen Charakter aufzuzeigen, der überall in den Bestimmungen des höheren Calcüls sich geltend macht! Nämlich da in ihm die Bestimmtheit liegt, mit welcher ein Punkt einer Funktion*) oder Curve in den nächstfolgenden überzufliessen die Tendenz hat, jedoch so, dass dieses Fliessen das andere noch nicht wirklich erreicht: so drückt es unmittelbar ein solches Sein aus, welches die Bewegung seiner selbst ist, in welcher es über seine Bestimmtheit nicht hinauskommt. Somit ist es unvermögend seine Bestimmtheit von ihm selber zu repelliren oder abzutrennen und bleibt also eins mit seiner Bestimmtheit, d. h. es ist qualitatives Sein.

Hegeln ist die Bedeutung der unendlich kleinen Incremente als Continuitätsmomente zu gelten verschlossen geblieben, weil er nicht weiter nach dem suchte, was die analytische Formel

$$dy = f(x + dx) - f(x)$$

eigentlich ausdrückt, und sich bloss an die formelle Feststellung ihres analytischen Charakters hielt. Indem er nun den Eulerschen Begriff der unendlich kleinen Incremente kritisirt, verfällt er in den bei ihm gerade ganz besonders befremdlichen Fehler, die in jenem Begriffe liegenden, zum Theil einander widersprechenden Bestimmtheiten einzeln für sich durchzunehmen. „Der Begriff ist aber mehr als die Angabe seiner wesentlichen Bestimmtheiten," und ihre vereinzelte Betrachtung kann nur in die gröb-

*) Curve und Funktion sind uns identisch. Daher dürfte, sowie man von einem Punkte einer Curve spricht, auch wohl von einem Punkte einer Funktion gesprochen werden. Ein Punkt einer Funktion ist hiernach ganz dasselbe, was ein Verflussakt, ein Verhältnissmoment, ein momentanes Verhältniss bezeichnet, d. h. die Beziehung zweier specieller zusammen gehöriger Zahlwerthe von y und x. Die Wahl dieses Ausdruckes wird ganz besonders angemessen sein, wenn man die Natur des continuirlichen Verlaufes einer Funktion anschaulich ausdrücken will.

sten Widersprüche hineinführen. Dies ist denn auch richtig geschehen. In der zuletzt angeführten Stelle, wo er, wie wir wissen, aus Eulers Bestimmungen es sich herausklaubt, dass derselbe die Differentiale als endliche Zuwächse ansehe, fährt er (pag. 308) in der Kritik von dessen Bestimmungen fort und scheint gar nicht zu bemerken, dass sie im gänzlichen Widerspruche mit denjenigen stehen, welche ihm eben erst aufgebürdet wurden:

„Andererseits fällt die schiefe Seite für sich auf, wenn gesagt wird, dass die Incremente für sich Nullen sein, dass nur ihre Verhältnisse betrachtet werden. Denn eine Null hat überhaupt keine Bestimmtheit mehr."

Der letztere Satz soll denn doch wohl eine Opposition begründen und zeigen, dass ein Verhältniss zwischen Nullen darum nicht denkbar sei, weil die Null als absolute Bestimmungslosigkeit gedacht werden müsse. Nur ist leider eben erst von Euler vorausgeschickt, dass die Incremente für sich, d. h. als aus dem Verhältnisse herausgerissen, Nullen seien und darin liegt doch wohl, dass sie im Verhältnisse nicht für sich, d. h. als reine, beziehungslose Nullen, gesetzt sind, sondern als Verhältnissmomente eine gewisse (wie wir wissen qualitative) Bedeutung erhalten. Hegel selbst bedient sich bei Gelegenheit seiner oben angeführten Definition des unendlich Kleinen fast wörtlich derselben Ausdrücke, die er hier so scharf tadelt. Aber fast scheint es, als ob er annähme, dass nur einem Philosophen ihr richtiges Verständniss erschlossen sei, im Munde eines Mathematikers dagegen ihr richtiger Gebrauch nicht vorausgesetzt werden dürfe! Oder ist diese Vermuthung so ganz aus der Luft gegriffen, wenn er die zuletzt berührte Ausführung Eulers in dem Sinne interpretirt, als ob er von einem Verhältnisse für sich fixirter Nullen spräche, ohne ein Bewusstsein des Widerspruches, dass Nullen, die sich zu einander verhalten, eben nicht für sich fixirt sind! Was soll man nun weiter sagen, wenn man die unmittelbar nachfolgende Berichtigung liest, die doch wahrlich dem, was sie berichtigen soll, nach Abzug der philosophischen Form, wie ein Ei dem anderen ähnlich sieht:

„Diese Vorstellung kommt also zwar bis zum Negativen des Quantums und spricht es bestimmt aus, aber sie fasst dies Negative nicht zugleich in seiner positiven Bedeutung von qualitativen Quantitätsbestimmungen, die, wenn sie aus dem Verhältnisse gerissen und als Quanta genommen werden wollten, nur Nullen wären." —

Derjenige Punkt, welcher noch mit der meisten Aussicht auf Erfolg angegriffen werden könnte, ist offenbar die Denkbarkeit eines solchen Verhältnisses zwischen verschwindenden Grössen, wie es in dem Differentialquotienten gesetzt sein soll. Der Angriff könnte doppelter Natur sein, einmal vom philosophischen Standpunkte aus, das anderemal könnte er gegen die analytische Methode gerichtet sein, durch welche die Existenz eines solchen Verhältnisses nachgewiesen werden soll. Das erste konnte Hegel darum nicht, weil er gerade die begriffliche Rechtfertigung desselben für sich in Anspruch nimmt, und, indem er das Zweite versucht, so hat er sich von vorn herein jedenfalls in eine sehr missliche Stellung versetzt, da er die Auktorität der grössten Analytiker auf dem Boden der Analysis zu bekämpfen den Muth hat. Die Methode nun, vermöge deren die Analysis sich die Natur des gesuchten Verhältnisses erschliesst, ist bekanntlich die Grenzmethode und Hegel spricht sich (pag. 317, 318, 319), wie folgt, darüber aus:

„Was Lagrange von dieser Methode urtheilt, dass sie der Leichtigkeit in der Anwendung entbehre und der Ausdruck Grenze keine bestimmte Idee darbiete, davon wollen wir das Zweite hier aufnehmen und näher sehen, was über ihre analytische Bedeutung aufgestellt wird. In der Vorstellung der Grenze liegt nämlich wohl die angegebene wahrhafte Kategorie der qualitativen Verhältnissbestimmung der veränderlichen Grössen; denn die Formen, die von ihnen auftreten, dx und dy, sollen schlechthin nur als Momente von $\frac{dy}{dx}$ genommen werden und $\frac{dy}{dx}$ selbst als ein einziges untheilbares Zeichen angesehen werden*). Mit der blossen

*) Streng genommen sind die beiden letzten neben einander gestellten Behauptungen sich widersprechend; denn darin, dass $\frac{dy}{dx}$ ein untheilbares Zeichen, eine blosse Marke sein soll, liegt unmittelbar, dass dy und dx noch nicht als Momente in dem Differentialquotienten $\frac{dy}{dx}$ genommen werden, und umgekehrt, wenn dy und dx als gegen einander relativ selbstständige Momente betrachtet werden sollen, so hört $\frac{dy}{dx}$ auf eine untheilbare Marke zu sein, sondern der

Kategorie der Grenze aber wären wir nicht weiter als mit dem, um das es in dieser Anmerkung zu thun gewesen ist, nämlich aufzuzeigen, dass das unendlich Kleine, das in der Differentialrechnung als dx und dy vorkommt, nicht bloss den negativen leeren Sinn einer nicht endlichen, nicht gegebenen Grösse habe, wie wenn man sagt, eine unendlichn Menge, ins Unendliche fort und dergleichen, sondern den bestimmten Sinn der qualitativen Bestimmtheit des Quantitativen eines Verhältnissmomentes als eines solchen: Diese Kategorie hat jedoch so noch kein Verhältniss zu dem, was eine gegebene Funktion ist, und greift für sich nicht in die Behandlung einer solchen und in einen Gebrauch, der an ihr von jenen Bestimmungen zu machen wäre, ein (?); so würde auch die Vorstellung der Grenze, zurückgehalten in dieser von ihr nachgewiesenen Bestimmtheit, zu nichts führen. Aber der Ausdruck Grenze enthält es schon selbst, dass sie Grenze von Etwas sei, d. h. einen gewissen Werth ausdrücke, der in der Funktion veränderlicher Grössen liegt; und es ist zu sehen, wie dies concrete Benehmen mit ihr beschaffen ist."

Insoweit können wir, wenn wir von dem, was über die Anwendbarkeit der unendlich kleinen Grössen eingeschoben und von uns mit einem Fragezeichen versehen ist, abstrahiren, uns im Wesentlichen mit der Argumentation einverstanden erklären: aber die Prätension in dem Folgenden, dies concrete Benehmen darzulegen, müssen wir mit aller Entschiedenheit als eine leere zurückweisen. Sie kommt nicht über die rein äusserliche Beschreibung des analytischen Verfahrens hinaus und geht nirgends auf die reale Bedeutung des Ausdruckes

$$\frac{dy}{dx} = lim \, \frac{f(x + \Delta x) - f(x)}{\Delta x}$$

oder sein wahres Verhältniss zu der Natur der Funktion $f(x)$ ein. Indem aber der Versuch gemacht wird bei Gelegenheit dieser Beschreibung Inconcequenzen der analytischen Methode aufzuweisen, so müssen wir wohl näher darauf eingehen und bemerken zu ihrem leichteren Verständniss nur, dass daselbst für Δy und Δx

---

Bruchstrich hat die gewöhnliche Bedeutung, eine Aufgabe der Division oder der Verhältnissrechnung zu involviren. Indessen wir wissen ja aus unserer Discussion über die Methode des unendlich Kleinen, wie dieser Widerspruch sich sehr leicht auflöst, und wollen daher nicht weiter ein Gewicht darauf legen.

respektive k und h eingeführt sind und zudem für $f(x + \Delta x) = f(x + h)$ seine Reihenentwickelung gesetzt ist:

„Wenn $y = f(x)$, soll, wenn y in $y + k$ übergeht, $f(x)$ sich in $f(x) + ph + qh^2 + vh^3 + \ldots$ verändern. Hiermit ist

$$k = ph + qh^2 + vh^3 + \ldots$$

und

$$\frac{k}{h} = p + qh + vh^2 + \ldots$$

Wenn nun k und h verschwinden, so verschwindet die rechte Seite ausser p, welches p nun die Grenze des Verhältnisses der beiden Zuwächse sei. Man sieht, dass h als Quantum gleich 0 gesetzt wird, aber dass darum $\frac{k}{h}$ nicht zugleich $\frac{0}{0}$ sein, sondern noch ein Verhältniss bleiben soll. Den Vortheil, die Inconsequenz, die hierin liegt, abzulehnen, soll nun die Vorstellung der Grenze gewähren; sie soll zugleich nicht das wirkliche Verhältniss, das $= \frac{0}{0}$ wäre, sondern nur der bestimmte Werth sein, dem sich das Verhältniss unendlich, d. h. so nähern könne, dass der Unterschied kleiner als jeder gegebene werden könne. Der bestimmte Sinn der Näherung in Rücksicht dessen, was sich eigentlich einander nähern soll, wird unten betrachtet werden. — Dass aber ein quantitativer Unterschied, der die Bestimmung hat, kleiner als jeder gegebene sein zu können nicht nur, sondern sein zu sollen, kein quantitaver Unterschied mehr ist, dies ist für sich klar, so evident als irgend etwas in der Mathematik evident sein kann; damit ist aber über $\frac{dy}{dx} = \frac{0}{0}$ nicht hinausgegangen worden."

Dieses alles ist vollkommen wahr: aber, wie es gegen die Theorie der Grenzen etwas beweisen soll, das geht so sehr über unser Fassungsvermögen hinaus, dass wir vielmehr mit denselben Gründen ihre Rechtfertigung zu unternehmen uns getrauen. In der That die Existenz des Ausdruckes p als eines solchen, dem die Reihe $p + qh + vh^2 + \ldots$ sich unausgesetzt nähert, d. h. dem der Werth der Reihe durch die hinreichend kleine Annahme von h so nahe gebracht werden kann, als man immer will, ist gewiss nicht anzuzweifeln, und ist das Hegeln auch nicht eingefallen. Wenn nun derselbe das Raisonnement anstellt, dass ein quantitativer Unterschied, der kleiner als jeder gegebene sein soll, kein quantitativer Unterschied mehr ist, und dies so evident sein soll als nur irgend etwas in der Mathematik evident ist — nun gut, so ist die ganze Schwierigkeit beseitigt, und das, was wir für $h = 0$ erhalten, fällt mit demjenigen zusammen, welchem sich die Reihe durch die unausgesetzte Verkleinerung des h mehr und mehr nähert, d. h. mit der Grenze p dieser Reihe, und, da für $h = 0$ der Werth $\frac{k}{h}$ der Reihe sich auf die Form $\frac{0}{0}$ reducirt, so haben wir die Identität des Grenzausdruckes mit der analytischen Formel $\frac{0}{0}$ nachgewiesen, für welche nunmehr die Bezeichnung $\frac{dy}{dx}$ als reine Marke eingeführt wird. „Es ist also," um mit Hegel zu reden, „über $\frac{dy}{dx} = \frac{0}{0}$ nicht hinausgegangen worden." Aber das ist auch niemals unsere Absicht gewesen: sondern die Grenzmethode hat nur den Zweck, die reale Bedeutung eines Ausdruckes von der Form $\frac{0}{0}$ oder, wenn man lieber will, eines Verhältnisses zwischen verschwindenden Grössen nachzuweisen *).

Wir wollen nunmehr den Schluss der Beweisführung mittheilen, vermöge deren Hegel die Grenzmethode zu beseitigen

---

*) Man hat sich vielfach an die Form $\frac{0}{0}$ gestossen. Die Analysis führt auf diese oder eine ähnliche Form in Fällen, wo irgend eine ihrer Methoden sich unzureichend zeigt eine gewisse Bestimmtheit näher festzulegen; sie giebt also eine Hindeutung, dass die Nothwendigkeit nach neueren Methoden sich umzusehen eingetreten sei. Insofern ist es ganz in der Ordnung, dass sie uns an der Schwelle des höheren Calcüls in beiden Hauptpartieen entgegentritt. — Euler hat es durch die Betrachtung des Unterschiedes zwischen arithmetischen und geometrischen Verhältnissen zu begründen versucht, dass der Ausdruck $\frac{0}{0}$ eine endliche Bedeutung haben könne, und Hegel nimmt sich die ziemlich wohlfeile Mühe das Unzureichende dieses Raisonnements zu zeigen. Vielleicht dürfte er besser gethan haben die wahre Natur des Begriffes, soweit sie darin enthalten ist, näher zu beleuchten. Das geometrische Verhältniss hat nämlich im Gegensatze zu dem arithmetischen eine qualitative Bedeutung; es ist so zu sagen ein Maassverhältniss. Hierin liegt es, dass die quantitative Bestimmtheit aus ihm als eliminirt gedacht werden kann, ohne dass man darum aufhöre die in ihm gesetzte qualitative Bestimmtheit noch festzuhalten.

8*

meint, und fahren demzufolge in der Anführung der abgebrochenen Stelle fort:

Wenn dagegen $\frac{dy}{dx}=p$, d. i. als ein bestimmtes quantitatives Verhältniss angenommen wird, wie dies in der That der Fall ist, so kommt umgekehrt die Voraussetzung, welche $h=0$ gesetzt hat, in Verlegenheit, eine Voraussetzung, durch welche $\frac{k}{h}=p$ gefunden wird." (Warum ist diese Verlegenheit nicht deutlicher bezeichnet?) „Giebt man aber zu, dass $\frac{k}{h}=0$ (soll wohl heissen $=\frac{0}{0}$) ist, und mit $h=0$ wird in der That auch von selbst $k=0$, denn der Zusatz k zu y findet nur unter der Bedingung statt, dass der Zuwachs h ist; so wäre zu sagen, was denn p sein solle, welches ein ganz bestimmter quantitativer Werth ist. Hierauf giebt sich sogleich die einfache trockene Antwort von selbst, dass es ein Coefficient ist und aus welcher Ableitung er entsteht, — die auf bestimmte Weise abgeleitete erste Funktion einer ursprünglichen Funktion."

Hegel hat doch zuletzt mit der Andeutung geschlossen, dass der Grenzprozess, indem er uns nicht über $\frac{dy}{dx}=\frac{0}{0}$ hinausführe, seines Zweckes gänzlich verfehle. Nun aber ist bekannt, dass in Folge des Grenzprozesses die Analysis sich für berechtigt hält $\frac{dy}{dx}=p$ anzunehmen, und Hegel scheint ihr demgemäss den Vorwurf machen zu wollen, dass sie, während in Wahrheit über $\frac{dy}{dx}=\frac{0}{0}$ nicht hinausgegangen sei, doch diese Prätension erhebe. Wenigstens wenn er die Gegensätzlichkeit zwischen $\frac{dy}{dx}=\frac{0}{0}$ und $\frac{dy}{dx}=p$ nicht angenommen hätte, wie könnte er fortfahren: Wenn dagegen $\frac{dy}{dx}=p$ u. s. w.? Dieser Gegensatz zwischen den beiden Formen $\frac{0}{0}$ und p, die vielmehr vollkommen identisch sind, ist nun allerdings eine Fiktion Hegels. Indem aber die Analysis einmal des unverzeihlichen Fehlers sich schuldig macht, über $\frac{dy}{dx} = \frac{0}{0}$ hinauskommen zu wollen, indem sie $\frac{dy}{dx} = p$ voraussetzt, so muss dieser logische Irrthum natürlich auch innerhalb ihrer eigenen Entwickelung sich als Irrthum manifestiren, und Hegel findet dieses in der Verlegenheit, in welcher sich in Folge jener Voraussetzung die Analysis befinde, weil lediglich aus der Annahme $h = 0$ sich $\frac{k}{h} = p$ ergebe. Diese Verlegenheit ist eine neue Entdeckung Hegels und zudem in ein mysteriöses Dunkel gehüllt, da weder er selber sie näher bezeichnet, noch auch uns etwas darüber bekannt ist. Wenn wir uns indessen nicht ganz täuschen, so meint er, dasjenige, was er die Voraussetzung nennt, dass aus dem Grenzprozesse $\frac{k}{h}$ oder $\frac{\Delta y}{\Delta x} = p$ folge, sei im Widerspruche mit der analytischen Thatsache, dass dies aus der Annahme $h = 0$ folgt. Wir haben bereits in einem verhergehenden Abschnitte nachgewiesen, dass beides sich deckt. Aber ohnedem hat uns Hegel selber, wie schon kurz angedeutet wurde, dieser Mühe überhoben, wenigstens wenn der richtige Schluss aus seinen Vordersätzen gezogen wird — etwas, was er für seine Person freilich unterlassen hat. Hiernach zeigt sich als die eigentliche Bedeutung des Grenzprozesses, dass die quantitativen Unterschiede, welche den Werth des Ausdruckes $\frac{k}{h}$ und das h andererseits respektive von p und 0 trennen, geradezu verschwinden, d. h. also dass sich der Grenzprozess in seinem Resultate vollständig mit der Annahme $h = 0$ deckt, aus welcher sich $\frac{k}{h} = p$ ergiebt. Damit fällt der innere Widerspruch, welchen Hegel der Methode der Grenzen aufbürdet, in sein Nichts zusammen, und auch die Verlegenheit, in welche die Analysis hierdurch versetzt werden soll, ist eine solche, von der sie selber wenigstens nicht weiss.

Wenn nun die Methode der Grenzen das nicht leisten soll, was sie zu leisten verspreche, nämlich über $\frac{dy}{dx} = \frac{0}{0}$ hinauszukommen, und Hegel auch selber die Art, wie man darüber hinauskomme, nicht anzugeben weiss: so bleibt allerdings nichts anderes übrig, als einfach bei $\frac{dy}{dx} = \frac{0}{0}$ stehen zu bleiben und sich dabei zu beruhigen, dass dies statthaft sei, weil k gleichzeitig mit h verschwindet. Aber damit ist die Frage unerledigt geblieben, was denn p für eine Bedeutung habe, und Hegel beantwortet dieselbe, indem er von der Form $\frac{dy}{dx} = \frac{0}{0}$ abstrahirt, dahin, dass es ein Coefficient sei, der irgend wie aus $f(x)$ eine Ableitung finde. Diese Antwort, die er selber als einfach und trocken bezeichnet, ist allerdings unbestreitbar richtig: aber sie ist bloss die tautologische Wiederholung dessen, was in der Frage liegt, und bedarf es keines Aufwandes von Dialektik, um zu diesem Resultate zu gelangen. Das p tritt uns gleich Anfangs als ein Coefficient der Entwickelung von $f(x+h)$ entgegen, welcher eine gewisse bestimmte Art der Ableitung aus $f(x)$ hat. Wenn wir also weiter fragen, was es sei, so wollen wir etwas mehr über seine Natur erfahren und haben auch gerechten Grund zu diesem Verlangen, weil es in einen ganz eigenthümlichen Zusammenhang hineingeht. Dieser Zusammenhang liegt faktisch vor, weil wir in Folge der Annahme $h = 0$ nun einmal $\frac{0}{0} = p$ erhalten. Mag man auch zunächst nicht wissen, was diese Gleichung für eine Bedeutung habe: so ist darum noch nicht zu schliessen, dass sie überhaupt keine habe, und liegt nur die Aufforderung vor, ernstlich nach ihrem Sinne zu forschen. Die Grenzmethode hat das Verdienst dies wirklich gethan zu haben, und selbst wenn Hegel ihre Resultate nicht zu billigen vermag, so darf er nicht leichtsinnig über die Schwierigkeit hinweggehen: vielmehr sollte man gerade von ihm erwarten, dass er dasjenige, was einmal ist, respektire, dass er mithin, da wir unwidersprechlich auf die Gleichung $\frac{0}{0} = p$ stossen, ihre innere Natur erforsche und nicht, wie er es wirklich thut, bloss ihre rechte Seite als vorhanden ansieht und die linke gänzlich ignorirt. So wie er die Sache anfängt, ist er nun glücklich in den ersehnten Hafen von Lagrange's Derivationsmethode eingelaufen — aber der Hafen ist erwählt, als ob er auf der Flucht sei und sich der feindseligen Begegnung um jeden Preis entziehe — wir müssen zweifeln, ob der Hafen hinlängliche Sicherheit gewähre oder der Flüchtling sich mit der nothwendigen Ruhe und Umsicht bewegen werde.

Fassen wir nun unser Urtheil über die Hegelsche Anschauungsweise derjenigen Methoden des höheren Calcüls zusammen, welche insbesondere Newton, Leibnitz, Euler begründet haben: so müssen wir dieselbe nach einer doppelten Seite hin als eine auflösende, destruktive bezeichnen. Einmal hat er die logische Natur der Beziehung, welche die Differentiale oder, wenn man lieber will, ihr Verhältniss zu der gegebenen Funktion hat, in ihrem letzten Grunde nicht erfasst, und ist daher durchaus nicht über den mathematischen formalen Begriff des Unendlichen zu dessen eigentlicher Bedeutung, die er vielmehr negirt, in dem Systeme der Wissenschaften hinausgegangen. Auf der anderen Seite aber hat er die sämmtlichen Methoden, durch welche die Analysis sich desselben bemächtigt hat, als mangelhaft und ungenügend aus ihr zu eliminiren versucht. Was uns also übrig bleibt, ist der nackte Begriff des Unendlichen als eines verschwindenden Verhältnissmomentes. Was dieser Begriff uns nützen soll, vergisst er uns zu sagen; wie wir ihn der Analysis zu eigen machen, weiss er eben so wenig: was er weiss ist bloss, dass die bisherigen Methoden diesem Zwecke keine Genüge leisten. Ihre glänzenden Resultate für die Wissenschaft geniren ihn in keiner Weise; sie scheinen für ihn nicht die Aufforderung zu enthalten seine Kritik mit mehr Sorgfalt anzulegen. Vielmehr er verbleibt einfach auf der unnahbaren Höhe des abstrakten Begriffes, der sich zu verwirklichen unvermögend ist, und so ist denn auch das, was er in der folgenden Anmerkung als den eigentlichen Inhalt der Differentialrechnung ausgiebt, ganz und gar ohne Zusammenhang mit demselben Begriffe des unendlich Kleinen, welchen er sonst als einen wahrhaft philosophischen Gedanken preist.

8.

Das bestimmte Integral.

1) Der allgemeine Begriff des bestimmten Integrales.

Nachdem wir die älteren Methoden, welche zur Begründung des Differentialcalcüls ersonnen worden sind, einer Kritik unterworfen und ihre logische Bedeutung festgestellt haben, so liegt es uns ob noch einen Schritt weiter zu gehen und die Integralrechnung einer ähnlichen Discussion zu unterwerfen. Dieselbe wird sich unmittelbar an die vorhergehenden Entwickelungen anschliessen und wird uns als die nächste Stufe des dialektischen Fortganges das bestimmte Integral erkennen lassen, als zu welchem wir über den Begriff des Differentiales hinausgetrieben werden.

Fassen wir noch einmal die Resultate der vorhergehenden Untersuchung zusammen, so liegt das grosse wissenschaftliche Interesse, welches sie erwecken, wesentlich darin, dass sie in das innere Gewebe der Funktionen oder Curven, die ja beide eine und dieselbe Begriffsbestimmtheit enthalten, einen Einblick gewähren, dass sie vermöge der analytischen Formel die einzelnen Bildungsmomente, aus denen sie sich zusammensetzen, zu erfassen erlauben. Das Verhältniss zwischen den Differentialen der beiden Veränderlichen hat die Bedeutung, ein solches für sich fixirtes Bildungsmoment zu bestimmen, welches auf diesen speciellen Punkt der Funktion sich bezieht, und dieses zwar in dem Sinne, dass es die Natur des continuirlichen Fortschreitens über den Punkt hinaus festlegt. Es ist aber wohl zu bemerken, dass wenn derselbe auf diese Art auch als im Zusammenhange mit den übrigen festgehalten wird, doch dieser Zusammenhang noch kein wirklicher, sondern nur der Möglichkeit nach vorhanden ist; das andere, mit welchem der Zusammenhang statt hat, ist vermöge der Methode, welche uns die Differentiale liefert, ausdrücklich eliminirt, und so in dem speciellen Punkte oder Momente nur die unbestimmte Tendenz über sich hinaus zu gehen geblieben, ohne dass solche noch als reale Bewegung gesetzt wäre. Was wir hiermit haben, ist die Bestimmtheit der Punktualität als in die arithmetische Formel hineinversetzt, oder auch des arithmetischen Eins als zum punktuellen Zahlelemente herabgebracht. Diese Bestimmtheit kann keinen quantitativen Charakter mehr haben, da sie eben nur an reinen Nullen oder Punktualitäten, d. h. quantitativ Bestimmungslosen gesetzt ist: sie ist wesentlich qualitativ als der Ausdruck des Gesetzes, welches den stetigen Fluss der Curve oder die Aufeinanderfolge von speciellen Werthen der Funktion beherrscht. Darum stellt sich jedes Differential einer Grösse auch analytisch unter die Form eines Verhältnissmomentes als eines solchen, aus welchem alle Quantitätsbestimmungen herausgegangen sind. Nun wissen wir freilich, dass es, als aus dem Boden quantitativer Bestimmtheit hervorgewachsen, nothwendig rgend einen Nexus mit derselben bewahren muss: aber dieser Nexus ist zunächst nur als negativer Prozess vorhanden, als das Abstrahiren von dem Quantitativen, und was im Grunde allein übrig bleibt ist das Qualitative, wie es an diesem bestimmten Orte der Curven-Funktion, d. h. an einem für sich wesentlich bestimmungslosen Quantum, als bestimmende in dem Quantum verschlossene Macht auftritt. Nun aber stösst sich schon das gewöhnliche Bewusstsein nicht daran, dass jedes Raumgebilde letztlich auf das punktuelle Sein sich zurückführe, trotzdem dass der Punkt das absolut Ausdehnungslose ist; — gleicherweise ist das Endresultat der logischen Betrachtung, dass die qualitative Bestimmtheit ihre Veränderlichkeit und scharfe Geschiedenheit von aller übrigen qualitativen Bestimmtheit nicht zu behaupten vermag, sondern letztlich als unendliches Fürsichsein oder als Eins in eine solche umschlägt, welche in dem Anderen nicht mehr ein Verschiedenes, sondern ein Identisches sich gegenüber hat, welche durch ihre Bewegung in das Andere hinein nicht sich selbst verliert, sondern gegen ihre eigene Veränderung sich gleichgültig verhält.

Wenn wir also die qualitative Beziehung, welche in dem Differentiale oder Elemente einer Funktion sich darstellt, trotzdem dass es für sich als Quantum verschwindet, vermöge der analytischen Methode als in die quantitative Bestimmtheit hinein sich umsetzend oder eintretend zu fixiren versuchen, so sind wir ebensosehr mit den Thatsachen der Anschauung und des gewöhnlichen Bewusstseins, als mit den Forderungen und Principien der Logik im Einklange. Vielmehr da wir jene aus einem continuirlichen Flusse heraus erhalten haben, so ist ihre Umsetzung schon um desswillen nothwendig, weil sie uns auf den Boden der Wirklichkeit, über welchen wir uns durch den vorhergehenden Akt der Abstraktion erhoben hatten, wieder zurückführt, weil die zersetzende Thätigkeit des Geistes, durch welche das quantitative Sein in seine ersten unmessbaren oder verschwindenden Urtheilchen *) aufgelöst wurde, nunmehr erst wahrhaft die Bedeutung gewinnt, die Principien festgestellt zu haben, vermöge deren wir dasjenige, was in

*) Indem das tiefere Verständniss dieser Bestimmungen in der letzten Hälfte dieses Abschnittes sich noch mehr erschliessen wird, so ist nur das Allgemeinste angedeutet, welches für die nachfolgende analytische Entwickelung des bestimmten Integrales unumgänglich schien.

objektiver Fülle uns äusserlich entgegentritt, gleichsam aus seinem Begriffe heraus von Neuem schaffen.

Verfolgen wir den Gang, welchen die Analysis zu diesem Behufe eingeschlagen hat, so scheint er fürs Erste ausserordentlich einfach und weiter nichts als die unmittelbare Umsetzung des Ganges, welchen die logische Untersuchung fordert, in die Sprache der Analysis zu sein.

Das Differential ist die punktuelle Bestimmtheit, welche in diesem speciellen Zusammenhange der Funktion oder Curve auftritt, und die Analysis hat es, um der Vorstellung einen Anhalt zu geben, als einen unendlich kleinen Zuwachs zu definiren für angemessen erachtet. Nun setzt sich sowohl die Curve, als auch die Funktion aus diesen unendlich kleinen Zuwächsen oder punktuellen Bestimmtheiten*) dergestalt zusammen, dass wir im ersten Falle in einem ununterbrochenen Flusse und im zweiten in einer continuirlichen Aufeinanderfolge, d. h. beidemal nach unendlich kleinen Distanzen fortschreiten. Die Formel der Zusammensetzung eines Fortschrittes bis zu einem endlichen Werthe der Curven-Funktion hin wird also zufolge der Natur des Begriffes eine Summenformel sein und näher wegen des verschwimmenden, punktuellen Charakters der Summanden eine Summenformel mit unendlicher Gliederzahl.

Um die Begriffe zu fixiren nehmen wir an, dass der Differentialquotient irgend einer gegebenen Funktion $F(x)$ nach x genommen gleich $f(x)$ sei, so folgt

---

*) Vielleicht mag diese Behauptung manchem hart erscheinen. Aber es ist nun einmal nicht abzustreiten, dass sowohl Curve als Funktion in jedem Momente ihres Verlaufes als solche punktuelle Bestimmtheiten thatsächlich sich darstellen: eine Curve kann nicht anders gefasst werden, denn als in jedem Augenblicke durch einen speciellen Punkt repräsentirt, und auch eine Funktion ist lediglich eine derartige Folge von speciellen zusammengehörigen Werthen der Veränderlichen, dass ihre jedesmalige specielle Bestimmtheit durchaus nicht andauert, sondern sogleich, und wenn man auch um eine noch so kleine Grösse über dies Specialverhältniss hinausgeht, sich in eine andere umsetzt. Wenn man dieses nun einräumt — und wir wüssten nicht, wie man sich dem entziehen sollte, — so muss man Ernst mit diesem Zugeständniss machen und mithin den Schluss ziehen, dass die Totalität jener Specialbestimmtheiten die Curve oder Funktion ausmache, und dies Ausmachen ist hier auf dem Gebiete der äusserlichen, quantitativen Bestimmtheit nur als das Verhältniss der Zusammensetzung denkbar.

$$\frac{dF(x)}{dx}=f(x) \text{ oder } dF(x)=f(x)dx.$$

Wir setzen noch fest, dass wir die Betrachtung nur zwischen solchen Grenzen des x vornehmen, innerhalb deren die Funktion $f(x)$ stetig und endlich bleibt — nämlich die entgegengesetzte Annahme kann für unseren Zweck die Grundprincipien des höheren Calcüls in möglichster Kürze zusammenzufassen füglich unbeachtet bleiben. Zugleich bemerken wir, dass die nachfolgende Stelle unmittelbar Moignos Integralrechnung entnommen ist, und dass wir auch weiter unten soviel als thunlich dem Ideengange dieses vorzüglichen Werkes gefolgt sind.

Nun ist doch das Differential $f(x)dx$ einer stetigen Funktion $F(x)$, wenn es stetig und unendlich klein ist, dem Zuwachse dieser Funktion gleich, wenn die unabhängig Veränderliche x einen unendlich kleinen Zuwachs dx bekommt. Demzufolge, wenn man die Summe der unendlich kleinen Werthe bildet, welche dieses Differential annimmt, wenn man x stetig, d. h. nach unendlich kleinen Incrementen, von einem endlichen und reellen Werthe x_0 zu einem anderen ebenfalls endlichen und reellen Werthe X übergehen lässt: so muss man nothwendig die Summe der Zuwächse erhalten, welche die Funktion $F(x)$ annimmt, indem sie von dem Werthe $F(x_0)$ zu dem Werthe $F(X)$ übergeht, und muss also die Summe dem Gesammtzuwachse $F(X)-F(x_0)$ gleich sein. Man erhält also bis auf eine Constante $-F(x_0)$ den Werth der Funktion $F(x)$, welcher irgend einem reellen Werthe X von x entspricht, wenn man die Summe der unendlich kleinen Werthe des Differentials $f(x)dx$ bildet, während x von x_0 zu X übergeht. — Indem man die angedeutete Forderung, das $f(x)dx$ alle möglichen Werthe innerhalb des Intervalles von $x=x_0$ bis zu $x=X$ durchlaufen zu lassen und diese Werthe zusammen zu nehmen durch den vorgesetzten Anfangsbuchstaben S des Wortes „*Summe*" bezeichnet, dem man nach oben und unten die beiden Grenzwerthe des Intervalles beifügt, so erhalten wir die bekannte Fundamentalformel

$$F(X)-F(x_0)=\int_{x_0}^{X}(f(x)dx$$

und haben rechts zu lesen: das bestimmte Integral von $f(x)dx$ zwischen den Grenzen $x=x_0$ und $x=X$ genommen.

Zugleich erhellt ohne Weiteres, warum wir die beiden obigen beschränkenden Verfügungen über die Natur der Funktion $f(x)$ getroffen haben. Sie darf für keinen Werth des x innerhalb des in Rede stehenden Intervalles unendlich werden, weil, sobald das eintreten sollte, das Differential $f(x)dx\,(=\infty\,.\,0=\frac{1}{0}.\,0=\frac{0}{0})$ nicht nothwendig eine unendlich kleine Grösse wäre, und demzufolge das allmählige punktuelle Fortschreiten im Verlaufe der Summenreihe gestört sein könnte. Es würde dem ein Ueberspringen von einem gewissen Punkte der Funktion $F(x)$ zu dem nächstfolgenden entsprechen, und also von einem continuirlichen Zusammenfliessen dieser beiden Punkte keine Rede mehr sein. Vielmehr bei der gänzlichen Unbestimmtheit des Zusammenhanges zwischen zwei solchen Punkten wird man sich denselben beliebig vermittelt denken dürfen, und daher der Werth des Integrals im Allgemeinen unbestimmt ausfallen. Ganz analoge Schlüsse gelten, wenn die Funktion $f(x)$ an irgend einer Stelle discontinuirlich werden sollte, d. h. bei einem gewissen Werthe von x nach sprungweis auseinander stehenden Werthen fortgeht, und thuen gleichfalls die Nothwendigkeit dar, einen solchen Fall besonders zu betrachten.

Die vorhergehende Entwickelung zeigt augenscheinlich die Wahrheit der Behauptung, dass das bestimmte Integral lediglich die analytische Umsetzung der Anforderungen enthält, die sich aus der logischen Betrachtung her ergeben, und damit ist seine metaphysische Berechtigung eigentlich schon dargethan. Aber die Logik führt nach Hegels treffendem Ausdrucke nur in das Reich der Schatten ein, in die farblose Welt der Schemen. Die Analysis hat die Beseelung des Schattenrisses, der uns aus jener überkommt, zu übernehmen: sie hat seine Leere mit einem lebendigen concreten Inhalte zu erfüllen und diesen Inhalt gleichzeitig in eine solche Form zu kleiden, welche ihm in die Bewegung unseres Denkens hineinzugehen verstattet.

Beginnen wir um der grösseren Anschaulichkeit willen mit einer geometrischen Betrachtung und nehmen irgend einen Curvenzug an, dessen Bestimmtheit in der Gleichung $y=f(x)$ gegeben sei. Seien ferner zwei senkrechte Ordinaten y_0 und Y gezogen, welche den Werthen x_0 und X der Abscisse entsprechen mögen, und die Aufgabe vorgelegt die Fläche zu berechnen, welche zwischen der Curve, den beiden Ordinaten und der Abscissenaxe liegt. Um zunächst das Element oder Differential dieser

Fläche zu erhalten, haben wir zu beachten, dass eine Fläche der bezeichneten Art zwischen zwei unendlich nahen Punkten der Curve die Tendenz hat, mehr und mehr mit dem Rechteck zusammenzufallen, welches aus der Ordinate y des als ersten festgehaltenen Punktes und der unendlich kleinen Distanz dx sich zusammensetzt, oder vielmehr geradezu mit der Ordinate y selber, indem die Dimension der Breite des Rechteckes, als von dx abhängig, im Verschwinden begriffen ist: das gesuchte Differential ist also

$$ydx = f(x)dx$$

und die gesammte Fläche setzt sich nun offenbar aus den unendlich vielen verschiedenen Werthen zusammen, welche das Differential $f(x)dx$ innerhalb des Intervalles $x = x_0$ bis $x = X$ durchläuft, oder, wenn man will, sie ist die Summe der mit den bezüglichen unendlich vielen Ordinaten in Eins zusammenfliessenden unendlich kleinen Rechtecke zwischen den genannten Grenzen. Sie hat also, indem wir uns des Zeichens $\int$ in dem oben angegebenen Sinne bedienen, zu ihrem Ausdrucke

$$\int_{x_0}^{X} f(x)dx.$$

Nun aber ist für sich evident, dass wenn wir irgend einen beliebigen Punkt $(y_0\, x_0)$ der Curve als festen Anfangspunkt nehmen, von welchem aus wir die Fläche rechnen, die Fläche mit der Abscisse x des Endpunktes zugleich ihren Werth ändert oder für jedes bestimmte x einen gleichfalls bestimmten Werth erhält: mithin ist sie eine Funktion von x, welche wir mit $F(x)$ bezeichnen wollen, und ihr Werth innerhalb des in Rede stehenden Intervalls ist offenbar die Differenz zwischen den beiden $x = x_0$ und $x = X$ entsprechenden Werthen derselben, d. h. $F(X) - F(x_0)$. Wir erhalten durch Gleichsetzung dieses Werthes mit dem obigen für dieselbe Fläche gefundenen Ausdruck

$$F(X) - F(x_0) = \int_{x_0}^{X} f(x)dx$$

und somit ist die Realität eines endlichen Ausdrucks nachgewiesen, welcher der Integralreihe rechts mit unendlich vielen und unendlich kleinen Gliedern gleich ist.

Um diese Realität nicht bloss durch die analytische Umschreibung dessen, was thatsächlich mit einem gegebenen continuirlichen Curvenzuge vorliegt, sondern auch durch die rein analytische Methode zu erweisen, wollen wir auf die arithmetische Zusammensetzung des bestimmten Integrales näher eingehen, aber gleichzeitig seine bestimmte geometrische Bedeutung nicht aus den Augen verlieren. Vielmehr soll uns dieselbe wie eine Brücke zu dem Erfassen dieser Zusammensetzung überleiten, welche wir dann unabhängig von dem Wege, auf welchem wir sie erhalten haben, einer gesonderten Discussion unterwerfen.

Wenn wir die Fläche der Curve $y=f(x)$ zwischen den beiden Abscissen x_0 und X (in der Figur des 6ten Abschnittes würde *ABCL* eine solche Fläche darstellen) annäherend berechnen wollen, so ist wohl der einfachste Weg, auf welchen jeder in der Regel von selber verfällt, das Gesammt-Flächenstück als die Summe von einer Menge kleiner Flächenstücke zu denken, welche wir durch die Eintheilung des Intervalles $(AB=) X-x_0$ in sehr kleine Intervalle und durch die Construktion der den einzelnen Theilungspunkten entsprechenden Ordinaten erhalten, und nun diese kleinen Flächenstücke geradezu als Rechtecke zu betrachten, indem für eine sehr kleine Distanz auf der Axe der x der bezügliche Bogen der Curve als eine der Axe der x parallele Gerade zwar nicht mit strenger Richtigkeit, aber doch ohne Befürchtung eines bedeutenden Fehlers betrachtet werden kann. Natürlich setzt dieses die Continuität der Funktion $f(x)$ voraus, weil nur unter dieser Voraussetzung die Intervalle, in welche man das Intervall $X-x_0$ eintheilt, so klein gemacht werden können, dass die bezüglichen Flächenstücke mehr und mehr die Gestalt von Rechtecken annehmen.

Seien also die Theilungspunkte des Intervalles vermöge der Abscissen $x_1, x_2, x_3, \ldots x_{n-1}$ festgelegt, so entsprechen die Flächenstücke oder, wenn man lieber will, die kleinen Streifen, in welche wir uns unsere Gesammtfläche zerlegt haben, respektive den kleinen Intervallen

$$x_1-x_0\,,\; x_2-x_1\,,\; x_3-x_2 \ldots\ldots X-x_{n-1}$$

und die Summe der oben charakterisirten Rechtecke, welche der ganzen Fläche ziemlich nahe kommt, wird durch den Ausdruck

$$(x_1-x_0)f(x_0)+(x_2-x_1)f(x_1)+(x_3-x_2)f(x_2)+\ldots+(X-x_{n-1})f(x_{n-1})$$

dargestellt. Die Gliederzahl dieser Reihe ist endlich, nämlich gleich n, und da ihre sämmtlicken Glieder ebenfalls als endlich vorausgesetzt werden (nämlich in Folge der Annahme, dass die Funktion $f(x)$ zwischen $x = x_0$ und $x = X$ endlich bleibt), so muss auch ihre Summe eine endliche Grösse sein. Die wirkliche Ausführung der Summation ist aber im Allgemeinen mit der grössten Schwierigkeit verknüpft. Doch können wir wenigstens eine und zwar äusserst wichtige Eigenschaft des Summenausdruckes angeben, nämlich dáss er auf jeden Fall von der Form

$$(X - x_0) f(x_0 + \vartheta(X - x_0))$$

ist, wo ϑ irgend einen ganz bestimmten, aber sonst nicht weiter bekannten Zahlenwerth zwischen 0 und 1 bezeichnet. Der Ausdruck $f(x_0 + \vartheta(X - x_0))$ wird hier einen gewissen Mittelwerth zwischen den Specialwerthen $f(x_0), f(x_1), f(x_2), \ldots f(x_{n-1}$ bezeichnen, d. h. er muss grösser als der kleinste und kleiner als der grösste unter letzteren sein; er wird näher einer gewissen Ordinate der Curve angehören, welche einem zwischen $x = x_0$ und $x = X$ liegenden Werthe $x_0 + \vartheta(X - x_0)$ der Abscisse entspricht und mithin jedenfalls in dem Intervalle $X - x_0$ enthalten ist. Dass diese Ordinate wirklich und zwar irgendwo zwischen den erwähnten Grenzen existirt, das ist unschwer einzusehen. Offenbar nämlich muss unter den Werthen $f(x_1), f(x_2), f(x_3), \ldots f(x_{-n1})$ einer der grösste und einer der kleinste sein, und da der Uebergang von dem einen dieser Ordinatenwerthe zu dem andern stetig, d. h. unter Durchlaufung aller Zwischenstufen geschieht, so muss immer in dem Prozesse dieses Ueberganges irgend einmal eine solche Zwischenstufe vorkommen, welche die Bestimmtheit unseres Mittelwerthes enthält.

Um nun den Beweis für die erwähnte Eigenschaft unserer Summen zu führen, erinnern wir an ein bekanntes Theorem der Arithmetik: „Wenn α, α', α'', α''', ... Grössen von einerlei Vorzeichen sind, so ist die Summe $a\alpha + a'\alpha' + a''\alpha'' + a'''\alpha''' + \ldots$ gleich dem Produkte aus der Summe $\alpha + \alpha' + \alpha'' + \alpha''' + \ldots$, und einer Mittelgrösse zwischen den Coëfficienten a, a', a'', a''', ..." Dieses Theorem lässt sich unmittelber auf die vorliegende Summenreihe anwenden, weil die Werthe der unabhängig Veränderlichen

$$x_0,\ x_1,\ x_2,\ x_3,\ x_4,\ \ldots\ x_{n-1}.\ X$$

eine entweder beständig aufsteigende oder beständig fallende Reihe bilden, und darum die Distanzen oder Differenzen

$$x_1 - x_0,\ x_2 - x_1,\ x_3 - x_2,\ \ldots\ X - x_{n-1}$$

in beiden Fällen Grössen von gleichem Vorzeichen sind. Die Summe dieser sämmtlichen Differenzen ist nun offenbar dem ganzen Intervalle $X - x_0$ gleich, und da der fragliche Mittelwerth aus den angedeuteten Gründen die Form $f(x_0 + \vartheta(X - x_0))$ hat, so folgt nun unmittelbar die Gleichung

$$(X - x_0) f(x_0 + \vartheta(X - x_0)) = (x_1 - x_0) f(x_0) + (x_2 - x_1) f(x_1) + (x_3 - x_2) f(x_2) + \ldots + (X - x_{n-1}) f(x_{n-1}),$$

deren Sinn nur dahin ausgesprochen werden darf, dass unter allen Umständen ein bestimmter zwischen 0 und 1 liegender Zahlwerth von ϑ existirt, für welchen der Ausdruck $(X - x_0) f(x_0 + \vartheta(X - x_0))$ der Summe der Reihe rechts gleich wird, mag die Anzahl ihrer Glieder, d. h. die Zahl n, auch noch so gross sein.

Der Werth der Summe hängt im Allgemeinen von der Anzahl n und den Werthen der Elemente $x_1 - x_0,\ x_2 - x_1,\ \ldots\ X - x_{n-1}$, d. h. von der gewählten Eintheilungsart des Intervalles $X - x_0$ ab. Aber die Analysis führt den strengen Nachweis, dass, wenn die Zahlwerthe dieser Elemente sehr klein und folgeweise ihre Anzahl sehr gross werde, die Eintheilungsart des genannten Intervalles keinen merklichen Einfluss mehr hat: dass wir mithin durch die fortwährende Verkleinerung der Elemente und die damit verknüpfte Vergrösserung ihrer Anzahl mehr und mehr einer festen Grenze entgegen eilen, der man so näher kommen kann, als nur irgend verlangt wird, wenn man in diesem Prozesse anders weit genug fortschreitet. Diese feste Grenze können wir in Consequenz der früher eingeführten Bezeichnungsart wie folgt andeuten:

$$lim \left\{(x_1 - x_0) f(x_1) + (x_2 - x_1) f(x_1) + \ldots\ldots + (X - x_{n-1}) f(x_{n-1})\right\}$$

und sie muss im Uebrigen eben so gut wie die Summe der endlichen Reihe ein Ausdruck von der Form

$$(X - x_0) f(x_0 + \vartheta(X - x_0))$$

bleiben müssen. Denn diese Form trifft zu für jedes endliche n, wie gross es immer auch angenommen werde, und erfährt demzufolge keine Veränderung während des Prozesses, in welchem n bis ins Unendliche hinein wächst. Sehen wir nun zu, was aus dem Ausdrucke unter dem Grenzzeichen für den Fall eines unendlich grossen n wird, so werden x_1 und x_0, x_2 und x_1 ....,

X und x_{n-1} um unendlich kleine Quantitäten von einander verschiedene Zahlenwerthe sein und also die Distanzen

$$x_1 - x_0, \; x_2 - x_1, \; x_3 - x_2, \; \ldots\ldots \; X - x_{n-1}$$

die unendlich kleinen Incremente dx_0, dx_1, dx_2, ... dx_{n-1} vorstellen, um welche wir respektive x_0, x_1, x_2, ... x_{n-1} zunehmen lassen. Die Reihe geht also, da in der Bezeichnung durch Differentiale der Grenzprozess mit inbegriffen und das Grenzzeichen überflüssig ist, in die folgende über:

$$dx_0 f(x_0) + dx_1 f(x_1) + dx_2 f(x_2) + \ldots,$$

und man übersieht nun sogleich, wie sie nichts anders als die Zusammennehmung aller nur möglichen Specialwerthe ausdrückt, welche das Differential $dx\,f(x)$ während seines Hindurchlaufens durch das Intervall von $x = x_0$ bis zu $x = X$ annimmt. Sie ist also identisch mit dem, was wir das bestimmte Integral $\int_{x_0}^{x} f(x)\,dx$ genannt haben, und indem wir noch an die Stelle des unbestimmten Werthes X der unabhängig Variabeln wegen der in dieser seiner Unbestimmtheit liegenden Veränderlichkeit geradezu x treten lassen, so erhalten wir die Fundamentalformeln:

$$\int_{x_0}^{x} f(x)dx = lim\{(x_1 - x_0)f(x_0) + (x_2 - x_1)f(x_1) + \ldots + (x - x_{n-1})f(x_{n-1})\}$$

$$= (x - x_0)\,f(x_0 + \vartheta(x - x_0))$$

in denen die Theorie desselben erhalten ist. Hiermit ist gezeigt, dass stets ein endlicher Ausdruck existirt, welcher die Summe unserer Integralreihe mit unendlich vielen und unendlich kleinen Gliedern ist. Diese Summe hängt, wie wir sehen, von den beiden Elementen x und x_0 ab und kann daher, indem wir x_0 als eine Constante betrachten, offenbar gleich $F(x) + Const.$ gesetzt werden, wo der constante Zusatz lediglich von x_0 abhängig sein wird: wir erhalten dadurch

$$F(x) + Const = (x - x_0)\,f(x_0 + \vartheta(x - x_0))$$

und mithin, wenn wir $x = x_0$ setzen, da die rechte Seite sich alsdann annullirt:

$$F(x_0) + Const = 0, \text{ also } Const = -\,F(x_0).$$

Der Ausdruck $F(x) + Const$, dem unser Integral gleichgesetzt werden dürfte, geht mithin über in $F(x)-F(x_0)$ und es folgt noch

$$\int_{x_0}^{x} f(x)\,dx = F(x)-F(x_0).$$

Wenn wir nun die Funktion $F(x)$ mit dem Namen der Integralfunktion bezeichnen, so dürfen wir von ihr aussagen, dass ihr Zusammenhang mit der Funktion $f(x)$ unter dem Integralzeichen durch die Differentialgleichung

$$dF(x)=f(x)\,dx$$

gegeben sei. Dieses folgt ganz einfach aus der geometrischen Bedeutung, welche der Integralwerth $F(x)-F(x_0)$ hat, nämlich der Ausdruck für das Flächenstück zu sein, welches von der durch die Gleichung $y=f(x)$ charakterisirten Curve, der Abscissenaxe und den beiden auf die Abscissen x und x_0 bezüglichen Ordinaten begrenzt wird. Das Differential dieser Fläche ist, wie wir gesehen haben, $y\,dx$ oder $f(x)\,dx$ und es folgt mithin

$$d\left\{F(x)-F(x_0)\right\}=f(x)\,dx$$

oder, da ein in Bezug auf die Variabeln x, nach welcher wir differentiiren, constanter Zusatz, wie $F(x_0)$, durch die Differentiation verschwindet

$$dF(x) = f(x)\,dx,$$

welches die Gleichung ist, um welche es uns zu thun war. Ein rein analytischer Beweis derselben ist in Moignos Vorlesungen über die Integralrechnung §. 7. gegeben.

Aus dieser letzten Erörterung geht hervor, dass der Grenzausdruck

$$lim\left\{(x_1-x_0)f(x_1)+(x_2-x_1)f(x_1)+\ldots+(x-x_{n-1})f(x_{n-1})\right\}$$

dem bestimmten Integrale in jeder Beziehung gleichgeltend ist. Denn dasselbe ergab sich aus der Relation

$$dF(x) = f(x)\,dx$$

und auch der Ausdruck, der sich aus jener Grenzbestimmung ergiebt, hat zu seinem Differentiale die Formel $f(x)\,dx$. Wir werden diese Identität nun überall im Folgenden als eine erwiesene voraussetzen.

Wir haben die Form der Reihe

$$(x_1-x_0)f(x_0)+(x_2-x_1)f(x_1)+\ldots+(x-x_{n-1})f(x_{n-1}),$$

deren Grenzwerth für unendlich wachsende n das bestimmte Integral giebt, oben vermöge Zuziehung geometrischer Anschauungen deducirt. Indessen fällt es nicht schwer, sie auch vermöge der rein analytischen Methode zu erhalten, und wir glauben diese Entwickelung nicht weglassen zu dürfen. Denn est ist jedenfalls für die Begründung der analytischen Fundamentalbegriffe mit vollem Rechte die Forderung zu stellen, dass die Identität zwischen Geometrie und Arithmetik, welche in der Analysis sich verwirklicht, so bestimmt als möglich hervortrete, und demgemäss der Fortschritt der Methode gleichmässig von beiden Disciplinen aus sich bewerkstellige. Sei also wieder

$$dF(x) = dx f(x)$$

und das Intervall $x - x_0$ in die unendlich keinen Intervalle

$$x_1 - x_0, \; x_2 - x_1, \; x_3 - x_2, \; \ldots . \; x - x_{n-1}$$

zerlegt. Die Relation $dF(x) = dx f(x)$ ist für jeden Werth der Veränderlichen x gültig: denn wenn wir sie herleiten, so wird x zwar als ein specieller, aber sonst willkührlicher Zahlwerth angenommen. Nun war, indem wir uns auf das Methodische der Herleitung einliessen, unsere Absicht, den Verlauf der Funktion wenigstens innerhalb eines bestimmten Intervalles genau kennen zu lernen, und da wir das Gesetz gefunden haben, vermöge dessen sich dasselbe für ein willkührliches Specialverhältniss bestimmt: so müssen wir consequent dies Gesetz sich als in der ganzen Reihe von momentanen Verhältnissen der Funktion verwirklichend setzen, und dies giebt uns die Gleichungen:

$$dF(x_0) = dx_0 \; f(x_0)$$
$$dF(x_1) = dx_1 \; f(x_1)$$
$$dF(x_2) = dx_2 \; f(x_2)$$
$$\ldots\ldots$$
$$dF(x_{n-1}) = dx_{n-1} f(x_{n-1})$$

Nun sind die genannten unendlich kleinen Intervalle $x_1 - x_0$, $x_2 - x_1$ u. s. w. geradezu mit den auf einander folgenden Differentialen dx_0, dx_1, dx_2, ... dx_{n-1} identisch; es sind ferner die auf einander folgenden Werthe der Funktion $F(x)$ in diesen Gleichungen $F(x_0)$, $F(x_1)$, ... $F(x_{n-1})$, $F(x)$, und da jede zwei auf einander folgenden unter diesen Werthen sich nur um eine unendlich kleine Quantität unterscheiden, so ist $dF(x_0) = F(x_1) - F(x_0)$, $d(x_1) = F(x_2) - F(x_1)$ u. s. w., demgemäss lassen sich die vorhergehenden Gleichungen auch so schreiben:

$$F(x_1)-F(x_0) = (x_1-x_0)\,f(x_0)$$
$$F(x_2)-F(x_1) = (x_2-x_1)\,f(x_1)$$
$$F(x_3)-F(x_2) = (x_3-x_2)\,f(x_2)$$
$$\cdots\cdots$$
$$F(x)-F(x_{n-1}) = (x-x_{n-1})\,f(x_{n-1}),$$

wo n, wie wir wissen, unendlich gross ist, und mithin x_{n-1} der dem Werthe x der Abscisse unmittelbar vorhergehende Werth ist. Diese Gleichungen bestehen zusammen, und sowie sie auf einander folgen, entsprechen sie den auf einander folgenden Verflussakten der Funktion. Die Art ihres Zusammenbestehens ist also als Aufeinanderfolge zu denken und kann mithin arithmetisch nur als eine Summe begriffen werden, in der sie alle nach einander treten. Addiren wir daher alle Gleichungen zusammen, so geben sie, indem die Glieder links sich bis auf zwei gegen einander aufheben:

$$F(x)-F(x_0)=(x_1-x_0)f(x_0)+(x_2-x_1)f(x_1)+\dots\dots+(x-x_{n-1})f(x_{n-1})$$

oder, wenn wir, statt die Elemente x_1-x_0, x_2-x_1 .... geradezu unendlich klein anzunehmen, diese Elemente zunächst noch als endliche und in endlicher Anzahl annehmen und nun durch den Prozess der Vergrösserung dieser Anzahl die Elemente sich unendlich verkleinern lassen

$$F(x)-F(x_0) = lim\left\{(x_1-x_0)\,f(x_0)+(x_2-x_1)\,f(x_1)+\dots\dots\right\}$$

Auf diese Manier wird also nicht allein die Form der Reihe erhalten, um welche es zu thun ist, sondern auch die Existenz des Summenausdruckes $F(x)-F(x_0)$ vermöge direkter Betrachtungen dargethan. Es würde noch übrig bleiben darzuthun, wie die Summe einer Reihe von so besonderer Beschaffenheit (mit unendlich vielen und unendlich kleinen Termen) zu denken sei; dieses ist aber früher bereits weitläufig auseinandergesetzt worden.

Nachträglich wollen wir noch bemerken, dass die Eintheilungsart des Intervalles $x-x_0$ vollkommen willkührlich ist, wenn nur die Partialintervalle unendlich klein werden. Demzufolge dürfen wir die letzteren alle als unter sich gleich annehmen, etwa

$$\delta = x_1-x_0 = x_2-x_1 = x_3-x_2 = \ldots = x-x_{n-1} \text{ also}$$
$$n\,\delta = x-x_0$$

und erhalten dadurch die Fundamentalformeln in etwas einfacherer Gestalt; nämlich:

$$\int_{x_0}^{x} f(x)\,dx = F(x) - F(x_0) = (x - x_0) f(x_0 + \vartheta(x - x_0))$$

$$= \lim \delta \{ f(x_0) + f(x_0 + \delta) + f(x_0 + 2\delta) + \ldots + f(x_0 + \overline{n-1}\,\delta) \}$$

wo $$n\delta = x - x_0$$

und das Grenzzeichen sich auf ins Unendliche wachsende n und ins Unendliche abnehmende δ bezieht.*)

---

*) Die vorhergehenden Betrachtungen thun ganz im Allgemeinen die Existenz des Grenzbegriffes dar, welcher sich auf die Summe unserer unendlichen Reihe bezieht, ohne jedoch die Methode zu bezeichnen, wie man deren analytische Form bestimme. Demgemäss weiss man nur, dass sich mit dem bestimmten Integral überhaupt rechnen lässt: wie die Rechnung in jedem bestimmten Falle sich gestalte, hängt von der speciellen Natur des betreffenden bestimmten Integrales ab. Um dies an einem bestimmten Beispiele zu veranschaulichen, wollen wir in unserem allgemeinen bestimmten Integrale $x_0 = 0$ also $\delta = \frac{x}{n}$ annehmen, so wird

$$\int_0^x f(x)\,dx = \lim \frac{x}{n} \left\{ f(0) + f\left(\frac{x}{n}\right) + f\left(\frac{2x}{n}\right) + \ldots + f\left(\frac{\overline{n-1}\,x}{n}\right) \right\}$$

und setzen wir noch $f(x) = 2x$, also $f(0) = 0$, so geht unsere Gleichung in die folgende über

$$\int_0^x 2x\,dx = \lim \frac{x}{n} \left(2\,\frac{x}{n} + 2\,\frac{2x}{n} + 2\,\frac{3x}{n} + \ldots + 2\,\frac{\overline{n-1}\,x}{n} \right)$$

$$= \lim 2\,\frac{x^2}{n^2} \left(1 + 2 + 3 + 4 + \ldots n - 1 \right)$$

oder da die Summe der eingeklammerten arithmetischen Progression $\frac{(n-1)n}{2}$ ist

$$= \lim 2\,\frac{x^2}{n^2} \cdot \frac{(n-1)n}{2}$$

$$= \lim .\, x^2 .\, \frac{n-1}{n}$$

$$= \lim x^2 \left(1 - \frac{1}{n} \right)$$

Sehen wir nun zu, welcher Grenze der Ausdruck $x^2\left(1 - \frac{1}{n}\right)$ für wachsende n zueilt, so ist ersichtlich, dass, je grösser wir n nehmen, um so näher $\frac{1}{n}$ an 0 herankommt und mithin $1 - \frac{1}{n}$ sich auf sein erstes Glied 1 reducirt: daher ist $\lim x^2\left(1 - \frac{1}{n}\right) = x^2 . 1 = x^2$, und wir dürfen die Gleichung

2) Allgemeine Resultate für die Philosophie der höhern Rechnung.

Nachdem wir den Begriff des bestimmten Integrales festgestellt haben, so wie er in den Lehrbüchern des höhern Calcüls mehr oder minder vollständig enthalten zu sein pflegt: so dürfte es angemessen sein, näher anzugeben, wie sich die analytische Methode zu den logischen Bestimmungen verhält, welche sie für unsere Auffassung zu fixiren bezweckt.

Ueber die logische Natur des höhern Calcüls im Allgemeinen kann kein Zweifel mehr obwalten: sie liegt einfach darin inbegriffen, dass er die quantitative Bestimmtheit aus der qualitativen als ihren letzten Grund heraussetzt. Daher ist seine Methode in der unverkennbarsten Uebereinstimmung mit der dialektischen Entwickelung der Logik, welche ja auch mit der Qualität beginnt und weiter als ihre wesentliche Wahrheit das Uebergehen in die Quantität aufzeigt. Aber die Logik hat den Mangel, dass sie den Zusammenhang, welcher zwischen Qualität und Quantität statt hat, in seiner positiven Bestimmtheit zu expliciren unvermögend ist: sie lässt wohl seine Nothwendigkeit erkennen, aber sie legt sein eigentliches Wesen nicht offen dar. Indem sie den Mangel der Qualität als der unveränderlichen Bestimmtheit aufweist und um desswillen in das Gegentheil, in die absolut veränderliche oder quantitative Bestimmtheit umschlagen lässt: so zeigt sie wohl die Realität des in Rede stehenden Zusammenhanges, aber als eines solchen, dessen Natur uns noch verschlossen ist. Denn sie erhält ihn lediglich durch die Negativität ihres dialektischen Prozesses, welcher den Mangel der, man möchte sagen, quanti-

---

$$\int_0^x 2x\,dx = x^2$$

aufstellen.

Uebrigens werden wir im folgenden Abschnitte sehen, wie man durch die Einführung des unbestimmten Integrales auf indirektem Wege viel leichter zu demselben Resultate gelangt. Aus der Differentialgleichung $d(x^2) = 2x\,dx$ ergiebt sich nämlich $x^2 + Const = \int 2x\,dx$, und das bestimmte Integral wird nun erhalten, indem man die Differenz der beiden Werthe bildet, welche man links durch die Substitutionen $x = x$ und $x = 0$ erhält, wobei der constante Zusatz verschwindet.

tätslosen Quantität offen legt, aber durchaus keine positive Bestimmung über ihre Hineinbewegung in einen quantitativen Inhalt enthält. Die absolute Identität der Fürsichseienden oder Eins soll als die positive Bestimmtheit dessen gelten, was den Uebergangspunkt des Qualitativen in das Quantitative bilde. Gleichwohl ist sie der Ausdruck für einen Begriff, der als die an ihr selber zur Attraktion umschlagende Repulsion der vielen Eins nur negativ seine Bestimmtheit hat. Die Eins des Raumes, die Punkte, wohl fliessen sie in einander über, und sie gelten in solchem Ueberfliessen auch eines was das andere: nicht anders ist es mit dem Eins der Arithmetik, dessen Setzen, wie oft es auch geschehe, immer dieselbige unwandelbare Bestimmtheit erzeugt. Aber das ist ja eben die Schwierigkeit zu begreifen, wie das Eins inmitten der Bewegung seine Veränderungslosigkeit bewahre, und damit, dass wir den Unterschied der Eins als aufgehoben oder negirt aufweisen, ist die nähere Natur ihrer Identität, d. h. ihr qualitativer Urgrund, noch nicht bestimmt und die eigentliche Schwierigkeit ungelöst. Der Logik gereicht dieses keineswegs zum Vorwurfe, da sie ja nach ihrer ganzen Anlage und Entwickelungsweise die Wahrheit lediglich als in einem negativen Prozesse herauszuerzeugen den Beruf hat. Sie soll eben nur die Formen aufstellen, in welche alle Wahrheit sich kleidet, aber als leere, welche des concreten Wahrheitsgehaltes noch entbehren; sie hat nur zu sorgen, dass dieselben von nichts Fremdartigem verunreinigt werden und als in ihnen selber widerspruchslos bestehen — sonst würden sie unmächtig sein die Wahrheit zu befassen. Gleichwohl dürfte ein Tadel gegen Hegel nicht ungerechtfertigt sein, weil er gegen eine der glänzendsten Errungenschaften des menschlichen Geistes von seinem logischen Standpunkte aus einen Angriff erhob, ohne gleichwohl die positiven derselben zu Grunde liegenden und oft genug ausgesprochenen Gedanken einer anderen als der oberflächlichsten Beachtung zu würdigen. Diese Beachtung reducirt sich darauf, dass er die Kategorieen der Veränderlichkeit und der Continuität einfach aus dem Gebiete des höheren Calcüls hinaus decretirt, ohne gleichwohl ihre Verbannung mit Gründen wirklich zu motiviren (man vergleiche zum Beweise insbesondere pag. 320, 330, 332). Eine seiner würdige Kritik würde an die analytische Begriffsbestimmtheit der höheren Operationen wirklich herangegangen sein und zugesehen haben, ob sie sich in dem zersetzenden Feuer der Dialektik gänzlich verflüchtige, oder die logischen Formen gleichsam als aschenhaften Rückstand zurücklasse. Diejenige aber, welche er wirklich übt, verwirft von vorn herein die mathematischen Grundgedanken und es kann demgemäss, da sie alles positiven Inhaltes entbehrt, nur das reine Nichts resultiren. Dieses sucht Hegel freilich nun zu verhüllen, wohl weil ihm die gänzliche Unterwühlung der analytischen Methoden, welche einen so bedeutenden Wahrheitsgehalt herausgefördert haben, doch etwas unheimlich vorkommen mochte. Aber wir haben oben den Schein des Raisonnements beleuchtet, durch welchen er (pag. 319 und pag. 320) die Auflösung der Grenzmethode in die Lagrange'sche Ableitungsmethode nachzuweisen sich bemüht.

Die bezeichnete Methode leistet im Gegentheil vollkommen dasjenige, was sie soll, nämlich die Begriffsbestimmtheit des discret-continuirlichen Quantums, d. h. der Funktion oder Curve, wissenschaftlich uns zu erschliessen. Indem das Quantum in dieser Form wesentlich einen qualitativen Charakter hat, so wird es wissenschaftlich nur so begriffen werden können, dass wir das Qualitative, in soweit es hineingeht, wirklich mit dem Bewusstsein erhalten, und es handelt sich daher darum, dasjenige aus ihm heraus zu eliminiren, was sich gegen seine Bestimmtheit gleichgültig verhält, und nur die ihm inwohnende veränderungslose Bestimmtheit zu fixiren. In dieser Elimination des Veränderlichen liegt die logische Nothwendigkeit in der Entwickelung des höheren Calcüls von der Veränderung auszugehen: denn da in dem Begriffe der Funktion die veränderungslose Bestimmtheit in unmittelbarer Einheit mit veränderlichen Quantis ist, so können wir das Veränderungslose nur durch Lostrennung des Veränderlichen erhalten, und dieses negative ausschliessende Thun ist das Interesse des Grenzprozesses, durch welchen der Differentialquotient gewonnen wird. Dasjenige, was als die Wahrheit dieses Grenzprozesses resultirt, ist der Gedanke einer unveränderlichen Beziehung, welche die quantitative Natur des in Rede stehenden discret-continuirlichen Quantums als total aufgehoben in sich hineingenommen hat.

Dieses tritt besonders augenscheinlich in der analytischen Geometrie hervor. Der Differentialquotient einer Curve, einer Fläche, eines Körpers stellt die Bestimmtheit respektive eines

Punktes, einer Linie, einer Fläche dar, oder wenn wir uns der Methode des unendlich Kleinen bedienen, das Differential einer Curve, einer Fläche, eines Körpers hat die Tendenz mit der Bestimmtheit eines Punktes, einer Linie, einer Fläche zusammen zu gehen. Eine äusserliche Auffassung könnte hieraus den Schluss ziehen, dass, in soweit das Differential hier durchweg eine räumliche Bedeutung habe, seine Natur wesentlich quantitativ erscheine. Aber es ist wohl zu bemerken, dass, wenn es sich um die genannten Raumformen der Curve, der Fläche und des Körpers handelt, Punkt, Linie und Fläche lediglich die Bedeutung haben, die Bestimmtheit der ersteren als quantitativ verschwindender zu enthalten, in Beziehung auf dieselben geradezu als Nullen oder auch als verfliessende Eins zu gelten. Dieses erhellt auch schon daraus, dass die Differentiale eigentlich als blosse, über sich selber hinausweisende Tendenzen zu betrachten sind. Z. B. die Linie ist das Differential einer Fläche, in sofern über sie hinausgegangen werden, und sie mithin in eine Bewegung eintreten soll, in welcher sie als das erzeugende Flächenelement, als das erste Princip der Fläche gilt. Ihre quantitative Bedeutung tritt also, indem sie als Differential gefasst wird, so sehr zurück, dass sie vielmehr als die gleichsam flächenhafte Linie die Negation ihrer selbst ist; das, was allein festgehalten wird, ist ihr qualitatives Verhältniss zur Fläche.*)

---

*) In dem folgenden Abschnitte, wo die Bedeutung der räumlichen Dimensionen zur Sprache kommt, werden die Principien, um welche es hier zu thun ist, näher aus einander gesetzt werden. Das ist freilich ganz wahr, dass die reine Analysis dieselben in vollkommnerer Weise ausdrückt, als die Geometrie. In der Analysis ist das Verhältniss zwischen den Differentialen geradezu ein Verhältniss als zwischen verschwindenden Quantis; in der Geometrie tritt dieses nicht in der gleichen Bestimmtheit hervor. Sei die Gleichung einer Curve $y = f(x)$, so ist das Differential der zugehörigen Fläche, wie wir wissen:

$$dF(x) = f(x)\,dx,$$

d. h. es ist ein Rechteck, welches sich aus dem endlichen Werthe der Ordinate und dem unendlich kleinen Zuwachse der Abscisse zusammensetzt; — arithmetisch genommen ist es also gleichfalls ein gegen die Null convergirender Ausdruck, weil das Produkt aus einer endlichen Grösse in eine unendlich kleine selber wieder unendlich klein sein muss: aber für die geometrische Anschauung reducirt sich das Rechteck, da die Dimension seiner Breite verschwindet, geradezu auf seine Höhe, welche mit der Ordinate der Curve an der betreffenden Stelle zusammenfällt; es stellt sich so zunächst als ein endliches Quantum dar,

Dass die Operationen des Differentiirens eine Abstraction von der quantitativen Bestimmtheit involviren, ist hiermit dargethan. Die übrig bleibende veränderungslose und daher qualitative Bestimmtheit ist, wie wir oben gesehen haben, wesentlich der analytische Ausdruck für die Continuitätsmomente der Funktion; wir dürfen aber ihre qualitative Natur nicht bloss vermöge der vorhergegangenen Entwickelung erschliessen, in welcher alles Quantitative abgestreift wurde, sondern müssen sie positiv nachweisen.

Der Differentialquotient einer Curvenfunktion, welcher als auf einen gewissen speciellen Punkt derselben bezogen genommen wird, legt bekanntlich eine solche Bestimmtheit fest, welche mit der tangirenden Geraden an diesem Punkte zusammengeht. Indem nun die gerade Linie einen solchen Zug in einander überfliessender Punkte bezeichnet, in welchem die specifische Bestimmtheit des Flusses beständig in einfacher Identität mit sich selber bleibt, so folgt unmittelbar die Veränderungslosigkeit dessen, was die Operation des Differentiirens uns ergiebt. Etwas schwieriger gestaltet sich der Nachweis für die reine Analysis. In dem Grenzprozesse nämlich wird die veränderliche Bestimmtheit vermöge eines Prozesses ins Unendliche beseitigt: wir nähern uns unaufhörlich diesem speciellen momentanen Verhältniss der Funktion und erhalten als die Wahrheit dieser Bewegung eine gewisse Beziehung, die zunächst die Aufhebung der quantitativen Veränderlichkeit enthält. Dass weiter diese Beziehung für unser specielles Verhältniss eine reale ihm inwohnende Tendenz über seine Bestimmtheit hinauszuschreiten ausdrücke, dieses haben wir früher als aus der Continuität der Funktion folgend nachgewiesen. Darin nun, dass diese Tendenz als in dem besondern Verflussakte verschlossen fixirt wird, liegt ihr qualitativer Charakter, weil sie,

---

und erst die Nothwendigkeit, dieses endliche Quantum als den Zuwachs einer Fläche und mithin selber als eine flächenhafte Bestimmung zu begreifen — erst diese Nothwendigkeit veranlasst uns, über seine unmittelbare Bestimmtheit hinauszugehen und es als die Negation der Fläche, als die Fläche in ihrem Verschwinden, zu fassen. Tiefer in das Wesen der Sache eingegangen, ist dasselbe auch in der unmittelbaren Fläche gegeben, weil letztere nur vermöge eines krummlinigen oder geradlinigen Zuges als negirt, d. h. begrenzt, gedacht werden kann, und ganz in gleicher Weise aus einer Folge in einander überfliessender Curven sich zusammensetzt, wie die Curve aus dem Nebeneinander ihrer Punkte.

trotzdem, dass sie über ihn hinausweist, ein von ihm losgelöstes Sein zu setzen nicht vermag: so beharrt derselbe in seiner eigenen Bestimmtheit, sein Sein bleibt in untrennbarer Einheit mit selbiger.

Der Sinn des Differentialquotienten einer Funktion ist hiernach ganz einfach die Angabe einer Beziehung, welche den Fortgang einer Funktion von einem speciellen Punkte aus bezeichnen würde, sobald man das Veränderliche, das Wechselnde in dem Verhältnisse zwischen beiden Variabeln wegdenkt, d. h. den Fortgang in einfacher Identität mit der Bestimmtheit des speciellen Punktes vollführt: so liegt in ihm gewissermassen eine Zurückführung des variabeln Verhältnisses auf das directe mit unveränderlicher Verhältnissbestimmtheit. Nun aber geht die Funktion nicht nach der Bestimmtheit eines Specialverhältnisses fort, sondern sie ist so sehr die Variabilität, das Umschlagen dieser Bestimmtheit in eine andere, dass jenes nur zu einem punktuellen, sogleich verfliessenden Sein sich heraussetzt. Um also nicht von dem eigentlichen Gegenstande unserer Discussion, dem discret-continuirlichen Quantum, wieder abzukommen, dürfen wir nicht bei der Bestimmtheit dieses Punktes stehen bleiben, sondern wir müssen zu den nächstfolgenden Punkten übergehen und gleichfalls die ihnen inwohnende wesentliche Bestimmtheit festlegen. Dieses ist analytisch in der Abhängigkeit des Differentialquotienten von x als einer veränderlichen Grösse enthalten: um diese als eine sich verwirklichende zu setzen, müssen wir x alle möglichen Werthe in continuirlicher Aufeinanderfolge durchlaufen lassen, d. h. wir müssen die qualitative Beziehung, welche in dem Differentialquotienten zum Ausdrucke kommt, für alle Punkte der Curve oder Funktion aufsuchen.

Wir sind mithin genöthigt, die Unveränderlichkeit des Fortganges in einem Punkte, sobald sie vermöge der analytischen Formel fixirt ist, wieder fallen zu lassen und zu einem neuen Punkte überzugehen, welcher gleich dem ersten die Tendenz hat, in unveränderlicher Weise, d. h. dem Gesetze eines direkten, wenn auch anders bestimmten Verhältnisses folgend, über sich selber hinauszugehen. Dieses setzt sich fort, bis wir die unendlich vielen momentanen Verhältnisse der Funktion alle durchlaufen haben, und wir sind also abermals in die Nothwendigkeit versetzt, den Begriff der Variabilität einzuführen. Aber wie weit wir auch gehen mögen, es wird dabei beständig von der zufälligen quantitativen Bestimmtheit jedes Verhältnisses abstrahirt, und nur die wesentliche und unveränderliche Bestimmtheit festgehalten, welche ihm als inmitten einer continuirlichen Folge gesetzt angehört. Auch analytisch haben die speciellen Werthe des Differentialquotienten alle dieselbige Begriffsbestimmtheit, nämlich ein direktes oder lineares Verhältniss zu bezeichnen, dessen Momente verschwinden, d. h. quantitativ für sich bestimmungslos sind. In sofern gelten sie einer was der andere. Aber es ist wohl zu beachten, dass sie eine Beziehung enthalten, aus welcher das Andere, das Objekt der Beziehung, als (in Folge der Variabilität der Funktion) der quantitativen Veränderlichkeit Preis gegeben, ausdrücklich eliminirt ist. Die punktuellen Eins also, welche den besonderen Werthen des Differentialquotienten entsprechen, sind allerdings identische Eins, aber als auf sich selber bezogene und negativ gegen die übrigen gekehrte: so gehen sie ganz und gar mit den repellirenden Eins der Logik zusammen.

Gleichwohl haben sie in sofern eine quantitative Beziehung an sich, als sie aus einem Verhältniss von Quantis herkommen: aber sie sind noch nicht nach ihrer Rückbewegung in das Quantitative gesetzt. Wir werden aber nicht bloss durch die oben angedeutete Reflexion zu diesem Rückgange getrieben. Vielmehr da jene trotz ihres ausschliessenden Verhaltens gegen einander dennoch für die Logik eines was das andere gelten und als ausschliessende jedenfalls irgend wie sich berühren müssen, so sind wir genöthigt, eine gewisse Beziehung anzunehmen, in welcher sie mit einander zusammengehen — ihre Attraktion. Diese Nöthigung kann vielleicht noch schlagender wie folgt motivirt werden.

Der Grenzprozess, welchen die Operationen des Differentiirens voraussetzen, hat wesentlich den Sinn, die qualitative Natur des Fliessens, wie sie in einem speciellen Punkte vorhanden ist, durch Hinwegräumung der zufälligen quantitativen Bestimmtheit für sich allein zu fixiren. Dies ist denn auch geschehen: aber es ist gleichzeitig noch mehr geschehen, als in unserer Absicht lag. Mit der quantitativen Bestimmtheit der übrigen Punkte ist zugleich auch ihre qualitative aus der analytischen Gleichung zwischen den Differentialen herausgegangen und damit erscheint das Problem, die Natur des Flusses in einem speciellen Punkte der Funktion zu bestimmen, nicht befriedigend gelöst. Denn offenbar hat dasjenige, in welches hinein der Fluss statt hat, und welches folgenweise seine Bestimmtheit gleichfalls mit enthält, die gebührende Berücksichtigung nicht gefunden. Dass dieses nicht geschehen ist, sondern vielmehr die Gleichung zwischen den Differentialen das Ueberfliessen eines speciellen Punktes in den unmittelbar folgenden nur als ihm allein inwohnende und nicht über ihn hinausreichende, mithin unentwickelte Tendenz ausdrückt, dass also zwei in einander überfliessende faktisch aus einander gehalten werden: dies ist der Mangel des Differentialcalcüls, und um die Entwickelung zu rektificiren, müssen wir offenbar jene zwei in eine wirkliche Beziehung zu einander hinein versetzen. Die Realität dieser Beziehung ist vermöge der wunderbaren Gefügigkeit, mit welcher die allgemeinen Formen der Analysis sich der Natur des Begriffes anschmiegen, analytisch sogleich dadurch dargethan, dass das Differentialverhältniss selber eine Funktion von x ist. Nämlich in Folge der Continuität dieser Funktion wird der Werth des Funktionenverhältnisses zwischen den Differentialen dy und dx sich nur gleichzeitig mit x und in unendlich kleinen Abstufungen ändern. Gehen wir daher über einen speciellen Werth des x zu dem nächst folgenden hinaus, so wird der Werth der Differentialfunktion sich in einen solchen umsetzen, der unmittelbar an ihren ersten Werth anstösst, der ihn unmittelbar berührt. Da nun aber diese beiden Werthe die zwei in einander überfliessenden Verflussakten der gegebenen Funktion zugehörigen wesentlichen Bestimmtheiten vorstellen, so sind dieselben in der That nicht als repellirende, sondern als in einander übergehende, als attrahirende zu fassen. In dem bestimmten Integrale sind sie nach dieser ihrer Natur gesetzt.

In dem bestimmten Integrale ist die Isolirung der punktuellen Eins, welche in den besonderen Werthen des Differentialquotienten repräsentirt werden, ganz und gar aufgehoben: das Eine bewegt sich in das Andere hinein, ist mit ihm in unmittelbarer Beziehung; diese Beziehung ist freilich blosse Berührung und also rein äusserlich: aber da sowohl das Eins als auch der Punkt nur das rein äusserliche Fürsichsein ist, so kann natürlich die Beziehung solcher Fürsichseienden oder solcher Eins nicht aus dieser Aeusserlichkeit herausgegangen sein und wird sich daher an ihr selber als ein Zusammen, d. h. als eine Summe darstellen. In diesem Zusammen sind die Fürsichseienden so gesetzt dass sie die ihnen inwohnende qualitative Beziehung noch bewahren, aber gleichzeitig auch bewahrheiten. Nämlich sie sind in eine solche Attraktion, in eine solche Bewegung gegen einander hineingerissen, dass, wo das Eine aufhört, sogleich das Andere anhebt, dass sie also ein vollkommenes Ueberfliessen in einander oder eine ununterbrochene Folge von identischen punktuellen Eins sind. Diese Aeusserlichkeit des flüssigen Zusammenhanges, in welchen sie eintreten, ist es, welche die Wiederherstellung der Quantität bedingt. Die flüssigen Eins, die Differentiale, welche an ihnen selber die Nöthigung eines Hinausgehens über sich enthalten und gleichwohl in ihrem Hinausgehen sich nicht in ein anderes hinein verlieren, sondern in ihrem eigenen Sein verharren, haben diese ihre qualitative Natur zwar noch nicht eingebüsst: vielmehr ist dieselbe in der äusserlichen Beziehung bewahrt, in welcher sie als sich berührende neben einander treten. Denn die innerliche Tendenz, welche in jedem einzelnen als realer Trieb zu dem anderen hin zu Tage liegt, kann in der Aeusserlichkeit ihres Zusammenhanges unmöglich aufgehoben oder negirt werden. Aber dieser Zusammenhang als continuirliche Folge oder Verlauf enthält es zugleich in sich durch eine unveränderliche arithmetische Regel, nämlich die Art und Weise, wie der Differentialquotient sich Bezugs der unabhängig Veränderlichen arithmetisch zusammensetzt, fortwährend bestimmt zu bleiben, und hat so etwas Unveränderliches in seine fliessende Veränderlichkeit hineingenommen. Demzufolge ist die Integralreihe die flüssige Aneinanderreihung punktueller Tendenzen, die es eben so sehr enthalten für sich bestimmt, als durch eine identische Bestimmtheit gesetzt zu sein, und nur um dieser identischen Bestimmtheit willen ist es statthaft, sie trotz ihrer spröden Besonderung in ein Zusammen eintreten zu lassen. Hiernach ist das, was resultirt, die Zusammenfassung von sich besondernden oder discreten, die doch als Beziehung nicht nur in ihnen selber, sondern auch (als Momente eines durch die Formel der Differentiation dargestellten Flusses) gegen die übrigen hin das Moment der Continuität ausgeprägt in sich schliessen, d. h. wir sind wiederum zu der quantitativen Bestimmtheit zurückgekehrt. Die Bedingung, welche wir in dem Differentialquotienten hatten, ist nun nicht mehr rein qualitativ, sondern, indem sie in das bestimmte Integral hinein versetzt wird, stellt sie einen Fluss dar, der nicht mehr von dem, in welches er überfliesst, fern gehalten ist: die beiden, die in einander überfliessen, kommen wirklich zusammen, und ihr Fluss, als in welchem nun in Wahrheit das eine Sein sich in das andere umsetzt, hat die quantitative Veränderlichkeit wieder in sich hineingenommen, welche durch den Grenzprozess der Differentialrechnung total eliminirt war.

Näher ist das Quantum, welches wir nunmehr erhalten haben, unmittelbar durch seine Entstehung ein flüssiger Verlauf: es ist continuirliches Quantum. Aber die verschwimmenden Eins, die in dasselbe hineingehen, sind nicht etwa ein blosses räumliches Ineinander, welches von aussen her als eine Thatsache der Anschauung uns entgegentritt: wir sind dazu gelangt, dieses Ineinander als innere Vermittelung ganz und gar gesetzt zu haben, indem wir seine Bestimmtheit durch die einzelnen Momente hin vermöge der analytischen Formel zu verfolgen und für sich zu erfassen vermögen. Indem dies alles in der Integralreihe vorliegt, so ist das bestimmte Integral eben so sehr continuirliches, als sich in sich selber abgrenzendes, d. h. discretes Quantum. Aber das Moment der Discretion darf nicht bloss als innerliche Selbstvermittelung hervortreten, sondern es bedingt auch die Abgrenzung nach aussen hin, d. h. die Unterbrechung des continuirlichen Verlaufes, indem, wenn diese nicht statt hätte, das Quantum sich geradezu in die allgemeine Quantität hinein verlieren müsste. Dieser wesentlichen Forderung geschieht Genüge durch die Grenzen, innerhalb deren das bestimmte Integral genommen wird. Dieselben beziehen sich zwar zunächst nur auf die äusserliche Bestimmtheit des Quantums: sie stellen einfach den Anfangspunkt und Endpunkt dar, zwischen welchen das Quantum als das Ueberfliessen seiner momentanen oder punktuellen Eins sich vermittelt, und verhalten sich vollkommen gleichgültig gegen die innere Natur dieser Vermittelung; — wie sie denn auch an ihnen selber gegen ihre Bestimmtheit gleichgültige und daher beliebig bestimmbare Zahlenquanta sind. Indessen fassen wir alles Vorige zusammen, so knüpft sich sogleich eine äusserst wichtige Folgerung daran. Nämlich die beiden unbestimmten oder variabeln Zahlenquanta sind offenbar in einem auf eine unabänderliche Weise gebildeten Zusammenhang gesetzt, und dieser Zusammenhang ist in der unendlichen Reihe des bestimmten Integrales dargestellt, welche, wie wir gesehen haben, sich unabhängig von der speciellen Bestimmtheit der Grenzwerthe, nämlich als das Zusammen unendlich vieler in einander verfliessender Eins, zusammensetzt. Das bestimmte Integral ist also die unveränderliche Regel der Zusammensetzung oder der arithmetischen Verknüpfung, in welche zwei Zahlelemente hineingehen, und es ist sonach an ihm selber die Funktion zweier Elemente, oder wenn wir das eine Element als willkürlichen, aber unveränderlichen Grenzwerth annehmen, die Funktion Eines Elementes oder Einer unabhängig Veränderlichen.

Die weitere Bestimmtheit dieser Funktion wird von der Analysis festgelegt. Sie soll nämlich mit derjenigen Funktion zusammenfallen, welche durch ihre Differentiation die Funktion unter dem Integralzeichen giebt. Demgemäss sind die Operationen der Integralrechnung und der Differentialrechnung zu einander invers, und das bestimmte Integral ist weiter nichts als die Wiederherstellung der ursprünglichen Funktion, deren continuirlichen Verlauf wir vermöge der Differentialrechnung in seiner wesentlichen Bestimmtheit erfassten. In der That fällt es nicht schwer, diesen selben Schluss unmittelbar aus unserer Entwickelung zu entnehmen.

Wir gingen von einer gegebenen beliebigen Funktion aus und stellten uns das Problem, eine allgemeine Methode zu begründen, vermöge deren wir die innere Bildung jener aus dem Gesetze ihres Werdens oder Flusses zu begreifen im Stande seien. Da nun dieselbe sich aus einer unendlichen Menge momentaner Verhältnisse zusammensetzt, so waren wir dazu genöthigt, sie in diese ihre Elemente hinein zu zersplittern, und erst deren Natur festzulegen. Nachdem wir dieses vermöge der Kategorie des Differentialquotienten erreicht hatten, stellte sich die naturgemässe Reflexion ein, dass ihr continuirlicher Verlauf, sei es als Folge, sei es als Fluss, wieder herzustellen sei, und die Natur des Begriffes leitete uns darauf dies Zusammennehmen in der unendlichen Summenformel des bestimmten Integrales zu vollführen. Das Letztere hat also augenscheinlich die Bedeutung, das Zurücknehmen der Funktion aus der Zersplitterung in ihre Elemente oder die punktuellen Eins des Differentialcalcüls hinein zu ihrer eigenthümlichen Bestimmtheit vorzustellen. Somit erscheint die höhere Rechnung als der Prozess der qualitativen Unendlichkeit. Der Begriff der Funktion wird in seiner Unmittelbarkeit negirt:

aber aus dem negativen Prozesse ihrer Zersetzung geht sie als innere Selbstvermittelung wieder in sich selber zurück. Sie setzt sich in ihr Anderssein hinein: aber, indem das Andere sich näher als ihr Element, als mit ihrer unveränderlichen Bestimmtheit identisch zeigt, so ist die Nöthigung vorhanden, das Andere nun wirklich wieder als in sein Anderes zurücksinkend, als die Negation der Negation zu nehmen.

Die Analysis als die Wissenschaft, welche diesen Prozess der Selbstverunendlichung zu ihrem Gegenstande hat, ist mit Recht die Analysis des Unendlichen zu nennen. Aber es ist wohl zu beachten, dass ihr Unendliches kein rein quantitatives mehr, sondern wesentlich qualitativer Natur ist. Es ist der doppelte Prozess einmal des Herausgehens aus der quantitativen Bestimmtheit der Funktion in ihre quantitätslose und daher qualitative Natur und dann die Bewegung dieser ihrer qualitativen Wesenheit, vermöge deren sie sich wieder in ihren quantitativen Inhalt hineinsetzt. In beiden Fällen werden also Bestimmungen in die engste Beziehung zu einander hineingebracht, welche durchaus ungleichartig sind, ja sich sogar diametral gegenüber zu stehen scheinen, nämlich die veränderungslose qualitative und die veränderliche quantitative Bestimmtheit. Der Widerstreit, der zwischen beiden statt hat, und eigentlich schon in der Continuität und Discretion als den Momenten der Quantität latitirt, — dieser Widerstreit ist es, der die transscendenten Operationen des höheren Calcüls bedingt: einmal die negative Operation des Grenzprozesses, welche das Hinausgehen über das quantitativ Veränderliche zu dem Veränderungslosen ist, und weiter die Operation der Reihensummation, welche sich auf einen an einander drängenden Fluss von qualitativen und für sich geradezu quantitätslosen Elementen bezieht. Wie diese Summation, um dem Bewusstsein begreiflich zu werden, wiederum einen Grenzprozess zu denken erfordert oder unter der Voraussetzung wirklich quantitativer Elemente sich vollführt, die als in der Bewegung aus ihrer quantitativen Bestimmtheit heraus begriffen vorgestellt werden: dieses haben wir weiter oben ausgeführt und es nur noch einmal erwähnt, um die Bemerkung daran zu knüpfen, dass die Methode der Integralrechnung nach dieser Seite hin die vollkommenste Analogie mit der Methode der Differentialrechnung zeigt: sie enthalten beide ganz denselben Grenzprozess, und das ist schon um desswillen nothwendig, weil die zwei, zwischen denen eine Beziehung gesetzt wird, in beiden Fällen vollkommen identisch sind. Der Unterschied liegt allein in der verschiedenen und diametral entgegengesetzten Stellung, welche innerhalb dieser Beziehung den beiden als den Momenten der Beziehung angewiesen ist. Nämlich die Differentialrechnung hat zu ihrem Objekte die Beziehung einer Funktion zu ihren Differentialen, die Integralrechnung die Rückbeziehung von den Differentialen auf die Funktion.

Dieses ist der Unterschied der beiden Rechnungen auf seine einfachste Form gebracht und, wenn nun die Integralrechnung als die ungleich schwierigere und verwickeltere Rechnung bezeichnet werden muss, so möchte dieses hier noch für's erste kaum glaubhaft erscheinen. Gleichwohl wird es sich aus einer tieferen Auffassung ihres Begriffes sogleich ergeben. Wenn eine Funktion gegeben ist und den Operationen des Differentialcalcüls unterworfen werden soll, so schliessen dieselben eigentlich nur den negativen Prozess in sich, die quantitative Bestimmtheit aus allen Punkten ihres Verlaufes zu eliminiren und die übrig bleibende qualitative Bestimmtheit festzuhalten: wir erhalten so, was unmittelbarer Weise schon von vorn herein vorhanden ist.

Anders ist es, wenn wir von einer Funktion zu ihrer Integralfunktion zurückgehen sollen. In der ersteren liegt die qualitative Natur des Flusses, vermöge dessen sich die gesuchte Funktion bildet. Freilich ist sie ausserdem noch quantitatives Verhältniss: aber der Zusammenhang, welcher zwischen ihrer quantitativen Bestimmtheit und der quantitativen Bestimmtheit der Integralfunktion statt hat, ist ganz und gar versteckt und auch nicht einmal unmittelbarer Weise etwa für die Anschauung zu fixiren. Wir wissen nun, ihre Qantitätsbestimmtheit müsse als aufgehoben betrachtet werden, damit sie die Bestimmtheit eines Verhältnisses mit verschwindenden Momenten abgeben könne. Der Rückgang zu der Integralfunktion wird daher nicht mehr die blosse Loslösung einer Bestimmtheit des Begriffes aus dessen Totalität sein, sondern er wird die Erfassung des Begriffes vermöge einer seiner Bestimmtheiten fordern. Diese Aufgabe scheint zunächst in ihrsel ber einen Widerspruch zu enthalten: der Widerspruch ist aber damit hinweggeräumt, dass in dieser qualitativen Bestimmtheit, die sich unter die Form einer Funktion stellt, allerdings auch die andere quantitative Bestimmtheit des vollen

Begriffes steckt*), aber als aufgehoben. Diese Aufhebung ist also zu negiren; es ist die Negation der Negation zu bilden, und so liegt in der Integralrechnung ein Prozess der qualitativen Unendlichkeit vor, durch welchen die Quantitätsbestimmtheit wieder hergestellt wird. Dieser Prozess vollführt sich in der unendlichen Reihe mit verschwindenden in einander überfliessenden Gliedern. Weiterhin handelt es sich darum, die wiedergewonnene Quantitätsbestimmtheit der gesuchten Funktion in Einheit mit ihrer qualitativen Bestimmtheit zu setzen, d. h. geradezu dasjenige zu vereinigen, was in der Differentialrechnung getrennt wird. Aber indem diese Vereinigung vermöge eines Grenzprozesses zugleich mit jenem Prozesse der qualitativen Unendlichkeit sich verwirklicht, so ist in dem Grenzprozesse der Integralrechnung mehr gesetzt als in dem Grenzprozesse der Differentialrechnung. Die transscendente Natur des höheren Calcüls, derzufolge ungleichartige auf das Innigste mit einander verknüpft sind, tritt in dem ersteren unverhüllt hervor und setzt sich auch in die analytische Form hinein. Allerdings kann sie auch in der Differentialrechnung nachgewiesen werden: aber hier erscheint sie insbesondere als der Widerspruch, der als in dem Begriffe des Differentiales latitirend zu dem bestimmten Integrale forttreibt, und in

*) Um dieses zu veranschaulichen, brauche ich nur auf das Verhältniss zwischen einhüllenden und eingehüllten Curven hinzuweisen. Nehmen wir den einfachsten Fall, in welchem die einhüllende Curve eine Gerade ist, so wird bekanntlich die eingehüllte Curve von den auf einander folgenden Lagen der Geraden berührt und jede specielle Gerade enthält mithin die Bestimmtheit, mit welcher der Berührungspunkt in die nächst folgenden Curvenpunkte übergeht. So wird die einhüllende Gerade die qualitative Bestimmtheit der eingehüllten Curve in entwickelter Weise darstellen; — und gleichwohl kann man mit vollem Rechte sagen, dass in der Aufeinanderfolge ihrer Lagen auch die quantitative Bestimmtheit der Curve vollständig mit gesetzt sei, und dieses ist für die Anschauung so evident, dass z. B. Plücker den Gedanken durchgeführt hat, eine Curve statt durch die gewöhnlichen Coordinaten geradezu vermöge ihrer einhüllenden Geraden zu bestimmen. Nichts anderes ist wenigstens das Princip, welches der Einführung von Liniencoordinaten bei ihm zu Grunde liegt. — Das so eben erörterte Verhältniss gehört in die Theorie der sogenannten singulären Integrale und ist daher eigentlich nicht ganz hierher gehörig: aber in sofern mag es doch hier seine Stelle finden, als es ein Beispiel dafür giebt, wie eine Funktion, indem sie die qualitative Natur ihrer Integralfunktion ausdrückt, gleichzeitig auch irgend wie den quantitativen Charakter der letzteren bestimmt.

den Calcül selber wird sie nur so hineingenommen, wie sie unmittelbarer Weise in dem Begriffe der Funktion zu Tage kommt und durch einen einfachen Akt der Abstraktion negirt wird. In den Formen des Calcüls kann sie daher auch nicht mit der gleichen Entschiedenheit und Schroffheit hervorbrechen, wie in der Integralrechnung, wo ihre Unmittelbarkeit aufgehoben ist, und wenn der Grenzprozess in jenem im Allgemeinen immer ausführbar ist, so wird der Grenzprozess in letzterer meistentheils wegen der Voraussetzung einer Reihensummation, die sich nicht so leicht bewerkstelligen lässt, unter eine solche Form sich stellen, in welcher er nur durch Anwendung indirekter Methoden zum Abschlusse kommt.

Wir wollen noch eine Bemerkung hinzufügen, die allerdings mit der vorhergehenden Erörterung in einem nahen Zusammenhange steht. Die Methode der Differentialrechnung geht hauptsächlich auf die Entfernung des quantitativen Inhalts einer Funktion aus, um nur seine qualitative Natur übrig zu lassen. Indem sie so sich wesentlich auf quantitative Bestimmungen bezieht, wird sie sich in einen geordneten gleichmässigen Calcül bringen lassen. Anders ist es in der Integralrechnung, wo die gegebene Funktion unter dem Integralzeichen als qualitative Beziehung auftritt. Um dieser ihrer Qualität willen ist ihre Bestimmtheit in untrennbarer Einheit mit ihrem Sein gesetzt und darum, wenn wir, wie wir es in der unendlichen Integralreihe doch müssen, dieses Sein in die quantitative Veränderlichkeit hineingehen lassen, so wird seine Veränderung oder Umsetzung sich nur so ausführen, dass wir mit der besonderen Natur seiner Bestimmtheit in beständiger Einheit bleiben. So ist die allgemeine Methode an etwas Qualitatives, d. h. an etwas, welches seiner Natur nach starr und unveränderlich ist, gefesselt, und wird daher von der besonderen Beschaffenheit dieser qualitativen Bestimmung abhängig sein. So wird sie nothwendig, da unendlich viele solcher quantitativen Besonderungen gedacht werden können, sich in eine unendliche Menge von Specialmethoden hinein besonderen, und ein wirklicher conformer Integralcalcül erscheint daher von vorn herein als ein unlösbares Problem. Vielmehr, in sofern der volle Begriff einer Funktion in dem bestimmten Integrale sich vermittelt, so werden so viele Gruppen von Funktionen resultiren, als wesentlich unterschiedene qualitative Beziehungen der zu integrirenden Funktion gedacht werden können. Die Integralrechnung ist also der eigentliche Ausgangspunkt für die Theorie der Funktionen und alle neuen Formen von Funktionen, auf welche entweder das Bedürfniss der Anwendungen oder die Vervollständigung der Theorie noch führen sollte, werden zunächst aus diesem Calcül her sich der wissenschaftlichen Betrachtung erschliessen. Die sogenannten einfachen Funktionen der algebraischen Analysis (Potenz, Logarithmus, Exponentialfunktion, trigonometrische und cyklometrische Funktionen) werden zwar meistentheils ohne seine Hülfe discutirt, wie sie denn auch grossentheils vor der vollständigen Ausbildung des höheren Calcüls bekannt waren. Aber schon die Euler'schen Integrale, die sogenannten Gammafunktionen und die umfangreiche Theorie der elliptischen Transscendenten und dergleichen mehr wurzeln ganz und gar auf dem Boden der Integralrechnung und weisen auf die Entwickelung dieses Calcüls als den Centralpunkt hin, in welchem das System der Analysis aus seinen strahlenförmigen Verzweigungen sich zusammen schliesst.

9.

Der Funktionencalcül.

Wenn wir auf die vorhergehenden Entwickelungen näher eingehen, so geben sie Anlass zur Feststellung eines neuen analytischen Gesichtspunktes, und dieses ist im Wesentlichen derselbe, welchem Lagrange's Theorie der analytischen Funktionen ihre Entstehung verdankt.

Streng genommen haben wir bisher überall, wo wir auf die Betrachtung von Differentialen oder Differentialquotienten eingingen, sie nur auf specielle Punkte der Funktion oder Curve bezogen und dürfen daher eigentlich nur von singulären oder partikulären Differentialen oder Differentialquotienten reden. Aber bereits bei dem Uebergange zu der Integralrechnung mussten wir diesen Gesichtspunkt fallen lassen, und das Gesetz, nach welchem die singulären Werthe eines Differentials in die unendliche Summenreihe eintreten, aus einer ihnen allen gleichmässig zukommenden Beziehung herleiten, vermöge deren sie als die auf einander folgenden Momente einer Funktion sich darstellten. Diesen neuen Gesichtspunkt wollen wir nun in tieferer Weise wieder aufnehmen und begründen.

Der Differentialquotient soll die Natur des Flusses an diesem bestimmten Orte der Funktion festlegen. Indem aber die Bestimmtheit desselben nicht weiter specialisirt und daher auf den allgemeinen Werth x der unabhängig Veränderlichen bezogen wird, so wird der Grenzausdruck, welcher uns den Differentialquotienten liefert, als dieses x enthaltend offenbar wiederum eine Funktion von x darstellen, und die speciellen Werthe dieser Funktion, welche man für die verschiedenen Annahmen des x erhält, werden die specielle Bestimmtheit des Flusses in den diesen x respektive entsprechenden momentanen Verhältnissen der Funktion festlegen. Der Differentialquotient einer Funktion von x stellt sich also wieder unter die Form einer Funktion derselben unabhängig Veränderlichen, und es ist ersichtlich, dass zwischen beiden Funktionen irgend ein Verhältniss existiren muss, durch welches das Gesetz ihrer gegenseitigen Ableitung aus einander analytisch bestimmt wird. Das Theorem von Ampere zeigt, wie man zu diesem Gesetze vermöge der transscendenten Operation eines Grenzprozesses gelangt: nämlich in ihm wird ausgesprochen, dass der Grenzausdruck

$$\frac{d\,f(x)}{dx} = lim \frac{f(x+\Delta x)-f(x)}{\Delta x}$$

im Allgemeinen eine stetige Funktion von x sei, und dass also die in dem Grenzprozesse latente Unendlichkeit durchaus nicht den Begriff der Funktion überhaupt negire, sondern vielmehr an ihr selber in eine Funktionenbildung hinauslaufe. Gleichwohl dürfte es nicht überflüssig sein, diesen selben Schluss auch aus der Anlage unserer dialektischen Entwickelung zu ziehen, und uns so der vollkommenen Uebereinstimmung zwischen den Bestimmungen der Analysis und der formalen Wissenschaftslehre zu versichern.

Der Begriff einer stetigen Funktion (wenn sie anders nicht mit der linearen Funktion $ax+b$ zusammengeht) fordert die beständige Veränderung ihrer momentanen Verhältnisse, und zwar ist diese als vermöge verfliessender oder unendlich kleiner Uebergänge vermittelt zu denken. Die Natur eines solchen speciellen Ueberganges wird durch den Differentialcalcül erfasst, aber zunächst noch als ohne Zusammenhang mit den übrigen. Da nun das Fliessen die wesentliche Bestimmtheit eines Uebergangspunktes oder Verflussmomentes ausmacht und daher nicht von ihr abgetrennt werden kann, so bedingt die stetige Variabilität, welche in den Verflussmomenten einer Funktion sich bethätigt, dass solche auch an ihrem Fliessen gesetzt sei. Demzufolge muss die Natur des Fliessens in den unendlich vielen momentanen Verhältnissen eine stetig veränderliche sein oder eine Folge unendlich vieler und mittelst unendlich kleiner Distanzen in einander überfliessender Bestimmtheiten enthalten, d. h. es muss ihr analytischer Ausdruck eine Funktion sein, welche das Gesetz für die Continuität der gegebenen Funktion darstellt, und, indem sie in ihre Verflussmomente aus einander geht, die besonderen Bestimmtheiten des Fliessens im Verlaufe der letzteren ausdrückt.

Eben dieses ergiebt sich zufolge einer apagogischen Schlussweise. Nämlich wenn man das Fliessen einer Funktion nicht als ein stetig veränderliches, sondern wenigstens für ein gewisses Intervall als ein stetig unveränderliches annähme, so hiesse dies nichts anderes, als die Identität oder Gleichförmigkeit des Fliessens in diesem Intervalle setzen, d. h. das bezügliche Intervall würde einer linearen Funktion gleich gelten und mithin in der Formel $ax+b$ seine Bestimmtheit haben; — was im Widerspruch mit unserer Annahme steht, nach der wir ganz im Allgemeinen einen Zusammenhang zwischen zwei Veränderlichen, d. h. eine wenn auch bestimmte, doch vollkommen willkürliche Funktion uns zu denken haben, oder, in der Sprache der analytischen Geometrie gesprochen, im Widerspruche mit der Natur der Curve durch keinen auch noch so kleinen Theil ihres Verlaufes mit einer Geraden zusammenzufallen.

Rücksichtlich des bestimmten Integrales haben wir schon früher den Nachweis gegeben, dass es schliesslich mit dem Begriffe der Funktion ganz und gar zusammengeht. Ja es muss behauptet werden, dass es die höchste Form ist, unter welcher die Funktion auftritt, weil es ihre Begriffsmomente nicht mehr in unmittelbarer, sondern in innerlich vermittelter Einheit enthält. Indem näher das bestimmte Integral die Rückbeziehung von der Differentialfunktion auf die ursprüngliche Funktion vermittelt: so erscheinen die Operationen der Integralrechnung als im einfachen Gegensatze zu denen der Differentialrechnung. Sobald wir daher diejenigen Operationen festgestellt haben, welche uns zu einer gegebenen Funktion ihren Differentialquotienten liefern, so muss die erstere unmittelbar mit der Funktion identisch sein, die aus demjenigen bestimmten Integrale resultirt, in welches der Differentialquotient hineingeht. Dies ist geradezu in den Fundamentalformeln

$$F(x) - F(x_0) = \int_{x_0}^{x} f(x)\,dx; \frac{dF(x)}{dx} = f(x)$$

enthalten. Dieselben drücken nichts anderes aus, als dass, wenn wir eine Funktion $F(x)$ kennen, deren Differentialquotient mit der zu integrirenden Funktion $f(x)$ identisch ist, wir um den Werth des bestimmten Integrales $\int_{x_0}^{n} f(x)\,dx$ zu erhalten, nicht nöthig haben, die unendliche Reihe

$$f(x_0)dx_0 + f(x_1)dx_1 + ... = \lim\{(x_1 - x_0)f(x_0) + (x_2 - x_1)f(x_1) + ...\}$$

auf direktem Wege zu summiren, sondern dass diese Summe aus der Funktion $F(x)$ ganz einfach erhalten wird, indem man die Differenz zwischen ihren auf die beiden Grenzen des Integrales bezüglichen Specialwerthen bildet. Damit ist der Integralcalcül auf solche unter Funktionen statthabende Zusammenhänge zurückgeführt, welche aus der Differentialrechnung her bekannt sind, und sind die transscendenten Operationen, welche in diesen Calcül die schwierigsten Untersuchungen hinein bringen, zum Wenigsten für einen nicht unbedeutenden Theil seiner Elemente glücklich umgangen worden. Dieses gilt ganz besonders von allen solchen Integralformeln, welche letztlich auf eine der fundamentalen Funktionen

$$x^{\mu},\ \log x,\ e^x,\ \sin x,\ \cos x,\ tg\,x,\ arc.\sin x,\ arc.tg\,x$$

hinauslaufen.

Die Integralrechnung lässt also eine solche Erklärung zu, derzufolge sie einfach das Zurückgehen auf diejenige Funktion ist, deren Differentiation auf die zu integrirende Funktion zurückführt. Das Integral, welches auf diese Weise bestimmt ist, pflegt man das allgemeine Integral einer Funktion zu nennen und hat die Bezeichnung

$$F(x) + Const = \int f(x)\,dx$$

eingeführt, welche demgemäss die Gültigkeit der Differentialgleichung

$$\frac{dF(x)}{dx} = f(x)$$

voraussetzt. Die beigefügte Constante gilt nur als ein willkürlicher, aber von x unabhängiger Zusatz zu der Funktion $F(x)$, welcher durch die Differentiation der linken Seite nach x wieder verschwindet. Man sieht leicht, wie man von dem allgemeinen Integrale mit der grössten Leichtigkeit zu dem bestimmten gelangen kann. Zu dem Zwecke setzen wir für x in die vorige Formel nach einander ein specielles x ein, für welches wir die allgemeine Bezeichnung beibehalten, und ein anderes, welches wir durch x_0 bezeichnen. Indem wir die beiden resultirenden Gleichungen von einander abziehen, wird der constante Zusatz durch Hebung hinweggehen und wir erhalten:

$$F(x) - F(x_0) = \int_{[x=x]} f(x)\,dx - \int_{[x=x_0]} f(x)\,dx,$$

wo die Klammern unter dem Integralzeichen bedeuten sollen, dass man nach Vollführung der Integration, d. h. nachdem man die Funktion gefunden hat, deren Differentialquotient gleich $f(x)$ ist, in derselben nach einander $x = x_0$ und $x = x$ einzusetzen und dann die Resultate dieser Substitutionen von einander zu subtrahiren hat. Indem hier die linke Seite offenbar mit dem Werthe des bestimmten Integrales $\int_{x_0}^{x} f(x)\,dx$ identisch ist, so sind wir berechtigt, der Charakteristik

$$\int_{x_0}^{x} f(x)\,dx$$

neben der ihr eigentlich zukommenden Bedeutung eine in einem Grenzprozess sich vollführende Summation zu fordern noch eine zweite Bedeutung beizulegen, derzufolge sie die Differenz zwischen den zwei auf x_0 und x bezüglichen besonderen Werthen derjenigen Funktion angiebt, welche durch ihre Differentiation die Funktion $f(x)$ erzeugt. Das allgemeine Integral also, welches die Bestimmtheit dieser erzeugenden Funktion (nämlich der Funktion $F(x) + Const$) in sich schliesst, kann jeden Augenblick in das bestimmte Integral umgesetzt werden.

Zu der Möglichkeit dieser Umsetzung ist es bedingt, dass

das allgemeine Integral noch einen direkten Zusammenhang mit der unendlichen Summenreihe des bestimmten Integrales haben muss, und dieser ist näher anzugeben. Wir brauchen zu dem Zwecke bloss aus den Erörterungen des vorigen Abschnittes über die Integralreihe dasjenige heraus zu heben, was unabhängig von der Bestimmtheit der beiden Grenzwerthe besteht: denn eben dieses wird die Begriffsbestimmtheit des allgemeinen oder unbestimmten Integrales festlegen. Dies ist offenbar die allgemeine Form eines Nebeneinanders, in welches die unendlich vielen und sich an einander drängenden Werthe des Differentiales einer Funktion hineingehen, oder ein Fluss, dessen Bestimmtheit in jedem einzelnen Momente vermöge der analytischen Formel erfasst werden kann, der eben an ihm selber unendliches Fliessen ohne Anfang und ohne Ende ist. Die Differentiale haben so die Bedeutung von attrahirenden Eins, die nur sind als in einander übergehende und von den übrigen abgetrennt sich jeder Bestimmtheit entziehen, zu blossen Nullen oder Punktualitäten herabsinken, aber gleichwohl durchgehends die Natur ihrer inneren Vermittelung mit und durch die übrigen durchblicken lassen. So sind sie ein unbegrenztes Zusammen, welches eben so sehr continuirlich ist, als discret: continuirlich wegen der Unmöglichkeit, sie für sich zu isoliren, discret, weil die Natur ihres Fliessens oder ihre wechselseitige Beziehung, d. h. ihre wesentliche Bestimmtheit in jedem Momente zu ihrem besonderen Ausdrucke kommt. Gleichzeitig aber sind Continuität und Discretion noch in mangelhafter Verwirklichung. Denn die discrete Besonderung ist wohl in jedem Augenblicke innerlich vorhanden: aber sie ist machtlos, das Zusammen nach aussen hin zu besonderen; und die Besonderten sind wohl, als nur in der Beziehung auf die anderen bestehend, continuirlich: aber sie sind gleichfalls unvermögend es zu einer sie alle umschliessenden Einheit zu bringen. Solche kann in der Unbegrenztheit ihres Fortschreitens nicht zum Abschlusse kommen. Demgemäss ist das, was schliesslich resultirt, die allgemeine Quantität, aber nicht solche, die wesentlich discret, oder wesentlich continuirlich ist, sondern die beides, Continuität und Discretion, in gleicher Vollkommenheit oder in gleicher Unvollkommenheit umfasst. Die unendliche Reihe, welche die Form ist, unter der sie auftritt, scheint nun mehr für den Calcül absolut intraktabel zu werden, und allerdings muss man, da sie nach aussen und nach innen von einer gleichmässigen Unendlichkeit behaftet ist, nämlich durch das unendliche Hinausrücken ihres Anfanges sowie ihres Endes und dann noch durch die Natur ihrer fortschreitenden Vermittelung, auf eine Ausführung ihrer Summation und des Grenzprozesses, der sich an ihrer Summe vollzieht, von vorn herein verzichten. Aber, wenn wir uns den Gang unserer Entwickelung noch einmal ins Gedächtniss zurückrufen, so wird sich ihr doch eine Bedeutung abgewinnen lassen.

Wir gingen von einer Funktion $F(x)$ aus, um deren wissenschaftliche Begriffsbestimmtheit es uns zu thun war, und zu diesem Zwecke suchten wir auf das Princip ihrer Zusammensetzung oder innerlichen Bildung in jedem Augenblicke zurückzukommen: dieses Princip fanden wir in dem Differentialquotienten $f(x) = \frac{dF(x)}{dx}$ ausgedrückt, und es handelt sich nun um den Rückgang von der letztern Funktion $f(x)$ zu ihrer erzeugenden $F(x)$. Wir wissen, dass derselbe sich in der unendlichen Integralreihe vollziehe, deren arithmetische Zusammensetzung wir so eben für sich fixirten, während wir die Elemente, an denen diese analytische Regel gesetzt ist, die Grenzwerthe des bestimmten Integrales, noch ignorirten, d. h. wir haben die äusserliche Bestimmtheit der Funktion $F(x)$, vermöge deren sie zur festen umschliessenden Einheit sowohl nach aussen als nach innen hin wird, noch nicht in Betracht gezogen. Demgemäss können wir auf die gegebene Funktion nicht in einer solchen Form zurückkommen, in welcher sie als feste geschlossene Einheit auftritt, und wir haben die Modificationen festzustellen, unter welchen wir sie wieder erhalten. In dieser Absicht bemerken wir, dass, wenn wir von der Funktion $F(x)$ zu der Funktion $f(x) = \frac{dF(x)}{dx}$ übergehen, dies $f(x)$ bloss die innerliche Natur des Flusses der gegebenen Funktion in jedem speciellen Verflussakte festlegt und gegen die äusserliche Bestimmtheit der Funktion $F(x)$, welche im Allgemeinen sich als ein von x unabhängiger constanter Zusatz darstellen wird, sich ganz und gar gleichgültig verhält. Es muss also $f(x)$ eben so sehr die wesentliche Bestimmtheit, das Princip der inneren Bildung für die Funktion $F(x)$, als auch für den allgemeinen Ausdruck $F(x) + Const$ bezeichnen. Indem wir in dieser Formel das x nicht als einen fixen, sondern als einen veränderlichen Zahlenwerth nehmen, so wird $F(x) + Const$ vollkommen dieselbe unbegrenzte Einheit ausdrücken, die in der unbegrenzten Integralreihe liegt, und zwar gleichfalls nach zwei Seiten hin, einmal wegen der Veränderlichkeit des x und dann auch wegen der Willkürlichkeit des constanten Zusatzes. Allerdings ist die unbegrenzte Veränderung, in der wir sowohl x als die Constante uns zu denken haben, in der allgemeinen Form, unter welcher diese beiden Elemente sich subsummiren, nur angedeutet: aber es hindert uns nichts, dieselbe als eine wirklich ausgeführte zu setzen, wenngleich nur als Zielpunkt eines unendlichen Progresses, in welchem wir alle möglichen Besonderungen jener Elemente nach und nach überschreiten. Alsdann resultirt dasselbe, was in der allgemeinen Integralreihe vorhanden ist: denn da das Differential des Ausdruckes $F(x) + Const$ in Bezug auf x genommen, gleich $f(x)\,dx$ wird, so ist an jedem Momente die innerliche Bestimmtheit jenes allgemeinen Funktionenausdruckes ganz dieselbe, wie sie in der unbegrenzten unendlichen Summenreihe in jedem bezüglichen Term vorliegt, und da beide auch ganz denselben Mangel der Begrenzung haben, so dürfen sie als identisch gesetzt werden: sie sind beide dieselbige unbegrenzte innerliche Vermittelung und weiter nichts. Dies ist also der ganz einfache logische Sinn der allgemeinen Integralgleichung

$$F(x) + Const = \int f(x)\,dx,$$

wenn wir den Ausdruck der rechten Seite als einen Summenausdruck auffassen wollen. Indessen, da eine unendliche Reihe mit in einander überfliessenden Gliedern, die ohne Anfang und ohne Ende ist, als solche sich jeder wissenschaftlichen Betrachtung entzieht, und der Grund hiervon nicht in dem Unvermögen der Wissenschaft, sondern nur in einer überflüssigen Aeusserlichkeit und Zufälligkeit der Form, welche nicht nothwendig aus der Natur des Begriffes hervorgeht, liegen kann: so werden wir dasjenige, was an der Form entbehrlich ist, fallen lassen, von der Reihe als solcher abstrahiren, und allein die wesentliche Begriffsbestimmtheit, um welche es zu thun ist, für sich zu fixiren versuchen. Diese ist bereits entwickelt worden: nämlich die obige

Integralgleichung soll keinen andern Sinn haben als den, die wesentliche Bestimmtheit von den unbegrenzt vielen Verflussakten der Funktion $F(x) + Const$ als mit den entsprechenden Momenten der unbegrenzten Summenreihe $\int f(x)\,dx$ übereinkommend aufzuzeigen, oder mit anderen Worten, das Gesetz der inneren Bildung von $F(x) + Const$ als in der unbegrenzten Aufeinanderfolge ihrer momentanen Verhältnisse sich bethätigend auszudrücken. Nun aber ist ganz dasselbe in der Differentialgleichung

$$d\left\{F(x) + Const\right\} = f(x)\,dx$$

ausgesprochen, wenn wir in derselben die Veränderliche x und die Constante nach ihrem gemeinsamen Charakter, allgemeine Zahlelemente vorzustellen, nehmen. Denn sobald wir mit dieser ihrer Allgemeinheit Ernst machen und sie im continuirlichen Fortgange alle ihre Besonderungen durchlaufen lassen, so wird die Differentialgleichung in eine unbegrenzte Folge von Specialgleichungen auseinandergehen, welche gleichfalls das Bildungsgesetz von $F(x) + Const$ als in der unbegrenzten Folge seiner momentanen Verhältnisse sich verwirklichend ausdrücken. Somit ist in der Differentialgleichung, gerade wie in der Integralgleichung dieselbige unbegrenzte innerliche Vermittelung der Funktion ausgedrückt und weiter nichts. Die Form der Reihe, wie sie in der Integralgleichung zu Tage kommt, ist ein Ueberfluss, der allerdings einen Zusammenhang mit dem allgemeinen Begriffe hat, aber wesentlich nicht mehr als die Differentialgleichung aussagt: sie enthält lediglich als ein entwickeltes Nebeneinander, was dem Begriffe nach in der Allgemeinheit der Elemente der letzteren als Aufeinanderfolge latitirt. Mithin dürfen wir die Form der Reihe fallen lassen, unter welcher wir uns nach Analogie des bestimmten Integrales das allgemeine denken müssen, und, wie vorhin schon auf analytischem Wege dargethan wurde, die Integralgleichung

$$F(x) + Const = \int f(x)\,dx$$

als eine einfache Folge der Differentialgleichung $d\left\{F(x) + Const\right\} = f(x)\,dx$ oder auch

$$dF(x) = f(x)\,dx$$

gelten lassen, in dem Sinne jedoch, dass die letztere sich nicht mehr auf einen ganz speciellen Punkt der Funktion bezieht, sondern als innerhalb ihres ganzen Zusammenhanges sich bethätigend gefasst wird. Nunmehr wird die genannte Integralgleichung, sobald $F(x)$ unbekannt sein sollte, die Forderung in sich schliessen, eine solche Funktion $F(x)$ zu bestimmen, welche durch ihre Differentiation nach x die Funktion $f(x)$ erzeugt. Nach ihrer logischen Bedeutung aber ergänzt sie diejenige Partie des vorigen Abschnittes, wo das Differential als in die unendliche Summenreihe eintretend aufgezeigt wurde, und eben in diesem Zusammenhange findet auch derjenige Gesichtspunkt seine Stelle, vermöge dessen wir den Differentialquotienten als eine Funktion von x festgestellt haben.

Wenn wir nun einen Rückblick auf die eben beendigte Dialektik des bestimmten Integrales werfen: so ist nicht zu bezweifeln, dass, indem wir von ihm zu dem allgemeinen Integrale fortgehen, dies einen Fortschritt der logischen Entwickelung bezeichnet. Analytisch ist dies in dem ausgedrückt, dass wir die Funktion, um deren begriffliche Bestimmtheit es uns zu thun war, in einer reicheren Form wieder erhalten, als in welcher sie unmittelbar auftrat: es ist nämlich ein constanter Zusatz hinzugetreten. Dieser Zusatz erscheint zunächst freilich nur als eine äusserliche Verallgemeinerung der Funktion, die mit ihrer innerlichen Vermittelung nichts zu thun hat; als etwas rein Quantitatives, welches zu der Natur der in der Funktion zum Ausdrucke kommenden qualitativen Beziehung sich gleichgültig verhält. Aber wir haben ja im Allgemeinen schon gesehen, wie das Quantitative an ihm selber sich zu einem Qualitativen in ein Verhältniss stellt. Wenn es daher gelingen sollte, diejenigen analytischen Formen zu setzen, in denen dies Verhältniss zum Vorschein kommt, so wird der Grund zu einer höheren Verwirklichung des Begriffes gelegt sein: wirklich ist es die willkürliche Constante, welche die höhere Form der Integralrechnung, insbesondere die Theorie der Differentialgleichungen, bedingt, und man würde daher Unrecht thun, dieselbe hier in ihrem ersten unmittelbaren Auftreten, wo sie als blosser Zusatz gilt, etwa als ein geringfügiges Moment für die Entwickelung zu behandeln. Dies ist die eine Seite im allgemeinen Integrale, die andere ist die, dass es zu seiner begrifflichen Rechtfertigung das bestimmte Integral voraussetzt, und diese Seite ist in der neueren Zeit, im Widerspruche zum Theil mit der früheren Behandlung des höheren Calcüls, zu ihrer vollen Geltung gelangt. Für die reine Analysis tritt die Nothwendigkeit, das allgemeine Integral aus dem bestimmten Integral her zu begreifen, in allen solchen Fällen besonders klar hervor, wo die Continuität der Differentialfunktion oder auch der Integralfunktion eine Unterbrechung leidet. Wollte man hier die Integralrechnung in oberflächlicher Weise als die einfache Umkehrung der Differentialrechnung ansehen, so würde man in die gröbsten Irrthümer gerathen, und auch im Gebiete der Anwendungen würde uns diese Auffassungsweise vielfach in Widersprüche hineinverwickeln. Da es uns zu weit führen würde, die Wahrheit dieser Behauptungen durch direkte Beispiele zu belegen, so wollen wir uns begnügen, einfach auf die Anlage unserer logischen Entwickelung zurückzugehen. Wir gingen von der unendlichen Summenreihe aus und abstrahirten von der Bestimmtheit, die in sie durch die beiden Grenzen des bestimmten Integrales hineingetragen wird. Dies gab uns letztlich den Begriff des allgemeinen Integrales. Ist nun diese Abstraktion von den beiden Grenzwerthen nothwendig, um das Letztere zu denken, oder setzt es die Aufhebung oder Negation der Grenzwerthe und, da solche nicht anders als an dem bestimmten Integrale geschehen kann, dies letztere zu seinem Begriffe voraus? Wir müssen diese Frage bejahen. Denn die Integralgleichung

$$F(x) + Const = \int f(x)\,dx$$

soll doch nur ausdrücken, dass die Funktion auf der linken Seite für alle die unendlich vielen Werthe der Variabeln x die Bestimmtheit ihres Fliessens in dem Ausdrucke $f(x)$ finde: und dieses ist nicht anders möglich, als indem dies für jede begrenzte continuirliche Folge von Werthen statt hat, oder, da dies letztere in dem bestimmten Integrale gesetzt wird, wenn das bestimmte Integral vorausgesetzt werden darf. Das allgemeine Integral stellt also die allgemeine Einheit dar, welche alle besonderen bestimmten Integrale (der bezüglichen Art) umfasst: es ist ihr logisches Prius und folgeweise auch eine höhere Verwirklichung des Begriffes.

Näher wird das allgemeine Integral als die Vermittelung seiner Begriffsmomente nur so in unser Bewusstsein hineingehen können, dass wir die in ihm liegende Unbegrenztheit nach aussen hin als eine aufgehobene denken und dann diese Aufhebung wieder negiren, oder mit anderen Worten, dass wir uns, indem wir die unendliche Integralreihe als eine äusserlich begrenzte setzen, erst das bestimmte Integral bilden, und dann, da die Grenzwerthe als allgemeine Grössen veränderlich sein müssen, durch die Bethätigung ihrer Veränderlichkeit in einem unendlichen Progresse sie als bestimmte Quanta sich negiren lassen. Die Sache so aufgefasst, haben wir in dem bestimmten Integrale mit veränderlichen Grenzen eigentlich ganz dieselbe Begriffsbestimmtheit wie in dem allgemeinen Integrale, und es ist nur eine solche Form für letzteres, welche der subjektiven Auffassung und häufig auch der Anwendung sich leichter anschmiegt. Demgemäss werden mitunter auch wohl manche speciellen Partieen der Analysis, welche der Form nach durch die Hineinziehung bestimmter Integrale sich erledigen, im Grunde doch auf dem Boden der allgemeinen Integralrechnung im engeren Sinne stehen. Von wirklichen bestimmten Integralen kann nur da die Rede sein, wo die Grenzen ganz speciell bestimmte Zahlen sind, und hier ist es auch, wo ein eigenthümlicher Calcül (wie z. B. die sogenannten mechanischen Quadraturen, die Theorie der Euler'schen Integrale) sich an diese specielle Bestimmtheit anknüpfen kann.

Wir sehen, wie schliesslich die Methode der Grenzen und des unendlich Kleinen sich auf einen solchen Standpunkt hindrängt, auf welchem die Operationen des höheren Calcüls wesentlich als Operationen der Funktionenbildung gelten; — aber gleichzeitig bleibt beständig der qualitative Zusammenhang bestehen, welcher aus dem transscendenten Prozesse der Grenzmethode hervorbricht. Indessen, indem derselbe wohl in den dem Calcül eigenthümlichen Formen, insbesondere der continuirlichen unendlichen Summenreihe, sich mit vollkommener Deutlichkeit abspiegelt, so wird doch durch die Summation und den Grenzprozess an der Summe wieder auf die gewöhnliche Form der Funktion zurückgekommen, in welcher ihre qualitative Natur wie als in ihrer Quantitätsbestimmtheit verhüllt oder verschlossen gesetzt ist. Dasjenige, was resultirt, ist also die bestimmte Art ihrer Ableitung aus der Differentialfunktion und die qualitative Bedeutung dieser Ableitung als in der Form des bestimmten Integrales ausgeprägt. Hiernach gehört dies beides wohl begrifflich zusammen.

und die wahre Wissenschaft wird beständig ihre begriffliche Einheit zur Grundlage ihres Fortganges machen; — aber es liegt doch auch wieder nahe das, was äusserlich getrennt erscheint, auch als wirklich für sich fixirt zu setzen. Hierbei ist es nicht wohl möglich, das bestimmte Integral als von der Form der Funktion losgelöst zu fassen: denn nur indem man es als mit letzterer identisch weiss, bekommt es eine reale analytische Bedeutung, so dass man mit ihm rechnen kann. Aber die Umkehrung der Sache scheint mehr Aussicht auf Erfolg zu versprechen. Denn die Beschränkung auf die Quantitätsbestimmtheit ist wohl auch eine Einseitigkeit: aber sie ist auf dem Boden der Analysis möglich, weil sie hier in der That nur ein leerer Schein ist, die im Quantitativen verhüllte Qualitätsbestimmtheit immer mit gesetzt bleibt, und daher, wo in Wahrheit kein Widerspruch ist, auch kein Widerspruch hervorbrechen kann. Wenn man nun noch die Erwägung hinzu nimmt, dass die Art des Zusammenhanges zwischen der Integralfunktion und der Differentialfunktion für sich selber schon einen Calcül giebt*), so wird es nicht weiter auffallen, wenn dieser Standpunkt sich historisch geltend gemacht hat, und dies ist durch Lagrange's Theorie der analytischen Funktionen geschehen.

Indem Lagrange die mit dem Grenzprozesse gesetzte Schwierigkeit, welche näher der analytische Ausdruck einer logischen Schwierigkeit ist, nämlich die qualitative Bestimmtheit in ihrer Verknüpfung mit den quantitativen Formen des Seins zu begreifen, von seinen Vorgängern durchaus noch nicht für überwunden hielt, vielmehr, wenn er auch nicht im Mindesten die Wahrheit ihrer Bestimmungen anzweifelte, doch in der methodischen Begründung jene Ueberzeugungskraft und zwingende Strenge vermisste, welche die Geometrie der Alten auszeichnet: so unternahm er den Versuch, die Elemente des höheren Calcüls vermöge einer selbstständigen Methode zu entwickeln, welche man die

---

*) In obiger Entwickelung ist hauptsächlich auf den Fall Rücksicht genommen, wenn die Differentialfunktion gegeben ist und es um die Integration derselben zu thun ist. Ich brauche wohl nicht weiter auszuführen, dass die analogen Schlüsse in Geltung bleiben, wenn umgekehrt die Integralfunktion gegeben ist und es sich um deren Differentiation handelt. Auf diesem Standpunkte ist vielmehr, abgesehen von der formellen Seite, beides ziemlich dasselbe, etwa wie Addition und Subtraktion, oder Multiplikation und Division.

Methode der Derivationen nennen könnte, und sie wollen wir nun unserer Kritik unterwerfen.

Der Differentialquotient einer Funktion heisst bei Lagrange ihre erste abgeleitete oder derivirte Funktion, und die Funktion, von welcher er genommen ist, bezeichnet er als die primitive oder erzeugende Funktion. Die zweite derivirte Funktion dieser primitiven erhält er dadurch, dass er die erste derivirte als primitive annimmt, und nun von dieser wieder die erste abgeleitete bildet. Durch die Fortsetzung dieses Verfahrens ergeben sich nach und nach die 3te, 4te, ... kurz alle höheren Ableitungen der ursprünglichen Funktion. Die Bezeichnung ist äusserst einfach. Sei die primitive Funktion

$$y = f(x)$$

so sind ihre auf einander folgenden Ableitungen

$$y' = f'(x),\ y'' = f''(x),\ y''' = f'''(x),\ \ldots\ldots\ldots\ldots$$

und gehen dieselben ganz und gar mit den gleichnamigen Differentialquotienten

$$\frac{dy}{dx},\ \frac{d^2y}{dx^2},\ \frac{d^3y}{dx^3},\ \ldots\ldots$$

zusammen. Die primitive Funktion ist also der Ausgangspunkt, von welchem vermöge formaler Operationen zu der derivirten übergegangen wird. Es kann aber auch die Sache umgekehrt und von einer derivirten auf die primitive zurückgegangen werden, und dieser Rückgang ist in dem Begriffe des allgemeinen Integrales gegeben, welchen wir vorhin aufgestellt haben.

Dasjenige nun, um welches sich Lagrange hauptsächlich bemüht hat, ist die Feststellung des analytischen Gesetzes, vermittelst dessen ohne Zuziehung transscendenter Operationen und demgemäss durch rein algebraische Transformationen aus der primitiven Funktion ihre erste Ableitung hervorgeht. Denn hierauf reducirt sich alles Uebrige, sowohl die Bildung der höheren Derivationen, als auch die Integration einer (derivirten) Funktion, welche auf diesem Standpunkte lediglich die Umkehrung der formalen Operationen ist, durch welche die abgeleitete Funktion aus ihrer erzeugenden erhalten wird. Den bezeichneten Zweck hat nun Lagrange vollkommen erreicht, indem er die derivirten Funktionen als mit den Coefficienten der Entwickelung

$$f(x+h) = f(x) + f'(x)\,\frac{h}{1} + f''(x)\,\frac{h^2}{1.2} + f'''(x)\,\frac{h^3}{1.2.3} + \ldots\ldots$$

identisch nachweist. Aber, wenn auch das formale Gesetz ihrer Ableitung auf diese Manier erhalten wird, so bleibt noch immer die Frage übrig, welches denn die logische Natur des Verhältnisses sei, in welchem die abgeleitete Funktion $f'(x)$ zu ihrer primitiven $f(x)$ stehe. Lagrange hat dieses Verhältniss durch die Entwickelung des Binomiums $f(x+h)$ als eine Thatsache der Analysis aufgezeigt; die Derivation resultirt in solcher Entwickelung aus der primitiven und ist also von ihr in Abhängigkeit. Hätte er den logischen Charakter dieser Abhängigkeit festzustellen versucht, so dürfte er auf die Begriffe der Grenzen und des unendlich Kleinen, die er mit solcher Sorgfalt vermeidet, wieder zurückgekommen sein. Aber er hat dies unterlassen, wohl weil, so lange er sich auf dem Boden der reinen Analysis bewegt, sein Derivationscalcül ihm auszureichen schien. Denn die Formen der Analysis und ganz besonders die Funktion enthalten unmittelbar an ihnen selber die transscendenten Bestimmungen, welche in den Prozessen des höheren Calcüls zum Vorschein kommen, aber in ruhiger, einfacher Einheit, so dass der in ihnen latente Widerspruch noch nicht hervorgebrochen ist. Das Hervorbrechen ihres Widerspruches, ihr Zwiespalt mit der Quantitätsbestimmtheit ist es, der die eigentliche Schwierigkeit der transscendenten Operationen bedingt. Weil die Letzteren indessen schliesslich doch nur solche Formen des Seins erzeugen, die wiederum Funktionen sind, und in denen daher der bezeichnete Widerstreit gleichfalls noch verborgen liegt, so wird es allerdings möglich sein, den hervorbrechenden Widerspruch zwar nicht aufzuheben, aber doch zu umgehen und in seiner Verhülltheit zu belassen: man wird von der primitiven Funktion zu ihrer abgeleiteten gelangen können, ohne die ruhige Einheit der widerstreitenden Bestimmungen, die in beiden gleichmässig enthalten sind, zu stören. Ja diese Mühe kann ganz zwecklos erscheinen, weil die Zerreissung ihrer Einheit am Ende doch wieder negirt, die getrennten Bestimmungen doch wieder zusammen genommen werden müssen. Indem also die Operationen des höheren Calcüls auf dem Gebiete der Analysis auf die Bildung von Funktionen hinauslaufen, so ist allerdings eine Methode denkbar und berechtigt, welche die in ihnen enthaltene Schwierigkeit des Begriffes aus ihrer Verschlossenheit nicht heraustreten lässt. Aber der Begriff der Sache kleidet sich innerhalb der Anwendungen auch in andere Formen als die analytischen sind, und mit dem Widerstreite der Formen entsteht die Nothwendigkeit ihre Identität als ein und dieselbige Begriffsbestimmtheit ausdrückend darzulegen. Das ist schon in dem Gebiete der Geometrie der Fall und weiter ganz besonders in der Mechanik, Astronomie, Physik, welche letztere Disciplinen wir jedoch, um die Grenzen unserer Abhandlung nicht zu überschreiten, nicht weiter berücksichtigen können.

Die Methode nun, vermöge deren der berühmte Analytiker der überall hervorbrechenden Schwierigkeiten Herr wird, ist durchaus eine preiswürdige und eine wahrhafte Bereicherung der Analysis. Aber bei aller Anerkennung können wir doch nicht umhin, es auszusprechen, dass die Absicht, das unendlich Kleine aus den Elementen des höheren Calcüls zu verbannen, nicht vollständig erreicht ist, dass es wohl verhüllt, aber nicht gänzlich aus der Methode herauseliminirt ist. Um dieses zu bewahrheiten, wollen wir noch einmal das Problem der Quadratur einer Curve aufnehmen.

Lagrange geht von der Annahme aus, dass der Raum, der zwischen einem begrenzten Curvenbogen, den Ordinaten der Endpunkte, von denen der eine als fest, der andere als veränderlich angenommen wird, und der Abscissenaxe liegt, nothwendig als gleichzeitig mit dem Werthe x der Abscisse sich ändernd irgend eine Funktion von x sein müsse, und bezeichnet diese Funktion mit $F(x)$. Wenn nun das x um irgend einen Zuwachs i (welcher mit dem früheren Δx identisch ist) zunimmt, so ist der Ausdruck des entsprechenden Flächenstückes $F(x+i)$, und die Zunahme, um welche es sich von dem ersten unterscheidet, hat zu ihrem Ausdrucke

$$F(x+i) - F(x),$$

welcher also den auf das Intervall i der Abscissenaxe bezüglichen Flächenraum vorstellt.

Nehmen wir nun an, dass die gegebene Curve, deren Bestimmtheit in der Relation $y=f(x)$ zwischen ihren Coordinaten ausgedrückt werden möge, innerhalb des Intervalles: $x=x$ bis $x=X$ entweder beständig steige oder beständig falle, so zeigt schon die unmittelbare Ansicht einer Figur (z. B. der Figur im 6ten Abschnitte, wo $x=BO$, $f(x)=y=BC$, $i=BF$, $f(x+i)=DF$ ist), dass der in Rede stehende Flächenraum zwischen den beiden Rechtecken $if(x)$ und $if(x+i)$ enthalten sei, welche durch die Länge des Intervalles i und durch die seinen Endpunkten entsprechenden Ordinaten gebildet werden. Wir haben also im ersten Falle der steigenden Curve

$$if(x) < F(x+i) - F(x) < if(x+i)$$

und im zweiten Falle der fallenden Curve

$$if(x) > F(x+i) - F(x) > if(x+i),$$

oder, wenn wir für die Binome $F(x+i)$ und $f(x+i)$ ihre respektiven Entwickelungen, nämlich

$$F(x+i) = F(x) + iF'(x) + \frac{i^2}{2}F''(x+\omega)$$

$$f(x+i) = f(x) + if'(x+\omega')$$

setzen, wo ω und ω' bestimmte zwischen 0 und i liegende Zahlenwerthe bezeichnen,

$$if(x) \lessgtr iF'(x) + \frac{i^2}{2}F''(x+\omega) \lessgtr if(x) + i^2 f'(x+\omega')$$

oder auch, wenn man mit i durchdividirt

$$f(x) \lessgtr F'(x) + \frac{i}{2}F''(x+\omega) \lessgtr f(x) + if'(x+\omega').$$

Der Ausdruck $F'(x) + \frac{i}{2}F''(x+\omega)$ muss also unter allen Umständen zwischen den beiden Ausdrücken $f(x)$ und $f(x)+if'(x+\omega')$ liegen. Das ist nicht anders möglich, als wenn der Ausdruck

$$F'(x) - f(x) + \frac{i}{2}F''(x+\omega)$$

seinem absoluten Werthe nach, d. h. abgesehen von dem Vorzeichen, immer kleiner als der Unterschied

$$if'(x+\omega')$$

zwischen den beiden äusseren Gliedern der vorigen Ungleichung ist, und aus dieser Beziehung der Ungleichheit folgt durch Anwendung einer leichten algebraischen Transformation:

$$i > \frac{F'(x) - f(x)}{f'(x+\omega') - \frac{1}{2}F''(x+\omega)}.$$

Nun soll, wie klein i auch angenommen werden möge, diese Ungleichung beständig bestehen. Offenbar aber wird sie, sobald $F'(x) - f(x)$ ein endlich bestimmtes Quantum ist, nicht statt haben für alle diejenigen absoluten Werthe von i, welche gleich oder kleiner als der Ausdruck auf der rechten Seite gemacht werden. Damit dies nicht eintreten könne, muss $F'(x) - f(x)$ als Quantum verschwinden, oder es muss

$$F'(x) - f(x) = 0 \text{ also } F'(x) = f(x)$$

sein, und hiermit ist das wichtige Theorem erwiesen, dass die Derivation der Flächenfunktion mit der Curvenfunktion identisch ist, und, wenn wir nun noch berücksichtigen, dass $F'(x) = \frac{dF(x)}{dx}$ also $dF(x) = F'(x)\,dx$ ist oder

$$dF(x) = f(x)\,dx,$$

so folgt augenblicklich die Integralgleichung

$$F(x) + Const = \int f(x)\,dx, \text{ also } F(x) - F(x_0) = \int_{x_0}^{x} f(x)\,dx.$$

Der wesentliche dieser ganzen Beweisführung zu Grunde liegende Gedanke ist doch ersichtlich, dass, um für alle Werthe von i, wie klein sie immer auch seien, eine aus der Natur der Sache fliessende quantitative Beziehung der Ungleichheit zu erhalten, die Differenz $F'(x) - f(x)$ als Quantum verschwinden muss. Hierin liegt schon ein gewisses Hervorbrechen der qualitativen Bestimmtheit, indem etwas, welches als Quantum verschwindet und darum der quantitativen Veränderlichkeit entrückt ist, die Bedingung eines Verhältnisses der Ungleichheit mit absolut variabeln Seiten sein soll. Das Verhältniss der Ungleichheit wird so durch das Verhältniss der Gleichheit $F(x) = f(x)$, gesetzt: das Letztere ist das logische Prius für das Bestehen des Ersteren.

Begnügen wir uns nicht mit dem analytischen Theoreme, dass die Derivation der Flächenfunktion mit der Curvenfunktion identisch ist, sondern suchen ihm einen geometrischen anschaulichen Sinn abzugewinnen: so ist nicht abzusehen, wie man hierbei die Vorstellung eines Grenzprozesses und mithin des unendlich Kleinen vermeide. Dieser Sinn ist nun der, dass das Rechteck, welches aus der Ordinate y und der Länge des Intervalles i sich zusammenzetzt, je mehr das Intervall sich verkleinert, um so stärker mit der Curvenfläche für dasselbe Intervall zusammenfliesst. Die Identität zwischen dem Rechtecke und der Curvenfläche hat nur statt, indem beide zu blossen Idealitäten herabgesetzt werden, mit dem Verschwinden der Dimension der Breite. Die Bestimmtheit dieser idealen Flächenräume legt die Ordinate y fest. Indem aber die auf ein endliches Intervall sich beziehenden Flächenräume ihre Bestimmtheit in einer unendlichen Menge solcher idealer Flächenräume haben, welche durch die mit sich parallele Bewegung der Ordinate einerseits entlang der Curve und andererseits innerhalb des Rechteckes entstehen; so haben wir wegen der Variabilität der Ordinate in der ersten Bewegung und wegen ihrer Unveränderlichkeit bei der zweiten Bewegung das beständige Auseinandergehen der momentanen Bestimmtheiten, als deren continuirliches Nebeneinander die genannten Flächenstücke sich darstellen. Es muss also ein Verhältniss der Ungleichheit zwischen beiden eintreten, und dieses ist hiermit in dem Verhältnissse der Gleichheit begründet, welches mit dem Verschwinden des Intervalles i nachgewiesen werden kann.

Lagrange hat die Sache umgekehrt. Er geht von dem Verhältnisse der Ungleichheit aus und sucht von da auf das Verhältniss der Gleichheit zurückzukommen. Der Ausgangspunkt für sein Raisonnement ist nämlich, dass die Ungleichung

$$F'(x) - f(x) + \frac{i}{2} F''(x+\omega) < if'(x+\omega')$$

bestehen müsse, wie klein man i immer auch annehmen möge. Hierin steckt die beliebige Verkleinerung des i, und Lagrange hat dieses auch vollkommen begriffen; er spricht selber davon — aber er vermeidet von einer beliebigen Verkleinerung bis zur Null hin ausdrücklich zu reden. Gleichwohl wenn wir die Natur der Ungleichung

$$i > \frac{F'(x) - f(x)}{f'(x+\omega') - \frac{1}{2} F''(x+\omega)}$$

in's Auge fassen, so wird, so lange $F'(x) - f(x)$ innerhalb des in Anspruch genommenen Intervalles endliche Zahlwerthe behält, ein solcher Werth von i existiren, nämlich

$$i' = \frac{F'(x) - f(x)}{f'(x+\omega') - \frac{1}{2}F''(x+\omega)} \text{ *)},$$

dass für alle kleineren Werthe von i die rechte Seite ihrem absoluten Werthe nach immer grösser als die linke Seite ausfällt, d. h. die Ungleichheit nicht mehr statt hat. Sie wird vielmehr

*) Um den Werth i' zu berechnen, hat man für $f'(x+\omega')$ und $F''(x+\omega)$ ihre Werthe als Funktionen von i und x in die Gleichung

$$i\left\{f'(x+\omega') - \tfrac{1}{2} F''(x+\omega)\right\} - \left\{F'(x) - f(x)\right\} = 0$$

einzusetzen, die entstehende algebraische oder transscendente Gleichung nach i zu ordnen und alsdann ihre Wurzeln i' zu berechnen.

um so stärker in ihr Gegentheil verkehrt, je weiter man die Verkleinerung von i treibt. Weil nun i als ein willkürliches Zahlelement beliebig klein angenommen werden darf, so ist die Ungleichung nicht anders zu retten, als durch die Annahme $F'(x) - f(x) = 0$. Aber offenbar wird in diesem Raisonnement die Willkürlichkeit von i in dem Sinne gesetzt, dass sie die Verkleinerung bis zur Null hin gestattet, und es liegt ihm also dieselbe beständige Abnahme von i zu Grunde, welche das Wesen des Grenzprozesses ausmacht. Denn wollte man diese Abnahme nicht geradezu in die Null hinein, sondern nur bis zu einem gewissen endlichen Zahlwerth Z hin als ihren Grenzpunkt gerichtet sein lassen: so wäre, wenn zufällig $Z < i'$ sein sollte, allerdings die obige Ungleichung ebenfalls ein Widersinn, wenn $F'(x) - f(x)$ von Null verschieden wäre. Aber bei der Willkürlichkeit von x und in der Zusammensetzung der Funktionen $f(x)$ und $F(x)$ konnte es eben so gut kommen, das $Z > i$ wäre, und dann würde die Ungleichung auch für den Fall selber bestehen können, wenn $F'(x) - f(x)$ einem endlichen Zahlenwerthe gleich wäre. Es fiele also jeder Grund zu dem Schlusse hinweg, dass $F'(x) - f(x)$ als Quantum verschwinde. Um also auf jeden Fall einen solchen Grenzpunkt für die Verkleinerung von i zu haben, dass wir, um den Bestand der Ungleichung zu retten, zu einem zwingenden Schlusse genöthigt sind, bleibt nichts anderes übrig, als nicht etwa bei diesem oder jenem bestimmten Grenzwerthe stehen zu bleiben, sondern geradezu die Verkleinerung nach der Null hin convergiren zu lassen. Hierin sind wir um so mehr gerechtfertigt, als wir durch unsere Annahme, die Curve nur innerhalb eines solchen Intervalles zu betrachten, in welchem sie entweder beständig steigt oder beständig fällt, häufig verbunden sein werden das Element nicht über eine gewisse Grösse hinaus zu nehmen, aber keinesfalls ein Grund vorliegt, seine beliebige Verkleinerung zu beschränken — wie denn auch Lagrange sich jeder derartigen Beschränkung enthalten hat.

Zufolge des von uns eingeführten Sprachgebrauches ist also in seiner Argumentation das Element i eine unendlich kleine Grösse; nur der Unterschied findet statt, dass im Grenzprozesse dasjenige, was aus der unausgesetzten Verkleinerung einer Grösse resultirt, als sich deckend mit dem, was aus dem Nullzustande derselben folgt, aufgewiesen wird. Hier ist nur das Erstere in die Beweisführung hineingenommen: aber das Letztere ist, wenn es auch nicht ausdrücklich erwähnt wird, doch thatsächlich vorhanden. Um dieses zu zeigen, gehen wir auf die Ungleichung

$$f(x) \lesseqgtr \frac{F(x+i)-F(x)}{i} \lesseqgtr f(x+i)$$

zurück und lassen das i sich geradezu annulliren. Dadurch werden die beiden Grenzen $f(x)$ und $f(x+i)$, zwischen denen $\frac{F(x+i)-F(x)}{i}$ beständig enthalten sein soll, sofort in eine einfache Identität zusammengehen und die zwischenliegende Grösse $\frac{F(x+i)-F(x)}{i}$ muss sich auch auf dieselbige identische Bestimmtheit reduciren: unsere Ungleichung wird sich so in die Gleichung

$$f(x) = \frac{F(x+i)-F(x)}{i}$$

umsetzen, und sehen wir zu, was nach Lagrange $\frac{F(x+i)-F(x)}{i}$ unter der Voraussetzung von $i=0$ bedeutet, so ist es geradezu $F'(x)$. Nämlich dass das Verhältniss $\frac{F(x+i)-F(x)}{i}$ ein Verhältniss mit annullirten Verhältnissmomenten ist, dieses wird bei ihm nicht weiter urgirt, als für das Gesetz der Ableitung der Funktion $F'(x)$ überflüssig. Vielmehr indem ganz im Allgemeinen die Gleichung

$$F(x+i) = F(x) + iF'(x) + \frac{i^2}{2} F''(x+\omega)$$

besteht, so ist die Reduktion des Ausdruckes

$$\frac{F(x+i)-F(x)}{i} = F'(x) + \frac{i}{2} F''(x+\omega)$$

auf den Ausdruck $F'(x)$ unter der Annahme $i=0$ ein analytisches Faktum. Auf diese Weise tritt natürlich nichts von der inneren Beziehung hervor, welche das Wesen der Sache zu der Form ihrer Darstellung hat; aber auf dem Standpunkte von Lagrange ist das vollkommen consequent. Der Differentialcalcül hat für denselben nur den Zweck, ein System analytischer Formen aufzustellen, die erst in den Anwendungen eine bestimmte Bedeutung gewinnen, und um dieses zu erreichen, ist es allerdings statthaft, lediglich dasjenige, was aus der Annahme $i=0$ resultirt, in die rein analytische Betrachtung aufzunehmen: so ist er eine blosse Ableitungsrechnung. Die Begriffsbestimmtheit, welche die Ableitungen Bezugs ihrer erzeugenden Funktionen haben, tritt erst in den Anwendungen hervor, und in diesen ist es darum erforderlich, dass die Manier, wie jene Annullation sich als stetiger Prozess vollführt, unter irgend einer Form in Betracht gezogen wird.

Der Kern der ganzen höchst merkwürdigen Argumentation ist also wesentlich darin zu suchen, dass die beiden Momente des unendlich Kleinen, das sich Annulliren und die Vermittelung dieses Annullirens durch den negativen Prozess fortwährender Verkleinerung aus einander gehalten werden. Sie treten beide für sich auf, das Erste in der Behandlung des Differentialcalcüls für sich, das Zweite in der Theorie der Anwendungen. Formell ist daher der Begriff des Unendlichen glücklich umgangen, aber sachlich dürfte sein Vorhandensein schwerlich abgeleugnet werden können. In dem Auseinanderhalten der beiden allerdings einander widersprechenden Momente dieses Begriffes liegt denn auch der Grund für die Strenge und Ueberzeugungskraft der Beweisführung; — aber auf der anderen Seite möchten wir behaupten, dass die Methode eben um das Gewaltsame dieser Trennung von Zusammengehörigem wieder auszugleichen einen zu grossen Aufwand künstlicher Mittel erfordert (man vergleiche z. B. das Problem der Rektifikation einer Curve bei Lagrange) und sie mag daher wohl ihre Stelle in den Elementen behaupten, wenigstens für die wichtigsten Probleme, aber namentlich um desswillen, damit sie alle etwaigen noch übrigen Zweifel an der Begründung der Methode des unendlich Kleinen hebe. Die Letztere dürfte sowohl wegen der Leichtigkeit und Einfachheit, die ihre Anwendung in so hohem Maasse auszeichnet, als auch wegen der Vernunftgemässheit ihres auf die Natur der Sache gegründeten Ganges wohl unter allen Umständen der Derivationsmethode vorzuziehen sein, welche für die Anwendung ohnedem noch eine zweite Methode fordert.

10.

Hegels Verhältniss zu Lagranges Derivationcalcül.

Hegel rühmt mit Recht die Strenge und Wissenschaftlichkeit der Argumentation, durch welche Lagranges Theorie der analytischen Funktionen sich empfehle; — aber gleichwohl scheint er ihn eben so wenig verstanden zu haben, als es ihm mit dessen Vorgängern Newton, Leibnitz, Euler gegangen ist.

Seine Kritik der Methode, vermöge deren sich Lagrange in den Anwendungen bewegt, bezieht sich speciell auf ihre Anwendung zur Bestimmung der analytischen Gleichung der Tangente. Lagrange definirt nach dem Vorgange der Alten die Tangente an eine Curve als eine solche gerade Linie, dass zwischen ihr und der Curve, mit der sie einen Punkt gemeinschaftlich hat, keine andere gerade Linie, die gleichfalls in diesen Punkt fiele, durchgehen könne. Um dieses analytisch auszudrücken bemerken wir, dass die Gleichung einer beliebigen Geraden, welche durch den Punkt (y, x) der Curve geht,

$$\eta - y = a(\xi - x)$$

sei, wo η und ξ die laufenden Coordinaten der Geraden bezeichnen. Gehen wir nun über den Punkt (y, x) dieser Geraden hinaus zu einem solchen über, der in der Distanz i auf der Abscissenaxe von ihm entfernt liegt: so wird die Abscisse ξ' desselben gleich $x+i$ und die Ordinate η' gleich $y+ai$. Sei ferner die Gleichung der Curve $y=f(x)$, so wird derselben Abscisse $x'=x+i$ die Ordinate $y'=f(x+i)$ der Curve entsprechen, wo für y' noch seine Entwickelung

$$y'=f(x)+if'(x)+\frac{i^2}{2}f''(x+\omega) \text{ oder}$$

$$y'=y+if'(x)+\frac{i^2}{2}f''(x+\omega)$$

gesetzt werden kann. Demgemäss wird die Differenz der Ordinaten η' und y', von denen die eine der geraden Linie und die andere der Curve für den durch den Werth $x+i$ der Abscisse festgelegten Punkt angehört, offenbar

$$y'-\eta'=i\left\{f'(x)-a\right\}+\frac{i^2}{2}f''(x+\omega)$$

zum Ausdrucke haben. Da nun die Gleichung $\eta - y = a(\xi - x)$ wegen der Willkürlichkeit des a alle die unendlich vielen Geraden ausdrückt, die durch den Punkt (y, x) gehen, so kommt es darauf an, denjenigen speciellen Werth von a zu bestimmen, für welchen der geforderten Bedingung Genüge geschieht. Wenn nun die Berührende gezogen ist, und zwischen ihr und der Curve noch eine andere Gerade liegen könnte, so müsste der absolute Werth von $y'-\eta'$, wenn er sich auf erstere bezieht, grösser sein als in dem Falle, in welchem er sich auf die letztere Gerade bezieht. Da aber eine solche Gerade, wie die zweite, durch die Natur unseres Problemes ausgeschlossen ist, so muss der Ausdruck, wenn er auf die berührende Gerade gehen soll, den kleinsten Werth bekommen unter allen denen, welche für die verschiedenen Annahmen von a möglich sind.

Soweit stimmt Hegel vollkommen mit Lagrange überein. Zwar es „kommt gleichfalls das berüchtigte Increment hinein; aber der hier gemachte Gebrauch ist berechtigt und nothwendig: er fällt in den Umkreis der Geometrie.“ Er erläutert dies weiter (pag. 347) dahin, dass durch die angegebene Erklärung der Tangente „die Qualität der Tangente oder Nicht-Tangente auf den Grössenunterschied zurückgeführt und diejenige Linie der Tangente ist, auf welche die grössere Kleinheit schlechthin in Ansehung der Determination, auf welche es ankommt, falle.“ Es handelt sich nun darum, wie diese grössere Kleinheit in der analytischen Formel zum Ausdrucke komme, oder die Bedingungen anzugeben, unter welchen der Ausdruck

$$i\left\{f'(x)-a\right\}+\frac{i^2}{2}f''(x+\omega)$$

seinen kleinsten Werth bekommt, und Lagrange findet, dass der Ausdruck $f'(x)-a$ verschwinden oder $a=f'(x)$ sein müsse. Die Gleichung der Tangirenden wäre also

$$\eta-y=f'(x)(\xi-x)$$

in Uebereinstimmung mit der früheren Entwickelung. In der That ist leicht einzusehen, dass der Ausdruck

$$i\left\{f'(x)-a\right\}+\frac{i^2}{2}f''(x+\omega)$$

seinen kleinsten Werth bekomme, wenn das erste Glied sich annullirt. Denn wenn wir unter a einen solchen Zahlenwerth verstehen, der entweder grösser oder kleiner als $f'(x)$ ist, so dass $f'(x)-a$ von 0 verschieden ausfällt, so wird ohne Rücksicht auf das Zeichen

$$i\left\{f'(x)-a\right\}+\frac{i^2}{2}f''(x+\omega),$$

wenn man i nur klein genug annimmt, zuletzt immer grösser werden als der Ausdruck $\frac{i^2}{2}f''(x+\omega)$. Nämlich auch im ungünstigsten Falle, in welchem $i(f'(x)-a)$ und $\frac{i^2}{2}f''(x+\omega)$

verschiedene Vorzeichen haben, wird für alle Werthe von i, die absolut genommen kleiner als $\frac{f'(x)-a}{f''(x+\omega)}$ sind, dieser Ungleichung genügt.

Hierüber ist es nun, dass Hegel ganz eigenthümliche Ansichten entwickelt. Er fährt in der abgebrochenen Stelle fort:

„Diese scheinbar nur relative Kleinheit enthält durchaus nichts Empirisches, d. i. ein von einem Quantum als solchem Abhängiges, sie ist qualitativ durch die Natur der Formel gesetzt, wenn der Unterschied des Momentes, von dem die zu vergleichende Grösse abhängt, ein Potenzenunterschied ist, indem derselbe auf i und i^2 hinauskommt, und i, das zuletzt doch eine Zahl bedeuten soll, dann als ein Bruch vorzustellen ist, so ist i^2 an und für sich kleiner als i, so dass selbst die Vorstellung von einer beliebigen Grösse, in der man i nehmen könne, hier überflüssig und sogar nicht an ihrem Orte ist. Eben damit hat der Erweis der grösseren Kleinheit nichts mit einem unendlich Kleinen zu thun, das hiermit hier keineswegs hereinzukommen hat."

Das Moment, von dem die zu vergleichende Grösse

$$y'-\eta' \text{ oder } i\left\{f'(x)-0\right\}+\frac{i^2}{2}f''(x+\omega)$$

abhängt, ist der Zusatz: und wenn es ausgesprochen wird, dass die scheinbar nur relative Kleinheit des Ausdruckes $y'-\eta'$ nichts Empirisches oder von einem Quantum als solchem Abhängiges enthalte, so können wir das auch noch zugeben: denn sachlich ist sie durch die qualitative Natur des Curvenflusses gesetzt, und wenn diese Abhängigkeit für die analytische Formel auch von i herkommt, so ist i hier doch nicht ein Quantum als solches, in sofern wir es nicht als fixe Zahlengrösse festhalten, sondern als in einer beständigen Veränderung, in einem beständigen Hinausgehen über seine Bestimmtheit begriffen. Nämlich wenn schon die Argumentation bloss die Allgemeinheit des i voraussetzt, so ist gleichwohl das Wesentliche, dass von einem gewissen Werthe des i ab alle darunter liegenden Werthe die Ungleichung erfüllen, und es ist nicht etwa bloss ein specieller unter ihnen, dessen wir benöthigt sind, sondern sie sind alle gleichmässig in Anspruch zu nehmen. Indem wir nun von jedem Werthe des i zu dem unmittelbar darunter liegenden übergehen, so ist hierin die Näherung nach der Null hin enthalten, und dass diese Bewegung des i in sein Verschwinden hinein die Hauptsache ist, das ersieht man daraus, dass, wenn wir einen endlichen von Null verschiedenen Zahlenausdruck i' als die feste Grenze für diese Bewegung annehmen wollten, und die darunter liegenden Werthe von i demzufolge der Ungleichung

$$i\left\{f'(x)-a\right\}+\tfrac{1}{2}i^2f''(x+\omega)>\tfrac{1}{2}i^2f''(x+\omega)$$

nicht genügten, dass dann eine gerade Linie existiren müsste, welche innerhalb des Intervalles $\xi=x$ und $\xi=x+i'$ zwischen der Curve und der Tangente sich befände. Der Charakter der Tangente erfordert es aber, eben wesentlich in der Nähe des Berührungspunktes, dass dies unstatthaft ist.*) — Dieses Alles vorausgesetzt, giebt es auch noch einen vernünftigen Sinn, wenn i^2 als an und für sich kleiner als i bezeichnet wird. Denn in der Bewegung des i nach der Null hin, d. h. wenn i eine unendlich kleine Grösse ist, ist es die Natur des Ausdruckes

$$i\left\{f'(x)-a\right\}+\frac{i^2}{2}f'(x+\omega)$$

langsamer abzunehmen als der Ausdruck $\frac{i^2}{2}f''(x+\omega)$ und es folgt mithin, dass irgend einmal dies in dem Wesen der Sache begründete Verhältniss auch thatsächlich hervortrete, oder es wird irgend ein Werth von i existiren, so dass von da ab für alle kleineren Zahlenwerthe von i der erste Ausdruck wirklich grösser wird als der zweite.

Aber Hegel scheint anderer Meinung zu sein. Denn er sagt ausdrücklich, dass die Vorstellung von einer beliebigen Grösse, in der man i nehmen könnte, hier überflüssig und sogar nicht an ihrem Orte sei. Wir müssen einräumen, dass die weitere Folgerung aus dieser Behauptung richtig ist, nämlich dass das unendlich Kleine in Lagrange's Methode nicht hineinkomme. Aber einmal hat Hegel es dem Scharfsinn seiner Leser überlassen, sich

*) Hingegen, wenn wir durch den Berührungspunkt eine beliebige Sekante ziehen, so wird dieselbe in der Nähe ihres zweiten Durchschnittspunktes, d. h. in einer gewissen endlichen Entfernung von dem Berührungspunkte der Tangente, allerdings zwischen der Curve und der Tangente liegen, wenigstens derjenige Theil, welcher in der Verlängerung der Sehne über den genannten Punkt hinausreicht und für diesen Theil wird auch unser Ordinatenunterschied kleiner sein, als er für die Tangente wird.

die Demonstration so einzurichten, dass die Beliebigkeit des i herausfalle, sowie er es auch nicht für gut befunden hat, den fixen Zahlenwerth, welchen i alsdann doch wohl haben muss, näher zu bestimmen, und dann, sobald man ihm das alles auch auf Treu und Glauben einräumen wollte, sinken seine vorhergehenden Erörterungen in ein leeres Nichts zusammen — zunächst freilich nur unsere eben entwickelte Interpretation derselben, die er vielleicht von vorn herein verworfen haben dürfte. Aber er hat es unterlassen sich bestimmt über das zu erklären, was er *eigentlich* meint, und wir sind unvermögend, aus diesem Chaos von Bestimmungen eine Deutung zu finden, die wir als mehr in seinem Sinne gedacht zu bezeichnen wagen. Sonach bleibt nichts übrig, als kraft des guten und unbezweifelten Rechtes, welches Lagrange's Entwickelungen bisher stets zuerkannt worden ist, so lange gegen Hegel's Ausdeutungen derselben als leere und inhaltslose Protest zu erheben, als der bestimmte analytische Sinn der Deutung nicht dargelegt wird. Oder wenn er (in unserm Sinne allerdings mit voller Berechtigung) meint, dass die erwähnte Kleinheit des Ordinatenunterschiedes qualitativ durch die Natur der analytischen Formel, als eines Potenzenunterschiedes, gesetzt sei, sollte wirklich das Dunkel dieser Behauptung sich vermindern, indem er behufs ihrer Erklärung (wohl speciell sich auf das „qualitativ" Gesetztsein beziehend) das i^2 als „an und für sich kleiner" als i bezeichnet? Wir wollen es auf sich beruhen lassen, da den leitenden Faden in diesem Labyrinthe widersprechender unklarer Behauptungen zu finden uns hoffnungslos dünkt: aber wir vermögen wenigstens die Bemerkung nicht zu unterdrücken, dass die Lobpreisung Lagrange's, welche Hegel der zuletzt angeführten Stelle vorausschickt, sich etwas zweideutig ausnimmt, wenn er gerade das, was den Nerv des Beweises bei jenem ausmacht, nämlich die Beliebigkeit des i mit dürren Worten eliminirt.

Wir wollen nun näher auf das Verhältniss eingehen, in welchem Hegel zu Lagrange's Derivationscalcül steht, und die Vergeblichkeit seiner Bemühungen nachweisen, welche um die Feststellung seines logischen Sinnes zeigen.

Das Wesen des höheren Calcüls soll nach Hegel nicht in den formalen Bestimmungen enthalten sein, sondern erst in den Anwendungen hervortreten. Aber die Behauptung ist an sich selber ein Widerspruch. Wenn der höhere Calcül die allgemeinen

Formen hergiebt, welche in den vielfältigen Anwendungen auf Geometrie, Mechanik, Physik ihre bestimmte Bedeutung erhalten, so müssen doch diese allgemeinen Formen in ihnen selber eine solche Natur haben, dass sie jene Bedeutung adäquat zur Darstellung zu bringen auch wirklich geeignet sind. Es muss also irgend ein allgemeiner Gedanke existiren, der eben so sehr auf den verschiedenen Gebieten der Anwendung, als in den formalen Kategorien der abgeleiteten oder erzeugenden Funktion sich verwirklicht vorfindet, und derselbe wird denn auch in der Methode des unendlich Kleinen aufgezeigt. Gehen wir die Gesammtheit der Anwendungen durch, so werden wir überall auf die Kategorien der Veränderlichkeit und der Continuität hingetrieben, wenigstens sobald wir die Natur der Sache ausdrücken wollen, und eben diese Kategorien sind es ja auch, welche vermöge der Differentialrechnung und der Integralrechnung sich dem denkenden Subjekte erschliessen. Der bloss verständigen Betrachtung liegt es nahe, den Begriff von der Form, unter welcher er sich stellt, abzutrennen, zumal wenn der Widerspruch seiner Momente in aller Schärfe hervorbricht, und nichts anders hat Lagrange unternommen, als er, zunächst um methodischer Bedenken willen, die Operationen des höheren Calcüls ohne alle Rücksicht auf ihre eigentliche Bedeutung als reine Prozesse der Funktionenbildung nahm und weiter in den Anwendungen die reale Bedeutung dieser Funktionenbildung nachwies.

Dass ein solcher Standpunkt irgend einmal sich geltend mache, ist nothwendig und heilsam. Der Verstand muss sich kritisch gegen den Begriff verhalten und durch das scharfe Hervorheben seiner Bestimmtheiten ihn zersetzen, ehe er aus der Unmittelbarkeit seines Seins als vermittelte Einheit in unser Denken hineingehen kann. In der That ist auch Lagrange, wenn man von seinen ausserordentlichen Verdiensten um die Weiterentwickelung der Wissenschaft absieht, besonders dadurch in der Entwickelung der Analysis Epoche machend, dass die kritische Richtung derselben, welche mit der Sichtung und Sicherung der erworbenen Schätze sich zu thun macht, vornehmlich mit ihm anhebt. Demgemäss wird es nicht mehr befremden, dass Lagrange den Derivationscalcül schuf: aber wie Hegel gerade diesen Standpunkt hat aufnehmen können, das ist schwer begreiflich. Hegel ist der Philosoph, der die Einheit des Begriffes als bedingt durch das Zusammengehen seiner widersprechenden Momente hervorhebt, der gegen die verständige Auffassung in der Wissenschaft so heftig polemisirt, weil der Begriff mehr sei als die Angabe seiner wesentlichen Bestimmtheiten, der Form und Inhalt nicht von einander abtrennen will, sondern beide als gegenseitig sich bedingend, als durch einen nothwendigen Zusammenhang verknüpft ansieht. Gleichwohl ist ihm das Wesen des höheren Calcüls erst in seinen Anwendungen erschlossen: somit ist dieser das Erzeugen von an und für sich inhaltlosen, d. h. begrifflosen Formen, und Hegel selber spricht sich (pag. 371) darüber wie folgt aus:

„Es kann zunächst für ein Belieben oder eine Möglichkeit ausgegeben werden, eine Gleichung von den Potenzen ihrer veränderlichen Grössen auf ein Verhältniss ihrer Entwickelungsfunktionen zu setzen; ein weiterer Zweck, Nutzen, Gebrauch hat erst das Dienliche solcher Umgestaltung anzugeben: durch ihre Nützlichkeit allein ist jene Umstellung veranlasst worden."

Nun steht es freilich historisch fest, dass die Anwendungen eher waren als die Theorie der höheren Rechnung; wenn man will, kann man das unendlich Kleine bis auf Archimedes zurückführen. Aber der geniale Gedanke der Erfinder des Differential- und Integralcalcüls, aus den allgemeinen jene Anwendung beherrschenden Principien sich das System des höheren Calcüls zu abstrahiren — dieser geniale Gedanke ist nicht etwa aus trockenen Nützlichkeits- oder Bequemlichkeits-Rücksichten entsprungen: er ist die nothwendige Geburt der wissenschaftlichen Forschung, welche aus der Mannigfaltigkeit der Erscheinungen sich in die einfache Innerlichkeit, das einfache Wesen des Principes hinein versenkt.

Hegel mag vielleicht ein gewisses Gefühl gehabt haben, dass es doch ein starker Widerspruch mit seinem eigenen Systeme wäre mit einer Wissenschaft, die nur in leeren und abstrakten Formen sich bewegen soll, einzig im Vertrauen auf unbestimmte Versprechungen hin sich zu befassen und sich nicht einmal auf logischem Wege zuvor dessen zu versichern, dass die Versprechungen einen realen Hintergrund haben, oder die Natur jener Formen die verheissene Frucht in sich aufzunehmen fähig sei. Wenigstens, ohne jedoch von seiner früheren Behauptung abzugehen, versucht er, ein gewisses Princip der Differentialrechnung aufzustellen. Dieselbe soll nämlich die Herabsetzung einer Gleichung auf niedrigere Potenzen, also eine Depotenzirung beabsichtigen. Ihre Anwendung soll daher überall statt haben, wo das Bedürfniss vorhanden sei, von einer höheren Potenzbestimmung zu einer niederen überzugehen. Es ist der Mühe werth, näher auf den Gedankengang Hegels einzugehen und das Leere und Haltlose seiner Entwickelung offen zu legen. Um ihm aber nicht Unrecht zu thun, wollen wir das Wesentliche des ganzen Zusammenhanges, in welchem er (pag. 330, 331, 332) seine Ideen über den Zweck des Differentialcalcüls vorträgt, in möglichster Kürze zusammenfassen.

Die qualitative Grössenbestimmtheit ist in dem Potenzenverhältniss enthalten, und da die Differentialrechnung das Specifische hat mit qualitativen Grössenformen zu operiren, „so muss ihr eigenthümlicher Gegenstand die Behandlung von Potenzformen sein, und die sämmtlichen Aufgaben und deren Auflösungen, zu deren Behuf die Differentialrechnung gebraucht wird, zeigen es, dass das Interesse allein in der Behandlung von Potenzbestimmungen als solcher liegt." Das Eigenthümliche der Gleichungen, mit denen sich der höhere Calcül befasse, ist daher darin zu suchen, „dass in ihnen zwei oder mehr Grössen zu einem Ganzen der Bestimmtheit so verbunden sind, dass diese erstens ihre Bestimmtheit in empirischen Grössen als festen Grenzen und dann in der Art der Verbindung mit denselben, sowie ihrer Verbindung unter einander haben; und dass zweitens eine Seite, wie diese Grössen hier ihre Bestimmtheit haben, darin liegt, dass sie (wenigstens eine derselben) in einer höheren als die erste Potenz in der Gleichung vorhanden sind."

„Die Grössen nach der ersten der angegebenen Bestimmungen haben ganz nur den Charakter solcher veränderlichen Grössen, wie sie in den Aufgaben der unbestimmten Analysis vorkommen. Ihr Werth ist unbestimmt, aber so, dass, wenn anders woher ein vollkommen bestimmter Zahlenwerth für die eine kommt, auch die andere bestimmt, so die eine eine Funktion der anderen ist."

Hegel macht nun einen kühnen Gedankensprung; er bleibt bei den so resultirenden zusammen gehörigen zwei Specialwerthen der Veränderlichen stehen und ignorirt die übrigen, die er vielmehr als in einer gleichen Vereinzelung dastehend zu fassen scheint. Sie sind aber alle in gleicher Weise durch die allgemeine Form der Funktion bedingt und haben so an ihnen selber einen Zusammenhang, dessen Ergründung, wie wir wissen, auf die Kategorieen der Veränderlichkeit und Continuität hinführt. Dies alles lässt Hegel unbeachtet und, indem er bei der gewonnenen Beziehung zwischen zwei bestimmten Grössen oder Werthen der Veränderlichen, die sich zunächst als eine einzelne, für sich seiende, oder, wenn man lieber will, als ein Punkt der Funktion ergab, stehen bleibt: so meint er wahrscheinlich die logische Nothwendigkeit, zu den Begriffen der Veränderung und der Continuität fortzugehen, glücklich beseitigt zu haben und fügt der abgebrochenen Stelle folgende Schlussfolge bei, deren Zusammenhang mit dem Vorhergehenden er denn auch selber vertreten mag:

„Die Kategorieen von veränderlicher Grösse, Funktion und dergleichen sind darum für die specifische Grössenbestimmtheit, die hier in Rede steht, nur formell (!), weil sie von einer Allgemeinheit sind, in welcher dasjenige Specifische, worauf das ganze Interesse des Differentialcalcüls geht, noch nicht enthalten ist, noch daraus durch Analyse explicirt werden kann; sie sind für sich einfache, unbedeutende, leichte Bestimmungen (!), die nur erst schwierig gemacht werden, in sofern das in sie gelegt werden soll, damit es denn aus ihnen abgeleitet werden könne, was nicht in ihnen liegt, nämlich die specifische Bestimmung der Differentialrechnung.“

Nachdem Hegel so mit einem philosophischen Machtworte die entgegenstehenden Ansichten beseitigt zu haben wähnt, fährt er fort, die Natur des Potenzenverhältnisses zu beschreiben, in sofern es in dem höheren Calcül betrachtet wird. „Die specifische Unbestimmtheit, die die Veränderlichen hier haben, liegt allein darin, dass sie in solchen Potenzenverhältnissen Funktionen von einander sind. Dadurch ist die Veränderung der veränderlichen Grössen qualitativ determinirt, damit continuirlich, und diese Continuität, die für sich wieder nur die formelle Kategorie überhaupt einer Identität, einer sich in der Veränderung erhaltenden, gleichbleibenden Bestimmtheit ist, hat hier ihren determinirten Sinn, und zwar allein in dem Potenzenverhältnisse, als welches kein Quantum zu seinem Exponenten hat und die nicht quantitative, bleibende Bestimmtheit der veränderlichen Grössen ausmacht.“

Abgesehen von dem Hegel eigenthümlichen Auseinanderhalten der Begriffe von Potenzenverhältniss und von Funktion, deren

12*

Unterschiede wir übrigens gleichwohl nirgends von ihm bestimmt angegeben finden, und abgesehen von dem, wie uns dünkt, fehlenden Zusammenhange zwischen den einzelnen Schlussfolgen*) ist hiermit die Natur der Sache richtig erfasst, wenn wir anders das Raisonnement in seinem Sinne verstehen. Die Consequenz aber, mit welcher Hegel, nachdem er eben erst die Kategorieen von Veränderlichkeit, Funktion und dergleichen, so wie in der vorhergehenden Anmerkung auch die Continuität aus dem Gebiete des höheren Calcüls hinausgewiesen hat, nunmehr „die specifische Unbestimmtheit, die die Veränderlichen hier haben“ *darin* findet, dass sie im Potenzenverhältnisse „Funktionen von einander“ sind, und in Folge davon die continuirliche Veränderlichkeit zu dem „Eigenthümlichen“ rechnet (um seine früheren Worte wieder zu gebrauchen), „wodurch die Betrachtung der veränderlichen Grössen sich in der Differentialrechnung von ihrer Beschaffenheit in der unbestimmten Analysis unterscheidet“ — diese Consequenz hat denn doch etwas Unfassbares. Oder wenn er unter continuirlicher Veränderlichkeit etwas anderes versteht, als jene ihm so anrüchigen Kategorieen der Veränderlichkeit und der Continuität enthalten, so ist schwer einzusehen, warum der Philosoph sich nicht bestimmter zu erklären für gut gefunden hat.

Die Hegel'sche Consequenz ist aber immer noch nicht an ihrem Ende. Man sollte nun doch meinen, dass der höhere Calcül sich mit dem beschäftige, was eben als die specifische Bestimmtheit des Potenzenverhältnisses, um welches es zu thun sei, aufgezeigt worden ist, dass also die continuirliche Veränderlichkeit der Funktion sein wesentlicher Gegenstand sein müsse. Aber Hegel behält sich (pag. 334 unterst) die Angabe des Interesses noch vor, auf welches die Behandlung des Potenzenverhältnisses gehen soll, und wir erfahren nun zu unserem Erstaunen, dass dies Interesse in gar keiner Verbindung mit der spe-

*) Wie kommt er, um nur Eines anzuführen, z. B. so plötzlich zu der Einsicht, dass die Kategorie der Continuität in einem innigen Zusammenhange mit der qualitativen Bestimmtheit eines Potenzverhältnisses steht, und welches ist der nähere „determinirte“ Sinn dieses Zusammenhanges, den er mit vollem Rechte annimmt? Wäre er auf die Beantwortung dieser Fragen wirklich eingegangen, so hätte er ganz gewiss gefunden, dass dieser Sinn sich in der Differentialrechnung und wie er sich in solcher erschliesst, und dann dürfte er wohl zu einer ganz anderen Anschauung des höheren Calcüls gelangt sein.

cifischen Natur, in welcher jenes auftritt, d. h. mit seiner continuirlichen Veränderlichkeit, steht. Es soll nämlich darin liegen, dass aus dem gegebenen Potenzenverhältnisse gewisse andere Potenzenverhältnisse ihre Ableitung haben. Das Gesetz dieser Ableitungen soll aus der Taylor'schen Reihenentwickelung für das primitive Potenzenverhältniss erhellen und zwar, indem man von dem unbestimmten Zusatze, den die Grundzahl (oder vielmehr die unabhängig Veränderliche) erhalten hat, sowie von der Form einer Reihe, also von der Verbindung ihrer Glieder durch das Summenzeichen, abstrahirt (man vergleiche pag. 335, 336, 337). Was übrig bleibe, sei ein System von Potenzverhältnissen, welche, indem sie durch die Coefficienten der Entwickelung von Taylor vorgestellt werden, vermöge des gegebenen ihre Bestimmtheit haben und somit als Funktionen der Potenzirung sich hinstellen. Die Sache nun, um die es sich handele, sei das Verhältniss, welches zwischen dem ursprünglichen Potenzenverhältniss und den Funktionen ihrer Potenzirung statt habe: aber seine Natur trete nicht etwa in der Theorie des höheren Calcüls, sondern erst in den Anwendungen hervor, in denen sich also sein eigentliches Wesen erst enthülle. „Durch das Finden von Verhältnissen an concreten Gegenständen, welche sich auf jene abstrakt analytischen zurückführen lassen, hat die Differentialrechnung ihr grosses Interesse erhalten." (pag. 339.)

„Ueber die Anwendbarkeit," wird theilweise berichtigend fortgefahren, „ergiebt sich zunächst aus der Natur der Sache, ohne noch aus den Fällen der Anwendung selbst zu schliessen, vermöge der aufgezeigten Gestalt der Potenzmomente von selbst Folgendes. Die Entwickelung der Potenzengrössen, wodurch sich die Funktionen ihrer Potenzirung ergeben, enthält, von näherer Bestimmung abstrahirt, zunächst überhaupt die Herabsetzung der Grösse auf die nächst niedrigere Potenz. Die Anwendbarkeit dieser Operationen findet also bei solchen Gegenständen statt, bei welchen gleichfalls ein solcher Unterschied von Potenzbestimmungen vorhanden ist. Wenn wir nun auf die Raumbestimmtheit reflektiren, so finden wir, dass sie die drei Dimensionen enthält, die wir, um sie von den abstrakten Unterschieden der Höhe, Länge und Breite zu unterscheiden, als die concreten bezeichnen können, nämlich die Linie, die Fläche und den totalen Raum; und indem sie in ihren einfachsten Formen und in Beziehung auf Selbstbestimmung und damit auf analytische Dimensionen genommen werden, haben wir die gerade Linie, die ebene Fläche und dieselbe als Quadrat, und den Cubus. Die gerade Linie hat ein empirisches Quantum, aber mit der Ebene tritt das Qualitative, die Potenzenbestimmung, ein; nähere Modificationen, z. B. dass dies gleich auch mit der ebenen Curve geschieht, können wir, in sofern es zunächst blos um den Unterschied im Allgemeinen zu thun ist, unerörtert lassen. Hiermit entsteht auch das Bedürfniss, von einer höheren Potenzenbestimmung zu einer niedrigeren und umgekehrt überzugehen, indem z. B. lineare Bestimmungen aus gegebenen Gleichungen der Fläche u. s. f. oder umgekehrt abgeleitet werden sollen."

Die Differentialrechnung soll hiernach kurzweg die Bedeutung haben, eine Herabsetzung des Grades der Funktion, eine Depotenzirung zu erzielen. Diese Behauptung ist wiederum, wie so viele andere, von Hegel ohne näheren Nachweis aufgestellt worden. Sie soll „aus der Natur der Sache, vermöge der aufgezeigten Form der Potenzmomente" folgen: aber, wie es folgt, das bleibt der geförderten Einsicht seiner Leser zur Selbstentwickelung überlassen. Wir können uns wohl denken, wie er durch eine Abstraktion, oder vielmehr ein Missverstehen von analytischen Thatsachen zu seinem Schlusse gekommen sein mag. Zunächst steht derselbe wohl in einem unmittelbaren Zusammenhange mit einer kurz vorhergehenden analytischen Entwickelung, in welcher statt der allgemeinen Reihe von Taylor geradezu die Binomialreihe als das Fundament des formalen Differentialcalcüls discutirt wird. Nämlich, wenn wir uns die Ableitungen von x^μ aufsuchen, so haben wir $(x+i)^\mu$ oder nach Hegels Vorschlage geradezu $(x+1)^\mu$ zu entwickeln, wodurch wir

$$(x+1)^\mu = a^\mu + \mu x^{\mu-1} \cdot \frac{1}{1} + \mu(\mu-1) x^{\mu-2} \frac{1}{1.2} + \ldots\ldots$$

erhalten, und nun von der Form der Reihe abstrahirend ihre aufeinander folgenden Glieder

$$\mu x^{\mu-1},\ \mu(\mu-1)x^{\mu-2},\ \mu(\mu-1)(\mu-2)x^{\mu-3},\ \ldots\ldots$$

als die gesuchten „Funktionen der Potenzirung" anzusehen, oder in der verständlicheren Sprache der Analysis, sie sind die aufeinander folgenden Ableitungen der Funktion x^μ. Die blosse Ansicht derselben zeigt nun sogleich, dass, sobald wir von einer wie immer beschaffenen Potenz ausgehen, die Funktionen ihrer

Potenzirung allerdings eine successive, um 1 fortschreitende Erniedrigung ihres Grades, also eine Depotenzirung enthalten.

Aber der höhere Calcül hat im Allgemeinen jedweden Zusammenhang zwischen veränderlichen Grössen seiner Untersuchung zu unterwerfen, und was von einem ganz speciellen Falle gilt, kann darum doch nicht auf allgemeine Geltung Anspruch erheben. Nun ist zwar nicht ausdrücklich angegeben, aber, wie uns scheint, stillschweigend vorausgesetzt, dass die Potenz überhaupt die Grundlage für den Begriff der Funktion oder das allgemeine Potenzenverhältniss bilde, und demgemäss, was für die Potenz gelte, auch von dem letzteren als einfache Folge ausgesagt werden dürfe. Das scheint auch in den folgenden Worten angedeutet, welche die ganze hierher gehörige Betrachtung einleiten: „Als die Grundlage der Behandlung der Gleichungen von der angegebenen Art“ (nämlich in welchen die continuirliche Veränderlichkeit der Elemente das Charakteristische ist) „zeigt sich, dass die Potenz innerhalb ihrer selbst als ein System von Verhältnissbestimmungen gefasst wird.“ Aber wenn wir nun auch einräumen, dass die sämmtlichen sogenannten transscendenten Funktionen sich schliesslich auf die Potenz zurückführen, so ist doch die Natur dieser Zurückführung faktisch derartig, dass sie mit einer gewissen Irrationalität behaftet ist und um desswillen der unendlichen Reihe bedarf: sie hat in ihr selber den Widerspruch, sich in endlicher Weise nicht vollziehen zu können. Demgemäss, ganz abgesehen von Hegels Opposition gegen die unendliche Reihe*), dürfte der

---

*) Hegel hat sich so vieler Widersprüche schuldig gemacht, dass man ihm wohl den einen zu verzeihen geneigt sein möchte, wenn er die unendliche Reihe bei Gelegenheit im Einklange mit der Analysis als ihrer „sogenannten endlichen“ Summe gleichgeltend voraussetzen sollte. Dass er dies hier gethan, ist in sofern nicht unwahrscheinlich, als er nur unter dieser Annahme die oben erwähnte zweite analytische Thatsache zu seinen Gunsten anführen kann, wenn er die Depotenzirung als den Zweck des Differentialcalcüls ausspricht. Denn wenn wir z. B. von der Reihe

$$\sin x = \frac{x}{1} - \frac{x^3}{1.2.3} + \frac{x^5}{1.2.3.4.5} - \ldots$$

ausgehen, so folgt durch ihre Differentiation

$$\cos x = 1 - \frac{x^2}{1.2.3} + \frac{x^4}{1.2.3.4} - \ldots,$$

und wenn man nun den Schluss für zufällig hält, dass, weil in allen bezüglichen Gliedern der beiden Reihen die Erniedrigung um Eine Dimension in Be-

Zweifel wohl berechtigt sein, ob der Zusammenhang, der zwischen der Potenz und den transscendenten Funktionen eintritt, in der That derartig sei, dass dasjenige, was allgemein für die erste erwiesen ist, sofort die Uebertragung auf die letztere gestattet, oder ob nicht vielmehr die Unendlichkeit der Reihe die Uebertragung dessen, was von endlichen Rechnungsformen gilt, so ohne Weiteres nicht zulasse — und im Angesichte zahlreicher und ganz unzweideutiger Thatsachen der Analysis muss dieser Zweifel sich geradezu zur Negative steigern.

Nehmen wir z. B. die Funktion $y = \sin x$ an, so ist es überhaupt misslich, von einem Grade dieser Funktion zu sprechen und, wenn wir dies gleichwohl thun, so müsste man denselben wohl geradezu als jede gegebene Zahl übersteigend, als unendlich fassen. Die auf einander folgenden Ableitungen dieser Funktion sind bekanntlich

$$y' = \cos x,\ y'' = -\sin x,\ y''' = -\cos x,\ y^{IV} = \sin x,\ \ldots\ldots$$

Nach Hegels Hypothese nun müsste y'' in Bezug auf die unabhängig Veränderliche x um zwei Dimensionen und y^{IV} um 4 Dimensionen niedriger sein als die primitive Funktion y. Wir hätten also den Widerspruch, dass dieselbe Funktion $\sin x$, je nachdem sie y oder y'' oder y^{IV} bedeutet, von einer anderen Dimension wäre! Die Härte dieses Widerspruches wird nicht dadurch gemildert, dass im Unendlichen alle endlichen Unterschiede aufgehoben sind; denn indem man mit der Bildung der Derivation ins Unendliche fortgehen kann, so würde man für eine solche Derivation, deren Index als eine unendliche grosse (gerade) Zahl von derselben Ordnung des Unendlichen, wie die Zahl, welche den Grad von $y = \sin x$ angiebt, vorgestellt wird, den Ausdruck $\sin x$ als in Bezug auf x von einem endlichen Grade erhalten! $\sin x$ müsste also gleichzeitig sowohl als eine ganze rationale Funktion von x, als auch als eine transscendente Funktion angesehen werden, deren Grad in Bezug auf x unendlich gross ist!

---

zug auf x vorliegt, auch den beiden Reihen als Ganzen aufgefasst dieser Unterschied um eine Dimension zukomme: so wird unter der Voraussetzung, dass die Funktionen $\sin x$ und $\cos x$ ihren respektiven Reihenausdrücken vollkommen gleich gelten, allerdings in der Differentialgleichung

$$\frac{d \sin x}{dx} = \cos x$$

eine Depotenzirung der Funktion $\sin x$ allenfalls hineingelegt werden können.

Aber wenn wir uns auch durch alle diese Widersprüche nicht beirren lassen, wie wird man sich, da doch bekanntlich die Gleichungen

$$\frac{d \sin x}{dx} = \cos x \text{ und } \frac{d \cos x}{dx} = -\sin x$$

bestehen, aus dem Dilemma herausziehen, in Bezug auf die Veränderliche x gleichzeitig $\cos x$ um einen Grad niedriger als $\sin x$, und $\sin x$ um einen Grad niedriger als $\cos x$ zu erklären? Wie will man überhaupt diese Verschiedenheit der Funktionen $\sin x$ und $\cos x$ um Einen Grad in Uebereinstimmung mit ihrer bekannten geometrischen Bedeutung bringen?

Nach dem jetzigen Standpunkte der Wissenschaft müssen wir die Annahme von der Depotenzirung, welche der Differentialcalcül bewerkstellige, entschieden ablehnen, weil ihr bestimmter analytischer Sinn nicht angebbar und ihre Berechtigung logisch nicht dargethan ist. Jedenfalls liegt ihr eine gewisse Wahrheit zu Grunde, aber eine Wahrheit, die uns noch verschlossen ist, und der wir darum nur zu leicht einen falschen Begriff unterschieben, ist für uns durchaus ohne Gehalt und, sobald wir mit ihr zu operiren unternehmen, um nichts besser als der Irrthum.

Was Hegel wohl hauptsächlich zur Aufstellung seiner Ansicht über den Zweck des Differentialcalcüls bestimmt haben mag, dürften der analytischen Geometrie entnommene Betrachtungen sein, und die zuletzt angeführte Stelle aus seiner Logik enthält den wesentlichen Kern derselben, mit dem wir, was den Thatbestand anlangt, uns einverstanden erklären können. Es ist nämlich unleugbar, dass dasjenige, was er als die drei concreten Dimensionen des Raumes bezeichnet, nämlich Linie, Fläche und totaler Raum, respektive den drei ersten Potenzen der Arithmetik entsprechen. Die Linie ist ein empirisches Quantum überhaupt, jeder Flächenraum führt sich auf irgend ein gewisses Quadrat zurück, d. h. auf die zweite Potenz eines empirischen Quantums, und ebenso jeder körperliche Raum lässt sich auf einen Cubus zurückbringen, welcher sich wiederum unter die Form der dritten Potenz eines empirischen Quantums stellt.

Hierzu ist zunächst die Bemerkung zu machen, dass die arithmetische Potenz noch ganz und gar den allgemeinen Charakter hat, welcher die formalen Bestimmungen der Logik auszeichnet. Indem sie die innere, aus ihrem Elemente (der Grundzahl) nicht herausgehende Selbstvermittelung einer Zahl in ihre Bestimmtheit hinein bezeichnet, so ist die absolute der Zahl nach ihrem Begriffe zukommende Veränderlichkeit und Gleichgültigkeit gegen ihre Bestimmtheit überwunden. Die Zahl ist nun an ihr selber Beziehung und zwar solche Beziehung, welche in der unveränderlichen Bestimmtheit ihrer Momente, d. h. in deren Identität, sich charakterisirt: so ist sie das Beharren in der ihr inwohnenden Bestimmtheit und damit wesentlich an ihr selber qualitativ. Aber der weitere Charakter dieser qualitativen Beziehung ist noch vollkommen unbestimmt gelassen und kann erst innerhalb der concreten Natur des Objektes, welches vermöge der arithmetischen Formel gefasst werden soll, sich feststellen und einen realen Inhalt aneignen.

Nehmen wir nun geometrische Verhältnisse als das Objekt der arithmetischen Formel, so ist allerdings die oben angegebene Beziehung der Potenz zu den concreten Dimensionen möglicherweise vorhanden: aber ihr Eintreten ist keineswegs allgemein nothwendig. Vielmehr kann auch auf dem Gebiete der analytischen Geometrie die Potenz ihre allgemeine Bedeutung überhaupt eine qualitative Beziehung zwischen Zahlen zu setzen bewahren, ohne dass dies Qualitative durch die Raumbeziehung noch einen gesonderten eigenthümlichen Charakter erhalte. Dieses ist z. B. der Fall, wenn wir irgend ein Potenzenverhältniss zwischen den Coordinaten y und x annehmen. Es handelt sich in solchem zunächst bloss um den zwischen den Veränderlichen statt habenden arithmetischen Zusammenhang, und es wird durch den Unterschied der hineingehenden Potenzen von x und y durchaus kein Unterschied der Dimensionen bedingt. Dieses erhellt besonders daraus, dass es zwar im Allgemeinen einen Curvenzug bestimmt, aber in besonderen Fällen auch die Bestimmtheit eines isolirten Punktes oder von geraden Linien ausdrückt. So z. B. entspricht die Gleichung

$$y^2 + x^2 = 0$$

dem Anfangspunkte der Coordinaten, weil keine anderen zusammengehörigen reelle Werthe von x und y als $y=0$, $x=0$ der Gleichung Genüge leisten.

Aber allerdings tritt auf dem Gebiete der analytischen Geometrie vielfach die Nothwendigkeit ein, das Qualitative der arithmetischen Formel nach seinem speciellen geometrischen Charakter zu deuten, und wenn wir auf die fundamentalen hierher gehörigen Bestimmungen, nämlich auf die concreten Dimensionen in ihrer einfachsten Gestaltung, zurückgeben, so wird sich allerdings ein gewisser Zusammenhang zwischen ihnen und den bezüglichen arithmetischen Potenzen herausstellen.

Die zweite Potenz eines Zahlenausdruckes a entspricht bekanntlich dem Quadrate über einer geraden Linie, deren Länge durch jenen Zahlenausdruck a gemessen wird, und das Quadrat ist bekanntlich die einfachste auf die Dimension der Fläche bezügliche Raumbestimmung. Die zweite Potenz a^2 drückt nun an und für sich weiter nichts aus, als eine qualitative Beziehung, welche das Beharren in ihrer eigenen Bestimmtheit (nämlich der Grundzahl a) enthält. Verzeichnen wir uns aber a^2 als Quadrat, d. h. als Rechteck mit der Höhe a und der Grundlinie a: so wird die Bestimmtheit des Quadrats in ihm selber, d. h. in seinen Momenten der Höhe und Grundlinie, ihren unveränderlichen Charakter näher darin aufzeigen, dass es das sich Fortsetzen der Höhe als paralleler mit sich identischer Zug ist, und zwar ein solches sich selbst Fortsetzen, dessen Weite oder Distanz durch die Grundlinie gemessen wird*). Die Höhe ist also so oft in dem Quadrate enthalten, als die Grundlinie Punkte hat. So vertritt die Grundlinie die Stelle der Anzahl und die Höhe die Stelle der Einheit. Aber der in diesen beiden Momenten der Zahl latitirende Widerspruch, der tiefer in dem Gegensatze zwischen Continuität und Discretion beruht, ist nunmehr vollständig zum Ausbruche gekommen. Das Continuum, welches das Quadrat als solches vorstellt, soll sich aus der Höhe wie aus einem discreten für sich bestimmten Eins erzeugen. Indem nun dieselbe, in sofern sie sich an jedem Orte der Figur anbringen lässt, gleichzeitig das Hinausgehen über ihre Bestimmtheit ist, so kann sie zu ihrem Anderen, dem Continuum, nur vermöge eines

---

*) Das Zusammengehen der sich selbst fortsetzenden Höhe mit der Bestimmtheit der Distanz, welche die Weite der Bewegung misst, ist ganz dieselbe abstrakte Identität, welche die Momente des Produktes $a.a$ aufzeigen, und kann daher hier, wo die qualitative Natur des Quadrates als die besondere Ausprägung der allgemeinen in dem Produkte $a.a$ zweier Faktoren involvirenden Beziehung der Qualität ins Auge gefasst wird, nicht weiter in Betracht kommen. Demgemäss hätten wir unserer Betrachtung eben so gut den etwas allgemeineren Begriff des Rechteckes zu Grunde legen können.

unendlichen Prozesses werden. Diese Unendlichkeit ist unmittelbar in der realen Unendlichkeit bedingt, vermöge deren die Grundlinie aus ihrem punktuellen Eins sich zusammsetzt. Indem die Höhe aus sich selber, d. h. aus einer ihrer zufälligen speciellen Lagen heraustritt, hat sie wohl noch die Geltung einer geraden Linie, aber sie ist, als in solcher Bewegung begriffen, nicht mehr in der spröden Besonderung eines discreten Quantums, sondern als flüssige, ich möchte sagen, flächenhafte Linie oder Element der Fläche, und so vorherrschend unter dem Momente der Continuität gesetzt. Die qualitative in Rede stehende Beziehung ist somit der qualitative Uebergang von der Linie zur Fläche, dessen Qualität das unveränderliche Beharren in der Bestimmtheit der Linie als des Flächenelementes und näher das Festhalten einer discreten Bestimmtheit in der Continuität des Flächengebildes ist.

Diese Betrachtung lässt sich leicht verallgemeinern und sogleich die analytische Bedeutung der concreten Dimensionen durchblicken, nämlich solche allgemeine räumliche Bestimmtheiten darzustellen, welche durch ein Anderes qualitativ gesetzt werden, aber durch ein solches Andere, welches der Möglichkeit nach, d. h. als Element, in ihnen schon enthalten ist. Indem sie also durch ihr Element gesetzt werden, so ist es eigentlich die Bewegung ihrer selbst, durch die sich der Prozess ihres Setzens vollzieht, und dieser Prozess ist die Besonderung des continuirlichen Ganzen in die Discretion der Elemente hinein, so dass das Element durch den ganzen Verlauf desselben hin als real vorhanden nachgewiesen werden kann. Dieses stimmt auch mit den ersten Elementen der Wissenschaft überein, in welcher bekanntlich Linie, Fläche und totaler Raum als solche Raumgebilde vorgestellt werden, welche durch die Bewegung, d. h. durch das Aussersichkommen respektive von Punkt, Linie und Fläche entstanden seien. Diese (natürlich nicht physische, sondern rein logische) Bewegung wird indessen wegen der noch ganz äusserlichen Natur des Objektes, an welchem sie stattfindet, lediglich ein flüssiges Nebeneinander erzeugen können, und fällt daher unmittelbar mit der logischen Bewegung zusammen, welche in dem bestimmten Integrale ihren analytischen Ausdruck hat. So hat sie an ihr selber einen Zusammenhang mit der Summe und zwar mit einer solchen Summe, die, in sofern das in die Bewegung hineingehende discrete Element sich in seiner Bewegung immer wieder von Neuem erzeugt, in unserem speciellen Falle des Quadrates oder Rechteckes sich als ein Nebeneinander von unter sich gleichen Grössen*) in den Begriff des Produktes umsetzt.

Indem die Geometrie mit dem Punkte beginnt, so hat dieser die Bedeutung eines abstrakten Eins, mithin einer allgemeinen arithmetischen Zahl überhaupt, und ist somit als von der 0ten Dimension zu betrachten: er hat gar keine Dimension, gar keine Ausdehnung. Der Punkt als das Raumelement enthält die Veränderung an ihm selber, weil er nur als aussersichkommend den Raum wirklich erzeugen kann. Demgemäss muss man diese Bewegung an ihm setzen und erhält so die Linie, als die erste reale Dimension des Raumes. Die Linie ist aber immer noch ein unvollkommenes Raumgebilde und schliesst die Nöthigung in sich von ihr zur Fläche und von da zum Körper als totalen Raum in bekannter Weise fortzugehen. Die drei Dimensionen werden so vermöge eines dialektischen Prozesses erhalten: aber indem in dem totalen Raum kein Mangel zur weiteren Entwickelung drängt, so bekommen wir auch eben nicht mehr als 3 Dimensionen — also seiner Natur nach ein sehr beschränktes und endliches System von Bestimmungen, welches schon um desswillen die unbedingte Zusammenstellung mit dem so sehr viel allgemeineren Begriffe der Potenz als misslich erscheinen lässt.

Aber es tritt auch kein wesentlicher Grund ein, der diese Zusammenstellung erheische. Denn wenn wir auch Quadrat und Cubus als die einfachsten Formen für Fläche und totalen Raum anerkennen, so war es ja doch nicht die abstrakte Identität in den Momenten dieser Raumgebilde, welche den eigenthümlichen geometrischen Charakter der in ihnen latitirenden qualitativen Beziehung constituirte. Vielmehr nahm unsere Discussion den Begriff des Quadrates nur in soweit in Anspruch, als es wesentlich Rechteck ist, und hätten wir ein beliebiges Flächengebilde genommen (wie es in der Integralrechnung geschieht), wir würden im Grunde dieselbe qualitative Beziehung aufzuweisen im Stande gewesen sein, ohne dass ihr Ausdruck als Funktion irgend wie

*) Dieselben sind ja alle gleichmässig durch die Bewegung der Höhe über ihre eigene Bestimmtheit gesetzt: ihr qualitatives Sein ist mithin überall dasselbe, und die Verschiedenheit betrifft nur den Rang, die äussere Stellung, die sie in dem Nebeneinander der Summe einnehmen.

specifisch von einer zweiten Potenz abhängig sei. Der Zusammenhang zwischen Dimensionen und Potenzen ist also in der That ein sehr loser, der auf die beiden gemeinsame Zurückführung auf den Begriff des Produktes oder noch allgemeiner der unendlichen Summe hinausläuft, und es muss daher von vorn herein Bedenken erregen, wenn die Herabsetzung der Dimensionen als einer Depotenzirung des Potenzenverhältnisses entsprechend angenommen wird. Vielmehr überall, wo wir ein transscendentes Potenzenverhältniss haben, wird sich die Herabsetzung seiner Dimensionen nicht durch eine Erniedrigung seines Grades, sondern durch eine Modification der Art und Weise vollziehen, wie die Constanten in Bezug auf die Veränderliche genommen in die Funktion eintreten. (So ist z. B. der Ausdruck $y = a lg \frac{x}{a}$, wenn y, x, a als Linien genommen werden, von der 1sten Dimension, dagegen der Ausdruck $\frac{dy}{dx} = a . \frac{1:a}{x:a}$ oder $\frac{dy}{dx} = \frac{a}{x}$ von der 0ten Dimension; ferner für $y = a e^{\frac{x}{a}}$, $\frac{dy}{dx} = e^{\frac{x}{a}}$ und dergleichen mehr.)

Wirklich lässt sich nun in den Operationen des Differentialcalcüls eine Herabsetzung der Dimensionen aufzeigen. Der Differentialquotient eines Körperraums ist eine Fläche, der Differentialquotient einer Fläche ist eine Linie, und der Differentialquotient einer Linie ist eine abstrakte Zahl, welche aber wesentlich die Bedeutung hat, die Bestimmtheit eines Punktes darzustellen.*)

---

*) Der Differentialquotient einer Linie kann nichts anderes als die Bestimmtheit ihres Elementes sein, mit welcher es in die Linie eintritt. Ihr Element ist nun der Punkt als verfliessendes Moment der Linie, welchem nothwendig irgend eine Richtung seines Fliessens zukommen muss, und dieser wird durch ihren Winkel mit der Abscissenaxe festgelegt, dessen trigonometrische Sekante eine abstrakte Zahl und jenem Differentialquotienten gleich sein wird. Der Beweis liegt in der bekannten Formel

$$\frac{ds}{dx} = \sqrt{1 + \frac{dy^2}{dx^2}},$$

welche, wenn man $\frac{dy}{dx} = tg\,\vartheta$ setzt, wo ϑ den Winkel bezeichnet, welchen die

Gehen wir nun weiter fort, so mögen wir wohl in formaler Ausdehnung des Begriffes der räumlichen Dimension den 2ten Differentialquotienten einer Linie oder den ersten einer abstrakten Zahl (unter der Voraussetzung, dass die unabhängig Veränderliche, nach welcher differentiirt wird, von der ersten Dimension sei) als von der ersten negativen Dimension ansehen und eben so könnten wir, indem wir über den totalen Raum hinausgehen, von höheren Dimensionen als den drei concreten Dimensionen des Raumes sprechen; — aber eine reale geometrische Bedeutung solcher Dimensionen ist im Allgemeinen nicht nachzuweisen, und es erscheint daher als ein müssiges Spiel, das Wesen der Differentialrechnung auch selbst in den Anwendungen auf Geometrie, indem man als ihr Princip die Herabsetzung der räumlichen Dimensionen ausgiebt, für erschöpfend bestimmt zu halten. Noch weniger aber ist es zu billigen, nur auf Grund eines nicht eben als besonders wesentlich hervortretenden Zusammenhanges zwischen den Begriffen der Dimension und der Potenz die analytische Bedeutung des Differentialcalcüls in einer Herabsetzung des Grades einer Funktion oder einer Depotenzirung zu suchen. Selbst wenn die Annahme von der Depotenzirung richtig wäre, so dürfte man noch nicht daraus folgern, dass überall, wo eine Herabsetzung der Dimensionen in der analytischen Geometrie statt findet, und nur an solchen Orten die Anwendung des höheren Calcüls eintrete.

Aus dem Vorhergehenden dürfte zur Genüge erhellen, dass die Ansicht Hegels über den Zweck des Differentialcalcüls durchaus zurückzuweisen ist. Aber trotzdem sind wir sehr gern bereit, das Anerkenntniss auszusprechen, dass gerade die auf unsere letzten Erörterungen bezügliche Entwickelung Hegels sich durch ihre Begriffsmässigkeit empfiehlt. Die dritte Anmerkung in der mehrfach erwähnten Partie seiner grossen Logik enthält seine Gedanken über das Hervorbrechen der qualitativen Bestimmtheit auf dem Boden der reinen Geometrie. Die daselbst angestellten Betrach-

---

Richtung des Elementes oder die Berührungsgerade mit der Axe der x einschliesst, in die folgende

$$\frac{ds}{dx} = \sec \vartheta$$

übergeht. Die Linie, als Länge gefasst, ist hier mit s bezeichnet.

tungen kommen im Wesentlichen auf die vorgetragenen Bestimmungen über den Begriff der concreten Dimensionen zurück und können zum Theil als ihre weitere Ausführung angesehen werden. Um so wunderbarer aber ist es, dass der Verfasser trotz der gewonnenen richtigen Einsicht über das Wesen des Unendlichen in der Geometrie nun nicht einen Schritt weiter gethan und die gefundenen Resultate in die Form der Analysis umgesetzt hat; — dieses würde ihn mit Nothwendigkeit auf den Begriff des bestimmten Integrales geführt haben und von da aus dürfte sich ihm die gesammte Bedeutung des höheren Calcüls unschwer erschlossen haben. Aber, wenn man noch den Umstand hinzunimmt, dass er die Methode des grossen Leibnitz während des ganzen Verlaufes seiner doch ziemlich umfangreichen Entwickelungen auffallend vernachlässigt und namentlich den Begriff des bestimmten Integrales als einer continuirlichen Summenreihe gänzlich ignorirt, so scheint die Vermuthung hinlänglich gerechtfertigt, dass Hegel überhaupt nur von der Integralrechnung als der einfachen Umkehrung der Differentialrechnung, in welcher von einem weiteren Fortschreiten des Begriffes (welches er vielmehr negirt) zu einer neuen Kategorie durchaus keine Rede sein könne, etwas Gründliches gewusst habe. Aber die Differentialrechnung als die Rechnung des unendlich Kleinen bekommt ihren wahrhaften Sinn erst in der Theorie des bestimmten Integrales, und aus diesem Zusammenhange herausgerissen, wie es bei Hegel faktisch eintritt, wird es erklärlich, wenn sie in ihrer Begriffsmässigkeit nicht erkannt werden kann; — sie enthält dann aber nur den noch nicht zu Stande gekommenen Begriff. In dem in Rede stehenden Falle vollends muss diese Verkennung schon um desswillen eintreten, weil die Kritik nicht unbefangen ans Werk *geht*, sondern mit sichtlicher Vorliebe sich von vorn herein mit grösster Einseitigkeit auf den Standpunkt der Derivationsmethode stellt. Vielleicht auch ist Hegel durch seine Polemik gegen ihm entgegenstehende Richtungen der Wissenschaft in eine gewisse Feindseligkeit gegen die mathematische Anschauungsweise hineingerathen, die wohl auch durch Uebergriffe von dieser Seite her mit veranlasst ist, und nun im stolzen Gefühle der Macht des dialektischen Gedankens, die in ihm so glänzend zur Erscheinung ward, hat er sich an den Methoden des höheren Calcüls versucht; — aber die Analysis des Unendlichen ist über derartige Versuche hinaus, sie ist ein unvergängliches Eigenthum der Wissenschaft, und eine Philosophie, wie sehr sie sonst auch die Erkenntniss förderen, hat nur die Wahl, sie entweder gänzlich zu ignoriren, oder so, wie sie im Wesentlichen ist, in ihr System aufzunehmen: anderenfalls wird sie spurlos an der Entwickelung der Analysis vorübergehen und sich selber eine den heftigsten Angriffen ausgesetzte Position schaffen.

Der Irrthum Hegels, der ihn zu seiner heftigen Polemik gegen die Analysis des Unendlichen verleitet hat, ist nicht etwa darum zu beklagen, weil er bisher zu einem wirklichen Punkte des Angriffs geworden wäre; — denn, wie ich schon bemerkt habe, Hegels Discussion des höheren Calcüls ist nur wenig beachtet worden; — vielmehr sein Schade ist negativer Natur, und liegt in dem, was er nicht zu Stande kommen liess, eine wahrhafte Philosophie der Mathematik, die Aufhebung der Entfremdung zwischen Philosophie und Mathematik. Wir haben schon in der Einleitung unsere Anschauungen über diesen Punkt angedeutet und freuen uns nun, am Schlusse aus voller Ueberzeugung es aussprechen zu dürfen, dass die Analysis des Unendlichen in vollkommener Uebereinstimmung mit den Principien sei, welche in Hegels Logik mit einem solchen Aufwande von tiefem Denken und scharfer Dialektik abgeleitet werden, und wenn auch Hegel selber in dem Gebiete ihrer Anwendung, ihrer concreten Verwirklichung sie nicht wiedergefunden hat, so ist nur um so mehr die Grösse seines Genies zu bewundern, welche die abstrakten Kategorieen der Quantität in Wahrheit aus dem Begriffe heraus ergründete, und trotz mangelnder Erkenntniss in den realen sie betreffenden Wissenschaften, ja zum Theile in schroffem Gegensatze zu letzteren doch eine im Wesentlichen befriedigende Theorie des quantitativen Seins schuf.
